GAEA

GAEA

CONAN THE BARBARIAN

蠻王科南

I　劍上的鳳凰

Robert E. Howard

勞勃・霍華

戚建邦 —— 譯　譚光磊 —— 企劃

蠻王科南 I ── 劍上的鳳凰

目次

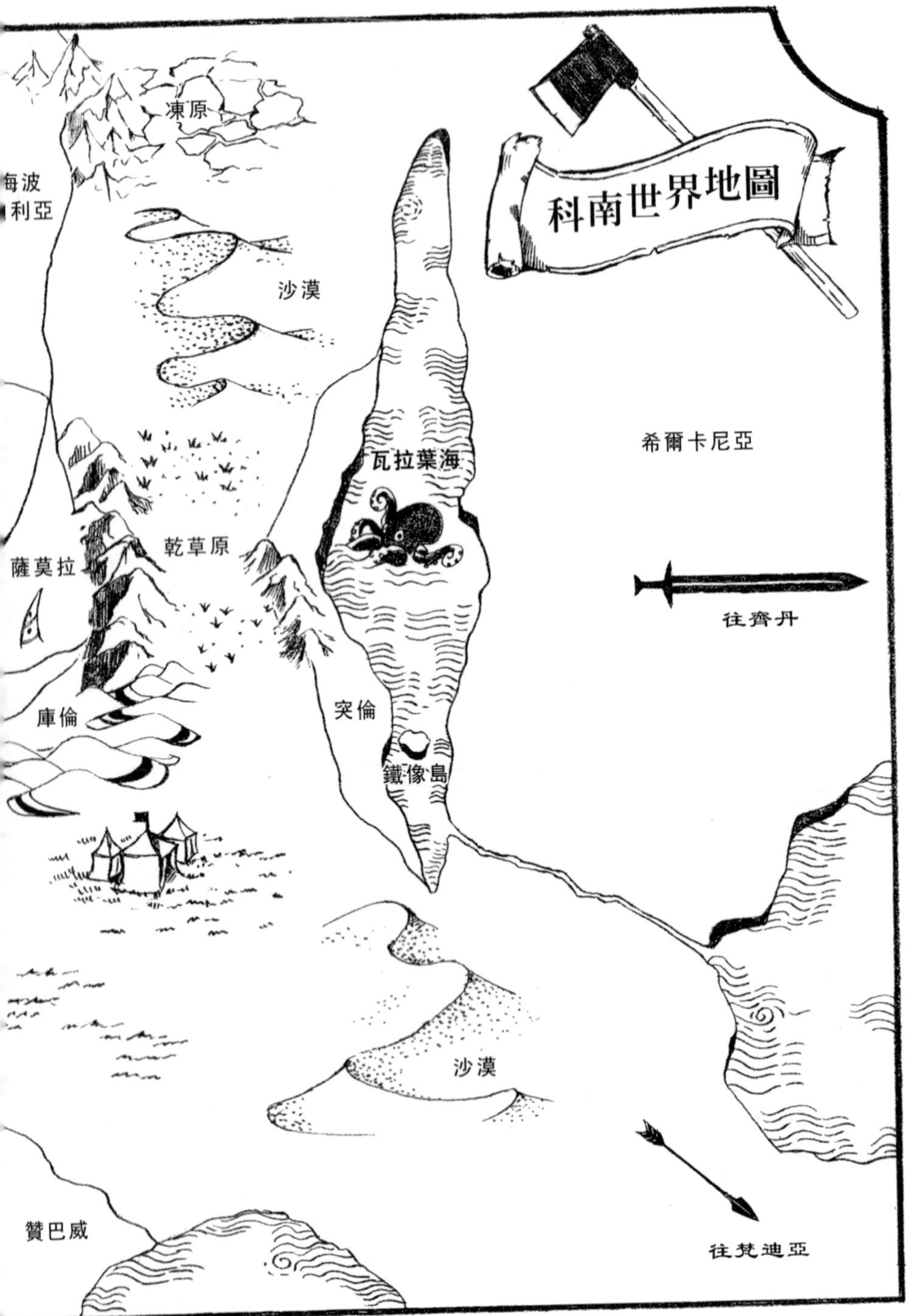
科南世界地圖
凍原
海波
利亞
沙漠
希爾卡尼亞
瓦拉葉海
乾草原
薩莫拉
往齊丹
突倫
庫倫
鐵像島
沙漠
贊巴威
往梵迪亞

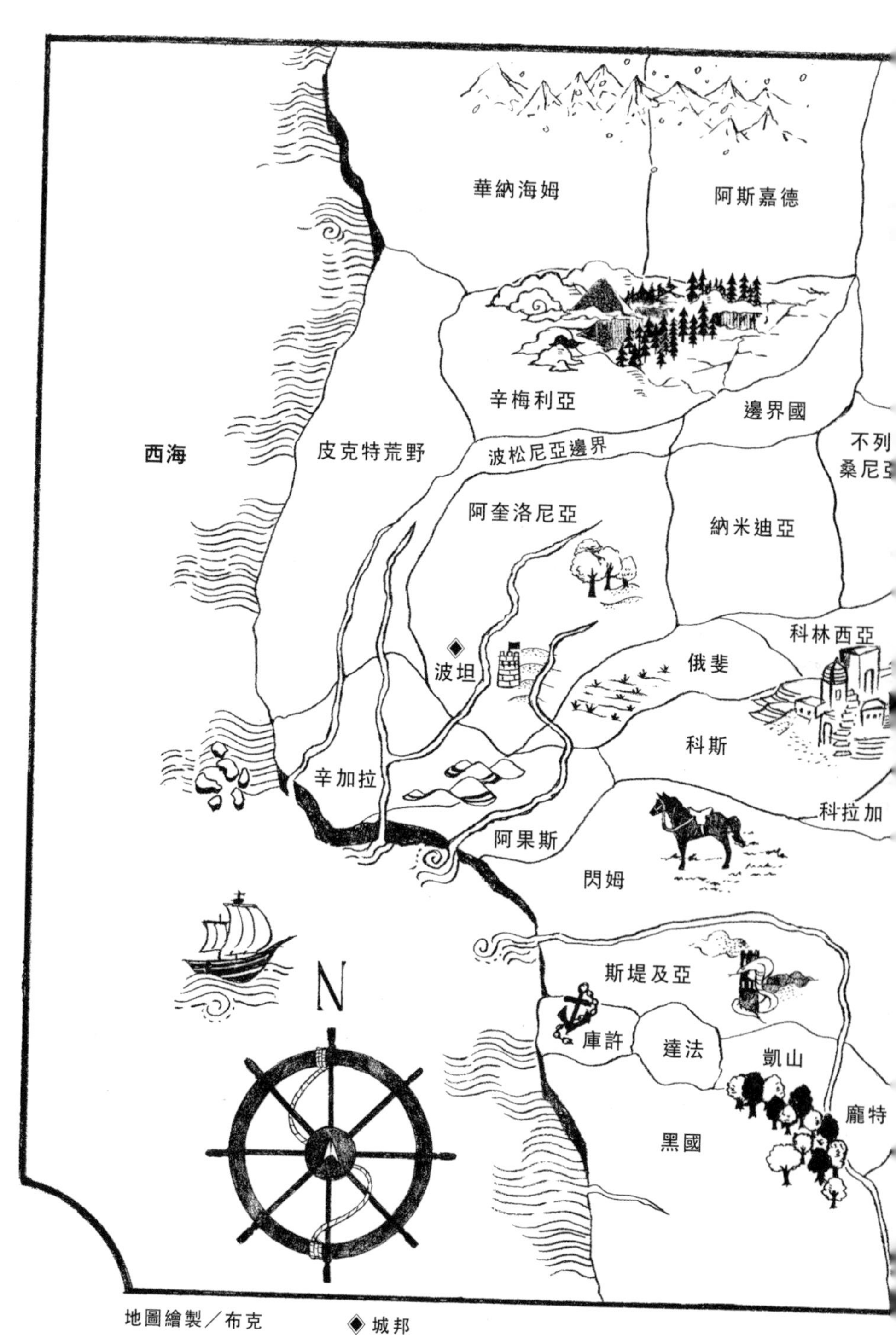
華納海姆
阿斯嘉德
辛梅利亞
邊界國
西海
皮克特荒野
波松尼亞邊界
不列
桑尼亞
阿奎洛尼亞
納米迪亞
科林西亞
波坦
俄斐
科斯
辛加拉
科拉加
阿果斯
閃姆
N
斯堤及亞
庫許
達法
凱山
龐特
黑國

地圖繪製／布克　　◆城邦

企劃緣起

尋夢與溯源的奇幻旅程：蠻王科南與我

上個世紀的九〇年代中期，「奇幻」這個文類還不存在於台灣。我的高中時代沒有網路、也沒有電子書，資訊來源就是書店和電腦遊戲雜誌（還有讓人傾家蕩產的紙牌遊戲「魔法風雲會」）。當時學校旁邊有敦煌、新學友和金石堂三家書店，彼此相距不到一百公尺；再走遠一點，還有中友百貨的誠品。於是我每天跑敦煌，看最新到貨的英文小說，囫圇吞棗地讀，從雷蒙・費斯特的《蛇人戰爭》到封面像西部小說的《時光之輪》，安・萊絲的《巫異時刻》到賈斯・尼克斯的《莎貝兒》。資訊極度匱乏，一切都彌足珍貴。

有一回，我在誠品買到一本《蠻王科南》英文漫畫（看版權頁是八〇年代出版的，天曉得在書架上待了多久）。當時我沒看過阿諾史瓦辛格主演的電影《王者之劍》，沒聽過勞勃・霍華的原著，甚至也不太喜歡這種美式畫風，可是書中那些既陌生又熟悉的名字，竟有種難以言喻的吸引力。

很多年以後，我才知道那就是霍華筆下「海伯里亞紀元」（The Hyborian Age）的特殊魅力：一個虛構的「被遺忘的史前時代」，信手從眞實歷史上擷取各種朝代或神話的名字，作爲奇幻世界的代稱。Stygia是埃及，Asgard是斯堪地那維亞，Corinthia是古希臘，科南的故鄉

Cimmeria則是高盧。這種「以假亂眞」的世界設定，讓霍華得以運用歷史元素，又不受眞實歷史限制。海伯里亞紀元或許還不是嚴格意義上的「第二世界」（Secondary World），但已經略具雛形，而且比《魔戒》的中土世界早了二十幾年。

上了大學，我學會網路訂書，也在外文書店打工，世界突然寬廣了起來。我一邊讀外文系的希臘神話和古典文學，一邊讀奇幻小說，如飢似渴想要補齊文學史的每一片拼圖。然而有一個謎團始終無解：市面上買得到「別人」寫的科南小說，也有霍華的「非科南」作品，爲何偏偏他的《蠻王科南》原著遍尋不著？

這一次，我在某個網路論壇找到了答案。原來霍華三十歲就自殺，死後作品版權多次轉手，經過另一位作家史柏格・德坎普（L. Sprague de Camp）改寫和重編，在市場上掀起一股「劍與魔法」熱潮，與托爾金的《魔戒》堪稱是六〇年代美國最暢銷的兩大奇幻系列。有後人推廣不是壞事，可是德坎普爲了私利，後來只允許他的「修改版」（更多人可能會說是「篡改版」）在市面上販售，到了九〇年代，書店裡更只剩下後人的「仿作」（pastiche）。假如今天我們只能買到各種「二創」的福爾摩斯故事，看不到亞瑟・柯南・道爾的原作，推理迷能不生氣嗎？勞勃・霍華和他的科南故事，就是遇到了如此匪夷所思的困境。

時序步入新世紀，事情有了轉機：德坎普在二〇〇〇年去世，科南原著終於解禁，英國兩家出版社分別推出了平裝版和限量精裝版，我（砸錢網購之後）總算有機會一睹霍華的原作風貌，而且，天啊，一點都沒讓人失望。

科南故事寫於一九三〇年代，正是美國經濟大蕭條，廉價小說雜誌（pulp magazine）最興盛的時候。這些雜誌大多粗製濫造，卻孕育了一整個世代的類型文學：冷硬推理、科幻小說、克蘇魯神話，還有霍華的劍與魔法，都誕生於「紙漿小說」的字裡行間。

霍華住在德州的偏遠鄉間，只有高中學歷，嘗試過各種雜活，最終還是想要追尋文學夢。在那個因爲發現石油而一夕暴富的小鎮上，他是名符其實的獨行俠、格格不入的邊緣人。他沒有字斟句酌的餘裕，寫作是爲了賺錢養活自己，更要照顧長年病弱的母親。他高頭大馬，日復一日坐在前廊改建的侷促書房裡，用打字機敲下一篇又一篇冒險故事。他雖然爲市場寫作，故事的養分卻來自神話和歷史，筆下人物上承傑森與金羊毛的古典希臘英雄、大仲馬的劍俠豪情、庫柏的拓荒者和「最後的摩希根人」，下至布洛斯的人猿泰山和傑克・倫敦的粗獷硬漢。

然後，霍華把科南放進「海伯里亞紀元」的故事舞台。他對歷史的熱愛、黑暗無邊的想像力、豐沛的說故事能量，或許還有一點商業的算計，相互碰撞融合，發生不可思議的化學反應，讓這個野蠻人英雄躍然紙上，風靡幾個世代的萬千讀者。

大學畢業後，我進了外文所，一度想研究霍華的作品，而且連論文題目都想好了——「吾以此斧稱王：勞勃・霍華小說中王者形象的探討」。我花了很大力氣收集相關文獻，除了他的作品，還有各種傳記、書信集、評論集。但是計畫趕不上變化，我終究沒有讀完研究所，而是一頭栽進圖書版權代理的領域。我開始勤跑國際書展，閱讀奇幻以外的各種文類，甚至愛上了推理小說。那些費盡千辛萬苦蒐羅來的原文書籍就此束之高閣，只有偶爾拿出來緬懷。

再一回首，已是二十年過去，台灣的奇幻熱潮由盛轉衰，厚重的史詩大作乏人問津，串流追劇才是顯學。不過影視或遊戲改編的影響力，也的確帶動了經典作品的出版，例如《沙丘》和《獵魔士》。就在疫情襲捲全球的二〇二〇年，網飛宣布籌拍《蠻王科南》影集，很可能成為《獵魔士》之後的下一部奇幻大戲。

時隔一年，堡壘文化推出《克蘇魯的呼喚》全新譯本，重新有系統性地引介洛夫克拉夫特的作品，在台灣掀起一股「克蘇魯神話熱」。洛氏比霍華年長十六歲，兩人都是《怪譚》（*Weird Tales*）雜誌的常客，也是長年通信的文友。他們在信中討論創作、爭辯文明與野蠻、探討歷史，幾乎無所不談，也時常在作品中相互「致敬」（霍華有不少篇科南故事帶有克蘇魯元素，也寫過許多「宇宙恐怖」題材的小說）。一九三六年霍華自殺，洛氏深受打擊，隔年就死於癌症，一手發掘這兩位作家的主編方斯華・萊特也在三年後病逝，《怪譚》雜誌的黃金時期由此告終。

洛氏的運氣比較好，他的版權落入兩位文友兼徒弟——奧格斯特・德雷斯（August Derleth）和唐納・汪德萊（Donald Wandrei）手裡，德雷斯尤其是洛氏狂粉。前輩一過世，他就整理文稿想找人出版成書，但吃了一堆閉門羹，最後索性自己成立出版社「阿卡姆之家」（Arkham House），並推出第一部洛氏小說集《異鄉人與其他故事》（*The Outsider and Others*），後來也出版了霍華的第一部小說集《骷髏臉》（*Skull-Face and Others*）。德雷斯更創造了「克蘇魯神話」（Cthulhu Mythos）一詞，是讓洛夫克拉夫特作品存活繁盛的關鍵。

科南的故事歷經無數次改寫與改編，或許傷痕累累、面目全非，甚至一度從書市銷聲匿跡，可是正如野蠻人頑強的生命力，總會絕處逢生、再次奮起，吸引新世代的讀者。身在台灣的我們錯過了他在《怪譚》雜誌的初登場、錯過了德坎普帶動的「劍與魔法」熱潮、錯過了漫威版漫畫的盛況空前、也錯過了新世紀以來「原著派」的全面勝利。接二連三的錯過，卻讓我們等到了霍華的小說成爲公版（public domain）：和許多世界名著一樣，任何人都可以翻譯出版。

以上種種契機，促使蓋亞文化決定出版《蠻王科南》，並禮聘資深奇幻譯者戚建邦先生執筆。這是霍華作品首度引入台灣，距離他十九歲在《怪譚》雜誌上出道，差不多整整一百年；距離我買下第一本科南漫畫，竟也過了四分之一個世紀。我有幸擔任這套書的總策劃，撰寫長篇導讀，關於霍華和科南，肯定還有說不完的故事。但是在那之前，我們先聽霍華怎麼說吧：

「聽我說啊，主君，在大海吞噬亞特蘭提斯的璀璨城市之後，亞利斯之子崛起之前，曾有一個不可思議的年代……」

譚光磊

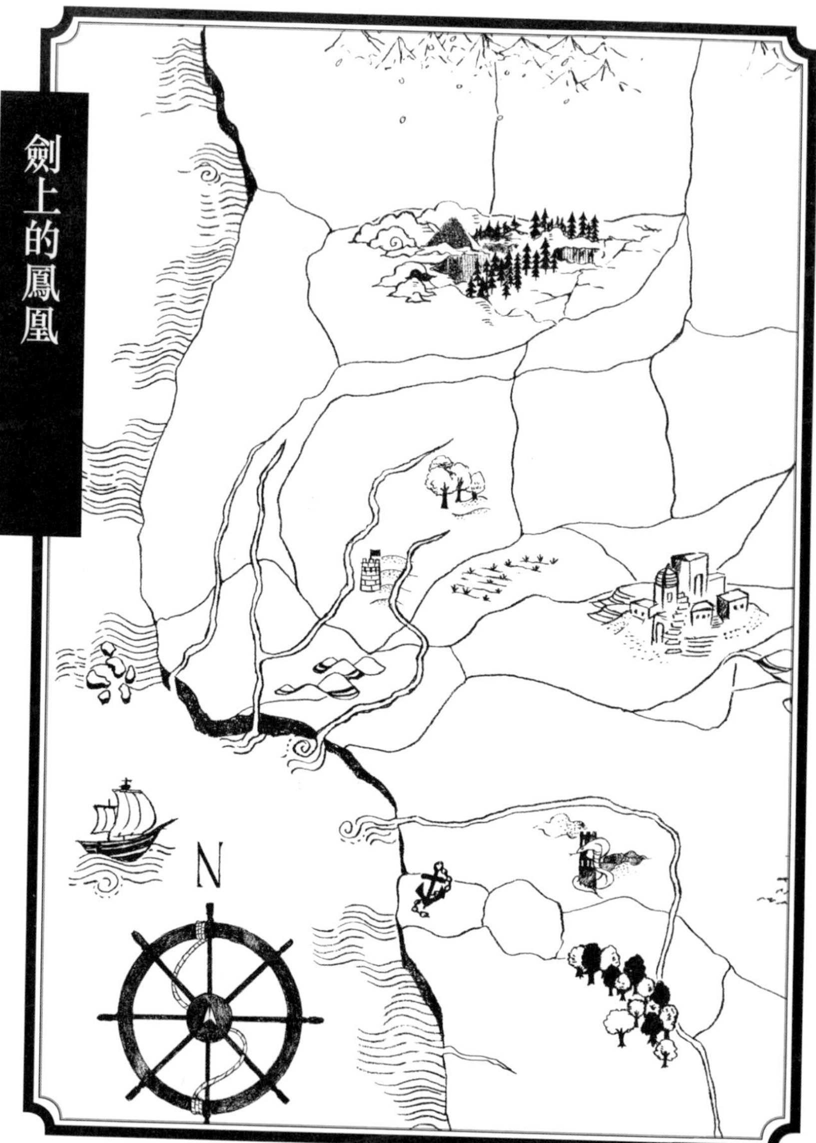
劍上的鳳凰
N

第一篇《蠻王科南》小說，發表於《怪譚》雜誌一九三二年十二月號，改寫自被多次退稿的庫爾故事〈吾以此斧稱王〉（*By This Axe I Rule!*）。由於故事設定在全然陌生的世界，《怪譚》主編要求霍華稍加介紹背景，遂有了開頭經典的「偽」引文。這段引文後來稍經改寫，也出現在一九八二年版電影《王者之劍》片頭。《劍上的鳳凰》雖是短篇，但處處都是精巧的世界觀細節，科南本人登場時已經不是年輕冒險者，而是一國之君，卻要再次以肉身的力量對抗叛賊，甚至挑戰超自然邪魔。「劍與魔法」核心的「人類力量對決超自然魔法」在此已經非常完備，而讀者也會發現霍華筆下的科南絕非無腦肌肉男，而是有勇有謀、講求公義，且痛恨欺瞞和旁門左道的男子漢。

——編者

01

「聽我說啊，主君，在大海吞噬亞特蘭提斯的璀璨城市之後，亞利斯之子崛起之前，曾有一個不可思議的年代，那時偉大的國度散布四面八方，就像群星下的藍斗篷——納米迪亞、俄斐、不列桑尼亞、終北之國、以黑髮女人和神祕蜘蛛塔聞名的薩莫拉、以騎士精神著稱的辛加拉、與閃姆田園相鄰的科斯、墓地鬼影幢幢的斯堤及亞、騎手穿金戴銀的希爾卡尼亞。但世界上最強盛的國家乃是阿奎洛尼亞，統治著如夢似幻的西方，無人能敵。接著科南出現了，這個黑髮怒目的辛梅利亞人手持長劍，當過小偷、強盜和殺手，時而憂鬱深沉，時而高聲朗笑，將世間鑲滿珠寶的王座踩在涼鞋下。」

——納米迪亞編年史

□

陰森黑暗與寂靜籠罩著幽暗尖塔和閃亮高樓。漆黑小巷中，神祕彎道組成名副其實的迷宮，一隻黑手悄悄推開門，四個戴面具的身影匆忙走出。他們身上緊裹斗篷，沉默迅速步入暗處；宛如死者的鬼魂，無聲無息消失在黑暗裡。在他們身後半開的門內，有張面帶諷刺的面孔，邪惡的目光在幽暗中不懷好意地隱隱閃爍。

「踏入黑夜吧，黑夜的生物，」一個聲音嘲弄道。「喔，蠢貨，你們的厄運就像盲眼狗般緊追在後，而你們毫無所覺。」說話之人關門上閂，然後手持蠟燭，轉身步入走廊。他是個威嚴的壯漢，黝黑的膚色洩露斯堤及亞血統。他走入一間內室，裡面有個身穿破舊絨衫的高瘦男人，像隻大懶貓般躺在絲質沙發上，就著大金酒杯啜飲紅酒。

「好了，阿斯卡蘭提，」斯堤及亞人邊說邊放下蠟燭，「你愚弄的那些傻蛋都像離開鼠窩的老鼠般散入街道中。你選用的工具還眞奇特。」

「工具？」阿斯卡蘭提回道。「哎，他們才把我當成工具呢。好幾個月了，自從叛徒四人組把我從南方沙漠找來，我就一直住在敵人的大本營，白天躲在這間暗無天日的房子裡，晚上又潛伏在漆黑的巷道和更幽暗的通道中。我達成了那些貴族叛徒無法達到的成就。我透過他們，還有許多沒見過我眞面目的傢伙行動，以煽動叛亂的行爲滲透帝國。簡言之，我身在暗處，策劃了太陽之下高坐王座的國王的衰敗之路。看在密特拉的份上，在變成亡命之徒前，我可是個政治家。」

「而那些傻蛋以爲他們是你的主人？」

「他們會繼續認定我幫他們辦事，直到我們手頭上的任務結束。他們哪裡是我阿斯卡蘭提的對手。沃馬納，卡拉班的矮子伯爵；葛洛梅，黑軍團的壯漢指揮官；迪翁，阿塔勒斯的肥男爵；林納度，輕浮的吟遊詩人。我就是那股把他們體內的鋼鐵焊在一起的力量，至於他們體內的陶土，我會在時機成熟時打碎它們。但那是之後的事。今晚是國王的死期。」

「幾天前，我看見帝國軍離城。」斯堤及亞人說。

「他們趕往皮克特異教徒侵犯的國境——因爲我偷渡出境的烈酒激怒了他們。這要不是有迪翁的資金可辦不到。沃馬納負責排除留在城裡的帝國軍。透過他在納米迪亞的貴族親戚，輕而易舉說服努馬王要求阿奎洛尼亞大總管，波坦的特洛瑟羅伯爵出訪；當然，爲了凸顯他高貴的身分，一定要有帝國護衛軍隨行，還有他自己的部隊，加上普羅斯佩羅，科南王的左右手。那表示城裡就只剩下國王的私人護衛——除了黑軍團。通過葛洛梅，我收買了一個揮霍無度的護衛軍官，賄賂他午夜時帶領手下離開國王的房門。」

「到時候，我會率領十六個無懼死亡的惡棍，從密道中進入王宮。事成之後，就算人民不主動歡迎我們，葛洛梅的黑軍團也足以守住城市和王冠。」

「迪翁以爲王冠會是他的？」

「對。那個胖呆子宣稱自己是王族遠親，有權繼承王位。科南犯了個致命的錯誤，就是饒過那些不斷誇耀自己擁有前朝王族血統的人，他可是從那個政權手中奪下阿奎洛尼亞王冠的。」

「沃馬納希望恢復前朝的官職，好讓他殘破不堪的宅邸重現昔日輝煌。葛洛梅痛恨黑龍軍指揮官帕蘭泰迪斯，想一手掌握部隊的指揮權，就是那種波松尼亞人特有的固執。所有人裡面，只有林納度沒有個人野心。他認爲科南是個滿手血腥、腳底長毛的野蠻人，從北方南下侵略文明之地。他美化了那個被科南殺害奪冠的國王，只記得死去的國王偶爾贊助藝術，完全無視那人的邪惡統治，而且還要讓人民遺忘這一切。他們開始公開吟唱林納度寫的《爲國王哀悼》，並於那首歌裡讚美那個被聖人化的壞蛋，宣稱科南是『來自深淵的黑心野人』。科南一笑置之，但人民對他咆哮。」

「他幹嘛仇視科南？」

「詩人總是仇視當權者。對他們而言，完美總是存在於下個角落，或是再下個角落。他們在過去與未來的夢境中逃避現實。林納度是理想主義的火炬，在他看來，反抗是爲了推翻暴君，解放人民。對我而言──好吧，幾個月前我失去了所有野心，只想一輩子打劫車隊；如今從前的夢蠢蠢欲動。科南會死；迪翁會繼任王位，然後他也會死。一個接著一個，所有跟我對立的人都會死──死於火焰，死於鋼鐵，或是你最擅長釀造的那種致命紅酒。阿斯卡蘭提，阿奎洛尼亞之王！喜歡這個頭銜嗎？」

斯堤及亞人聳聳厚實肩膀。

「曾經，」他毫不掩飾苦澀的語調，「我也擁有我的野心，你的野心跟我比起來簡直庸俗又幼稚。我墮落成什麼德性了！要是我從前的夥伴和宿敵看到蛇戒索斯阿蒙竟然在當外地人的奴隸，還是個法外之徒，肯定難以置信；我居然還在幫貴族和國王成就他們微不足道的野心！」

「你相信魔法和儀式，」阿斯卡蘭提漫不經心地回應。「我相信我的機智和長劍。」

「機智和長劍在黑暗的智慧前根本不堪一擊。」斯堤及亞人說，漆黑的雙眼中閃爍著邪惡的光影。「要不是我弄丟了蛇戒，我們的地位就會反過來。」

「無所謂，」法外之徒不耐煩地說，「你的背上有我的鞭痕，很可能還會有更多鞭痕。」

「別那麼肯定！」斯堤及亞人眼中綻放惡魔般的仇恨紅光。「總有一天，無論如何，我都會找回我的蛇戒，到時候，以塞特的利齒爲證，你一定會付出——」

脾氣不好的阿奎洛尼亞人赫然起身，重重一拳打在他嘴上。他牙齒後歪，鮮血湧出嘴唇。

「愈來愈大膽了，你這隻狗，」法外之徒吼道。「當心點，我依然是知道你那個黑暗祕密的主人。爬上屋頂去吠呀，告訴大家阿斯卡蘭提在城裡預謀對付國王——有種就去呀。」

「我沒種。」斯堤及亞人喃喃說道，伸手擦拭嘴唇上的血。

「是，你沒種。」阿斯卡蘭提冷冷一笑。「要是我死於你的陰謀背叛，在南方沙漠裡隱居的祭司將會得知此事，解除我留給他的手稿封印。讀過手稿後，他就會唸誦一個斯堤及亞咒語，於午夜時分吹起南風。到時候你要把頭藏到哪裡去，索斯阿蒙？」

奴隸微微發抖，黝黑的面孔宛如死灰。

「夠了！」阿斯卡蘭提語氣一變。「我有事要你去辦。我不信任迪翁。我吩咐他前往郊外的宅邸，直到今晚的事件結束。那個胖呆子在國王面前向來沒辦法掩飾緊張。跟著他，如果沒有在路上趕上他，就去他家，待在他身邊直到我們派人去找他。別讓他離開你的視線。他心慌意亂，可能會崩潰——搞不好還會在衝動下去找科南，洩露整個計畫，希望藉此自保。去！」

奴隸鞠躬，掩飾眼中的恨意，依照吩咐去做。阿斯卡蘭提再度轉向他的酒。華麗的高塔上方開始出現宛如血色的晨曦。

02

身為戰士時，
戰鼓為我鳴，
人們在我的馬腳下
揮灑金粉；
如今我成為榮耀之王，
人們緊隨在後，
酒中有毒藥，
背上有匕首。

——王之道

□

房間很大又裝飾華麗，光滑的鑲板牆上掛著名貴的掛毯，乳白色的地板鋪著厚毛毯，高聳的天花板飾以複雜雕飾和鑲銀圖案。象牙鑲金的寫字桌後坐著一個男人，寬厚的肩膀和曬褐的膚色與周遭的華麗裝潢格格不入。他彷彿外地的太陽、風沙、和高地的一部分。一舉一動都展現出堅韌的肌肉、敏銳的心智，及與生俱來的戰士協調性。肢體語言中看不出任何刻意或算計。要嘛他就是完全放鬆——依然硬得像座銅像——不然就是他持續在移動，不是緊張過度的那種急速抽動，而是用像貓一樣的速度在他人目光中化爲殘影。

他身穿上好衣料，不過造型樸實。他沒有穿戴戒指或飾品，只用一條銀布束緊剪得等長的濃密黑髮。

這時他放下了剛剛在蠟紙上費力書寫的筆，下巴抵在拳頭上，目光炯炯的藍眼羨慕地盯著站在面前的男人。那個人也在忙著做自己的事，他拉起鑲金盔甲上的繫繩，漫不經心地吹口哨——這樣的表現不合規矩，因爲他此刻身處國王面前。

「普羅斯佩羅，」桌後的男人說，「治理國家比我以前所有戰鬥加起來還讓人厭煩。」

「都是遊戲的一部分，科南，」黑眼波坦人說。「你是國王——得做國王做的事。」

「眞希望我能跟你一起去納米迪亞，」科南語氣羨慕。「我好像已經很多年沒騎過馬了——但帕布利斯說城裡的事需要我處理。去他的！」

「推翻前朝，」他繼續以只有在跟這個波坦人說話才會用的不正式語調說，「其實很容易，雖然當時感覺很難。如今回首從前走過的狂野之路，那段充滿困境、陰謀、殺戮、苦難的日子彷彿一場夢。」

「我夢得不遠，普羅斯佩羅。當納梅德帝斯王死在腳邊，我從他血淋淋的腦袋上扯下王冠，戴在自己頭上時，我就已經抵達夢想的終極邊疆。我有戴上王冠的心理準備，但並不打算保有它。從前的日子自由自在，我整天就只想著一把利劍和筆直通往敵人的道路。如今前方沒有直路了，我的劍也毫無用武之地。」

「推翻納梅德帝斯時，我是解放者——現在他們對我的影子吐口水。他們在密特拉神廟放了那頭豬玀的雕像，而人民跑去雕像面前哭喊，彷彿在爲死在滿手血腥的野蠻人手上的聖徒君主喝采。當我以傭兵的身分率領阿奎洛尼亞部隊迎向勝利時，沒人把我當成外國人，如今沒人肯原諒我。」

「現在人們在密特拉神廟焚香紀念納梅德帝斯，被他的劊子手斷體截肢、弄瞎雙眼的人，兒子死在他的地牢裡的人，妻子和女兒被拖入後宮的人。那些善變的蠢蛋！」

「問題主要出在林納度身上。」普羅斯佩羅說著把皮帶往上拉一點。「他用歌曲激怒人心。把他換上弄臣服，帶去城裡最高的塔上吊死。讓他去幫禿鷹寫押韻的詩。」

科南搖搖他的大獅頭。「不，普羅斯佩羅，我動不了他。偉大的詩人遠比任何國王偉大。他的歌比我的權杖有力；當他爲我歌唱時，我的心彷彿都要被挖出來了。我死後會遭人遺忘，但林納度的歌將永世流傳。」

「不，普羅斯佩羅，」國王繼續，雙眼蒙上一股嚴肅懷疑的神色，「有個我們未能察覺的祕密正在醞釀，檯面之下正暗潮洶湧。我感覺得出來，就像小時候能察覺老虎躲在草叢裡一樣。有個無名之人在整個王國裡四下奔走。我就像蹲在林中小火堆旁的獵人，聽見黑暗中隱隱傳來腳步聲，幾乎能看見對方炙熱的目光。只要我能掌握到什麼實質的東西，可以用劍砍斷的東西！我告訴你，皮克特人最近頻繁攻擊邊境絕對不是巧合，是爲了讓波松尼亞人請求幫助擊退他們。我應該要隨軍出征。」

「帕布利斯擔心有人計畫在國境外暗殺你，」普羅斯佩羅一邊回應，一邊撫平穿在閃亮鎖子甲外的絲質外衣，並透過銀鏡欣賞自己高大輕盈的體態。「那是他要你待在城裡的原因。這些疑慮都是出自你那野蠻人的本能。就讓人民吶喊吧！傭兵是我們的，還有黑龍軍，加上波坦所有惡棍都效忠於你。你唯一面臨的危險就是暗殺，但是那不可能，因爲有帝國軍日以繼夜地守護你。你在幹什麼？」

「畫地圖。」科南語氣驕傲。「王宮裡有南方、東方和西方各國的詳細地圖，但北方的地圖卻模糊又錯誤百出。我在親自補充北方大地的地圖。這裡是辛梅利亞，我的出生地。然後——」

「阿斯嘉德和華納海姆。」普羅斯佩羅看著地圖說。「看在密特拉的份上，我差點相信那些國家從前有多繁榮。」

科南笑容野蠻，不由自主觸摸黑臉上的疤。「如果你童年是在辛梅利亞北疆度過，你就會知道不是那麼回事了！阿斯嘉德位於辛梅利亞正北，華納海姆則在西北方，國界長年征戰不休。」

「這些北方人都長什麼樣子？」

「高大、白皙、藍眼睛。他們的神是霜巨人尤米爾。他們的每個部落都有自己的王。他們難以捉摸，生性殘暴，白天都在打鬥，晚上則在喝酒和狂野的歌聲中度過。」

「那我認爲你跟他們很像。」普羅斯佩羅說。「你笑聲洪亮，酒量好，歌聲也棒；但我見過的辛梅利亞人都只喝水，也不太笑，除了陰沉的輓歌外，從沒聽他們唱過歌。」

「或許跟他們居住的土地有關。」國王說。「沒有地方比那裡更貧瘠了——到處都是山丘、陰森的樹林，天空幾乎總是灰色的，風在溪谷中可怕地呻吟。」

「難怪那裡的人喜怒無常。」普羅斯佩羅聳肩說道，心裡想著阿奎洛尼亞最南邊的行省，波坦上陽光普照的平原和慵懶的藍色河流。

「無論今生或來世，他們都沒有希望。」科南回道。「他們的神是克羅姆和祂的黑暗子民，統治著暗無天日、濃霧不散的土地，那是亡靈之地。密特拉呀！我還比較欣賞亞薩神族之道。」

「好吧，」普羅斯佩羅微笑，「辛梅利亞的黑暗山丘已與你無關。我要走了。我會在努馬的宮殿裡幫你多喝一杯納米迪亞白酒。」

「很好，」國王嘟囔道，「但如果你要親努馬的舞孃，可別說是幫我親的，以免引發國家衝突。」

他放聲大笑，隨著普羅斯佩羅離開房間。

03

如同洞穴般的金字塔下
大蛇塞特盤身沉睡；
墓穴黑影之中
祂黑暗的子民潛伏。
我在不見天日的隱密深淵裡
唸誦咒語
基於仇恨賜我僕役，
喔，鱗片閃耀的神呀！

□

夕陽西下，爲森林朦朧的藍綠色彩添上短暫的金光。阿塔勒斯的迪翁坐在他家花園的繽紛花草和樹叢間，黯淡的光線照射在他手中不斷扯動的金鏈上。他在大理石椅上移動著肥大的身軀，彷彿在尋找潛伏的敵人般緊張兮兮地東張西望。他坐在一圈細長的林木中央，交錯的樹枝在他身上投下濃密陰影。附近有座噴泉傳出銀鈴般的流水聲，四周還有看不見的噴泉輕聲演奏著永不停歇的旋律。

迪翁孤身一人，附近就只有一道身影懶懶倚在大理石長椅上，目光深邃而憂鬱地看著男爵。迪翁並不把索斯阿蒙放在心上。他只知道對方是阿斯卡蘭提十分信賴的奴隸，但就和大部分有錢人一樣，迪翁不太在乎地位比自己低賤的人。

「你不須要緊張，」索斯說。「不會失敗的。」

「阿斯卡蘭提跟其他人一樣都會犯錯。」迪翁大聲說，他光是想到失敗就滿頭大汗。

「他不會。」斯提及亞人猙獰笑道，「不然我就不會是他的奴隸，而是主人。」

「這是什麼話？」迪翁惱怒回應，完全心不在焉。

索斯阿蒙瞇起雙眼。儘管自制力強大，他還是在長期壓抑著羞恥、仇恨和憤怒下瀕臨崩潰邊緣，隨時準備鋌而走險。他沒有理解到一個事實，就是迪翁並不把他當成有腦有智慧的人看，而是將他視爲根本不值得注意的低賤奴隸。

「聽我說，」索斯說。「你將會稱王。但你不知道阿斯卡蘭提在想什麼。除掉科南後，你不能信任他。我能幫你。如果你掌權後願意保護我，我就會幫你。」

「聽著，大人。我在南方是個法力強大的巫師。人們會將索斯阿蒙與拉蒙相提並論。斯提及亞的克特斯方王賦予我至高無上的榮耀，拉下位高權重的魔法師，提拔我上位。他們痛恨我，但他們也懼怕我，因爲我能控制外界召喚而來的生物，令其聽從我的指示做事。以塞特之名，我的敵人不知道哪天晚上會在睡夢中驚醒，感受到無名怪物的利爪劃過自己的喉嚨！我利用塞特的蛇戒施展黑暗恐怖的魔法，那是我在地底一里格深的黑暗墓穴中找到的，早在第一個人類爬出黏滑的海洋前就已被遺忘。」

「但有賊偷走蛇戒，奪走我的力量。魔法師聯手對付我，於是我逃了。假扮成駱駝車夫，在科斯的領土中隨車隊奔走，結果遇上了阿斯卡蘭提的強盜。車隊的人都被殺光，只剩我一個活口；我爲了保命而透露自己的身分，並發誓效忠於他。這層束縛實在太難受了！」

「爲了控制我，他在手稿中寫下我的事情，彌封後交給住在科斯南方邊界的一名隱士。我不敢趁他睡覺時動手殺他，或把他出賣給敵人，不然那個隱士就會打開手稿來看——阿斯卡蘭提是這麼吩咐他的。然後他就會唸誦斯提及亞咒語——」

索斯再度顫抖，黝黑的皮膚上出現死灰色。

「阿奎洛尼亞人不認識我，」他說。「但如果我在斯堤及亞的敵人得知我的下落，就算相隔半個世界，也無法使我倖免於足以炸爛銅像靈魂的厄運。只有擁有城堡和大量護衛的國王才能保護我。我已經把我的祕密告訴你了，希望你能跟我達成協議。我能以智慧輔佐你，你則能夠保護我。有朝一日，我會找回戒指——」

「戒指？戒指？」索斯低估了這傢伙有多自我中心。迪翁根本沒在聽奴隸說話，全副精神都放在自己的思緒中，但這最後一個字在他的自我中心掀起了漣漪。

「戒指？」他又重複一次。「這倒提醒了我——我的好運戒。我是向一個閃姆盜賊買來的，他宣稱那枚戒指是從南方某個巫師手中偷來，還會爲我帶來好運。密特拉爲證，我付給他夠多錢了。看在諸神的份上，我需要所有好運，沃馬納和阿斯卡蘭提把我捲入他們的血腥陰謀——我得去找戒指。」

索斯赫然起身，臉上布滿令人恐懼的血色，雙眼綻放著震驚怒火，就像突然明白眼前之人究竟愚蠢到什麼地步。迪翁根本沒搭理他，而是抬起大理石椅上的祕蓋，在各式各樣花哨無用的小玩意中摸索著——野蠻人的護身符、碎骨頭、俗氣的首飾——這都是這傢伙在迷信天性驅使下收集來的幸運符和法器。

「啊，在這！」他得意洋洋地拿起一枚外形怪異的戒指。材質類似銅，造型是隻有鱗片、盤成三圈、尾巴伸到嘴裡的蛇，蛇眼是綻放著妖異光芒的黃寶石。索斯阿蒙彷彿被重擊般大叫，迪翁轉身驚呼，突然面無血色。奴隸的雙眼在發光，嘴巴大張，黝黑大手宛如利爪般探出。

「蛇戒！看在塞特的份上！蛇戒！」他尖叫。「我的蛇戒——被偷走的戒指——」斯堤及亞人手中冒出鋼鐵的反光，只見他黝黑的肩膀一抖，匕首已經插入胖男爵的身體裡。迪翁的尖叫聲剎然而止，變成窒息的咯咯聲，並如同融化奶油般癱軟在地。這人到死都是蠢蛋，死在極度的恐懼中，卻完全不解原因。索斯撲到屍體旁，將對方拋到腦後，雙手抓起那枚戒指，黑眼綻放出恐怖的渴望。

「我的戒指！」他在可怕的喜悅中低語。「我的力量！」

就連斯堤及亞人也不知道自己在那個不祥的東西前蹲伏了多久，宛如雕像般動也不動地將它邪惡的靈氣吸入自己黑暗的靈魂中。當他從暗夜似的深淵回過神時，月亮已經升起，在花園座椅後方的光滑大理石牆面上灑落長長的黑影，而椅腳下更加深邃的暗影，則屬於前阿塔勒斯領主。

「結束了，阿斯卡蘭提，結束了！」斯堤及亞人輕聲道，雙眼宛如黑暗中的吸血鬼般綻放紅光。他彎下腰去，從被害人身邊的濃稠血泊中舀起一掌凝結的血，放在銅蛇眼上搓揉，直到黃光上籠罩一層深紅色澤。

「遮蔽你的視線，神祕的大蛇呀，」他用足以凍結鮮血的低語聲唸誦。「在月光下遮蔽視線，在黑暗深淵中睜開！喔，塞特之蛇呀，你看到什麼？你從黑夜深淵中召喚出誰？誰的黑影籠罩在黯淡光芒上？召喚他來，喔，塞特之蛇呀！」

他的手指在蛇戒的鱗片上奇怪地畫著圈，那個動作總是會讓手指回到起始點。他嗓音愈來愈低沉，低聲唸出黑暗的名字，以及除了有恐怖黑影在墓穴幽光中蠢蠢欲動的黑暗斯堤及亞的陰森內陸外，早已被整個世界遺忘的可怕咒語。

他身旁的空間出現動靜，彷彿有東西浮出水面時產生的波動。一陣難以形容的寒風短暫吹過，宛如來自開啓的門扉。索斯感應到身後有東西，但他沒有回頭去看。他目光專注在大理石被月光照亮的位置，那裡有一道淡淡的陰影。他繼續輕唸咒語，陰影逐漸變大變清晰，最後形成令人毛骨悚然的形體。它的輪廓看起來類似狒狒，但世界上從沒有出現過這種狒狒，就連在斯堤及亞也沒有。索斯還是沒回頭，只是從腰帶上拿出他主人的一隻涼鞋——他總懷抱著能讓它派上用場的微小希望而一直帶在身上——他把涼鞋往後丟。

「認清楚，蛇戒之奴！」他大聲說道。「找出鞋子的主人，摧毀他！凝視他雙眼，炸碎他靈魂，然後扯開他喉嚨！殺了他！啊，」他在失去理智的狂喜中說道，「殺了他身邊所有人！」

索斯在月光照亮的大理石牆上看見怪物低下畸形的腦袋，宛如醜陋的獵犬般嗅著涼鞋的氣味，接著恐怖的腦袋後仰，怪物轉身，像樹林中的一陣風般瞬間消失。斯堤及亞人得意洋洋地揚起雙臂，牙齒和雙眼都在月光下閃閃發光。

牆外的守衛驚恐看見一條長著火紅眼睛的巨大黑影掠出牆外，宛如旋風般疾掃而過。但黑影一眨眼間就消失了，只留下神情困惑的戰士懷疑自己是在作夢還是幻覺。

04

當世界還年輕
人類還軟弱
黑夜惡魔
恣意肆虐，
我以火焰、鋼鐵及箭毒木汁液
對抗塞特；
如今我沉睡在
高山的黑心中，
承受歲月無情蹂躪——
你忘了那個
對抗大蛇
拯救人類靈魂的人了嗎？

□

科南王孤身在黃金圓頂的大寢宮裡沉睡夢鄉。透過盤繞的灰霧，他聽見奇特的呼喊，聲音很輕，很遙遠，儘管他不了解叫聲的意義，但他似乎不能忽略那個聲音。他拔劍在手，穿越灰霧，彷彿走過雲端，聲音隨著他的接近而逐漸清晰，直到他聽懂對方在喊什麼——那跨越空間或時間深淵的是他自己的名字。

如今霧稍微散開了些，他發現自己正身處一條彷彿直接從黑岩石中開鑿而出的漆黑大走道上。走廊沒有燈火，但透過某種魔法，他看得一清二楚。地板、天花板和牆壁都擦得乾乾淨淨，反射黯淡光芒，並刻有古老英雄和遭人遺忘的諸神圖像。他微微顫抖地看著無名古神巨大陰暗的輪廓，心知這條走廊已經數百年沒有凡人踏足。

他來到一道鑿入岩石中的寬敞石階，井狀通道兩側布滿古老可怕、令科南王毛骨悚然的神祕符號。每級台階上都刻有古蛇塞特令人厭惡的形象，因此他每走一步都會把腳跟踩在蛇頭上，此乃古人刻意為之，但他依然不太自在。

不過那個聲音還在呼喚他，終於，在肉眼凡胎無法看穿的黑暗中，他來到了一座奇特的地下墓穴，隱約看見有個白鬍子人影坐在墳墓上。科南寒毛豎起地抓緊長劍，但那條人影語氣陰森森地說起話來。

「喔，凡人，你認得我嗎？」

「看在克羅姆的份上，我不認得！」國王大聲道。

「凡人，」古人說，「我是艾培密特瑞斯。」

「賢者艾培密特瑞斯已經去世一千五百年了！」科南結結巴巴道。

「聽著！」古人以命令的口氣道。「就像丟入暗湖的小石頭掀起足以傳到對岸的漣漪，神祕世界在我沉睡時所發生的事件宛如朝浪般捲開。我選定了你，辛梅利亞的科南，重大事件和偉大的功績將會發生在你身上。但末日已經降臨大地，而你的劍幫不了你。」

「你講話太深奧，」科南不自在地說。「讓我的敵人現身，我一劍劈開他的頭。」

「把野蠻人的怒氣釋放在有血有肉的敵人身上，」古人說。「我不是要在凡人之前保護你。世間存在著凡人隱約察覺到的黑暗世界，無形無體的怪物潛伏其中——來自外層虛無的惡魔會被吸引而來，凝聚實體，在邪惡魔法師的驅使下撕裂肉體、吞噬人心。王啊，你家裡有條蛇——你的國度裡有條巨蛇，來自斯提及亞，邪惡靈魂的陰影中蘊含黑暗的智慧。就像睡夢中的人會在蛇接近時夢到蛇，我已經感應到塞特信徒的邪惡存在。他陶醉在可怕的力量中，其對敵人展開的攻擊有可能擊潰整個國家。我喚你來此，是要賜予你武器對抗他和他的地獄犬。」

「為什麼？」科南困惑地問。「傳說你沉睡在葛拉米拉山的黑心中，會在需要時用隱形翅膀送出幽靈來幫助阿奎洛尼亞，但我——我是外地人，還是野蠻人。」

「和平！」鬼魂般的聲音在陰暗的石窟中迴蕩。「你的命運跟阿奎洛尼亞密不可分。命運的蛛網和子宮中正孕育著重大事件，瘋狂的巫師不該擋在帝國命運之前。很久以前，塞特盤據世間，宛如蟒蛇纏繞獵物。終我一生，相當於正常人三輩子的時間，我都在與之對抗。我把他趕入神祕南方的黑影中，但在黑暗斯堤及亞，人們依然崇拜這個世人視之爲大惡魔的傢伙。正如我對抗塞特，我也對抗他的信徒、他的崇拜者、他的侍祭。伸出你的劍。」

科南神色疑惑地照做，古人瘦削的手指在巨劍劍刃上，靠近沉重護手處繪製奇特的符號，它在黑暗中宛如白色火焰般發光。地下墓穴中的墳墓和古人突然消失，困惑的科南在大金圓頂寢宮的臥床上驚醒。當他站起身來，滿腦子都是方才奇特的夢境時，卻發現手中握著自己的劍。他後頸的寒毛根根豎起，看著寬劍刃上多出來的印記——一隻鳳凰的輪廓。他想起來剛剛在地下墓穴的墳墓上看過類似的石刻雕像。這下他開始懷疑那是否眞的是石雕，整個人也因此感到毛骨悚然。

起身之後，走廊外的細微聲響引起了他的注意，他沒有走去查探，而是直接開始穿戴護具；他恢復成從前的野蠻人，宛如被逼入絕境的灰狼般疑神疑鬼，時刻警覺。

05

我懂什麼文明之道，
眩目的外表、狡猾的手腕、
無恥的謊言？
我生在赤裸的大地上，
養在遼闊的天空下。
能言善道的巧舌、陰險詭辯的計謀，
在闊劍揮砍下終告失利。
衝進來死吧，你們這群狗——我成王前
是男人。

——王之道

□

二十條身影偷偷走在籠罩王宮走廊的死寂之中。他們步伐輕盈，有些赤腳，有些穿軟皮鞋，沒有在厚地毯或大理石磚上踏出任何聲響。走廊沿路壁龕中的火把在匕首、長劍及利斧上反射出紅光。

「放鬆！」阿斯卡蘭提斷聲道。「呼吸給我天殺的小聲點，不管是誰發出來的！夜班守衛軍官調走了宮裡大部分守衛，剩下的也都灌醉了，但我們還是必須小心。後退！守衛來了！」

他們縮回幾根石柱後，幾乎立刻就有十名穿黑盔甲的壯漢踏著整齊的步伐路過。他們神色遲疑地跟著軍官離開既定的崗位。這名軍官臉色發白，經過謀反者藏身處時伸手擦拭額頭上的汗水。他年紀輕，如此背叛國王壓力甚鉅。他暗自咒罵自己揮霍無度，積欠債務，淪爲謀反政客手下的棋子。

守衛嚓啷嚓啷走過，消失在走廊另外一端。

「好！」阿斯卡蘭提微笑。「沒人看守沉睡中的科南。動作快！如果被他們撞見我們行凶，我們就完了——但只要國王一死，會支持他的人就不多了。」

「對，動作快！」林納度叫道，藍眼宛如舉在頭上揮舞的那把劍上反射的劍光。「我的劍很飢渴！我聽見禿鷹聚集的聲音！上！」

他們加快腳步通過走廊，在刻有阿奎洛尼亞王室龍徽的鍍金門前停步。

「葛洛梅！」阿斯卡蘭提說。「給我撞開門！」

壯漢深吸口氣，龐大的身軀衝向門板，把門撞得嘎嘎作響，彎曲變形。他再度伏低，向前疾衝。就聽見門閂斷折，木材崩裂，房門破碎，向內敞開。

「進房！」阿斯卡蘭提大吼，因行動而情緒高漲。

「進房！」林納度喊道。「暴政必亡！」

他們突然停步。科南面對他們，不是剛剛睡醒、手無寸鐵的待宰羔羊，而是精神飽滿、全面警覺的野蠻人，身上穿戴幾件護甲，手裡拿著他的長劍。

戲劇性的對峙持續片刻——四個謀反的貴族站在破門前，身後跟著一群野蠻粗獷的傢伙——所有人都僵立原地，看著站在燭光照明的寢宮中央、目光逼人的高大男子。那一瞬間，阿斯卡蘭提看見了王家大床旁的小桌上擺著銀權杖和阿奎洛尼亞王冠，而那兩樣東西強烈激發了他內心的慾望。

「進房，你們這些惡棍！」不法之徒吼道。「一對二十，他還沒戴頭盔！」

沒錯，科南沒時間戴上沉重的羽盔，也沒時間綁好胸甲側面的繫繩，此刻也不可能去拿掛在牆上的巨盾。儘管如此，科南的防護還是比在場所有敵人周全，除了身穿全套盔甲的沃馬納和葛洛梅。

國王冷冷瞪視，不確定這些人的身分。他不認得阿斯卡蘭提，也看不見謀反者頭盔面罩後的面孔，而林納度已用斗篷遮住了眼睛以上的部位。不過科南沒時間揣測敵人是誰，在一陣撼動天花板的吶喊聲中，殺手擁入房間。葛洛梅一馬當先，宛如衝鋒的公牛，低著腦袋，壓低長劍，瞄準科南腹部。科南衝上前去，猛虎般的蠻力灌注在揮劍的手臂上。巨劍拖曳弧光破風而去，擊中波松尼亞人的頭盔。劍刃和頭盔撞擊震動，葛洛梅了無生氣地滾倒在地。科南往後跳開，依然抓著斷掉的劍柄。

「葛洛梅！」他啐道，詫異地看著裂開的頭盔自裂開的腦袋上滾落；接著剩下的敵人蜂擁而上。一把匕首劃過胸甲和背甲之間的肋骨，一把劍掠過他眼前。他左手打倒使匕首的傢伙，劍柄宛如拳套般擊中劍士的腦側。對方的腦漿濺在他臉上。

「看好門，你們五個！」阿斯卡蘭提吼道。他在刀光劍影外圍四下遊走，擔心科南會殺出血路，突圍逃走。惡棍後退片刻，他們的領頭者抓了幾個人推向門口，科南則趁機跳到牆邊，拔下一把已在牆上掛了半世紀、不受歲月侵蝕的古老戰斧。

他背靠牆壁，面對逼近而來的一圈敵人，然後跳入人群中央。他不是防禦型的戰士；就算戰況極度不利，他還是會主動進攻。如果是其他人，在這種情況下肯定已經死了，科南也不寄望能活下來，但他強烈渴望在死前盡可能多傷害敵人。他的野蠻人靈魂在炙烈燃燒，耳邊則迴蕩著古代英雄的戰呼。

他衝離牆壁時用戰斧砍掉一個壞蛋的肩膀，隨即猛力收手，打爛另一人的頭顱。利刃翻飛，劍劍凶險，但死亡總是與他擦身而過。辛梅利亞人宛如殘影般逼近敵人。他彷彿老虎闖進一群狒狒中，縱躍、側步、迴旋，始終不肯待在同一個位置，戰斧在他身周繞成一圈死亡光圈。

有一小段時間，殺手前仆後繼、盲目地圍住他攻擊，但因人數過多反而礙手礙腳；接著他們突然撤退——地上兩具屍體無聲證明國王的狂怒，雖然科南的手臂、頸部和雙腿都在流血。

「廢物！」林納度甩開羽毛斗篷，滿眼怒火地大叫。「你們在戰鬥前畏縮？要讓暴君活命？快上！」

他衝上前狂劈猛砍，但科南認出他來，先是一斧砍斷他的劍，接著一掌將他推倒在地。國王的左手被阿斯卡蘭提的劍刺傷，要不是法外之徒連忙矮身後退，當場就會死在戰斧下。狼群再度擁上，科南的戰斧揮砍得虎虎生風。一個毛髮濃密的惡棍伏下身閃過戰斧，撲向國王的腳，但是與鐵塔般的雙腳角力片刻後，抬頭剛好看見戰斧向他迎面而來，只是仍閃躲不及。他有個夥伴趁機舉起闊劍砍穿國王的左護肩，傷了對方的肩膀。科南的胸甲轉眼染滿鮮血。

沃馬納衝動之下把眼前的殺手推向兩側，猛地向前衝，朝科南毫無保護的頭狠狠劈下。國王深深一蹲，劍刃呼嘯掠過他頭頂，削落了一綹黑髮。科南腳跟一轉，攻向對方側面。戰斧砍穿鋼甲，沃馬納左身凹陷，癱倒在地。

「沃馬納！」科南氣喘吁吁地說。「我下地獄再去找你這矮子——」他站直身子，迎向瘋狂衝來的林納度，只見對方渾身破綻，僅握著一把匕首。科南往後跳，高舉戰斧。

「林納度！」他嗓音刺耳，語氣急迫。「退下！我不想殺你——」

「去死，暴君！」瘋狂詩人尖叫，一頭衝向國王。科南遲遲不肯出手，直到他沒有防護的身側傳來刺痛，才在情急之下動手攻擊。

林納度頭破血流，倒地不起，科南轉身背靠牆壁，捂住傷口的指縫中湧出汩汩鮮血。

「進去，立刻，殺了他！」阿斯卡蘭提叫道。

科南靠著牆壁舉起了戰斧。他呈現出一種無法征服的原始形象——雙腳跨開，頭部向前，一手扶牆，另一手高舉戰斧，結實的肌肉宛如鋼鐵般隆起，五官凝固在死亡怒吼中——雙眼透出面前的血霧，綻放著恐怖的光芒。殺手動搖了——儘管他們都是放蕩不羈、目無法紀之人，但他們還是擁有文明的背景，並來自所謂的文明世界——他們面對的是個野蠻人，是個天生的殺手。他們退縮了——垂死的老虎還是有能力殺人。

科南察覺他們內心的動搖，露出了陰森凶狠的微笑。「誰要先死？」他咧開血淋淋的破唇，口齒不清地問。

阿斯卡蘭提如狼般躍起，隨即以難以想像的速度平空止住衝勢，矮身落地，避開迎面而來的死亡攻擊。他拚命轉身閃躲，在科南收回斧頭再度出擊前滾出對方的攻擊範圍。這一回戰斧深入光滑的地板數吋，十分接近阿斯卡蘭提的雙腿。

另一個被誤導的亡命之徒選在這個時機進攻，幾名夥伴不情願地跟了上去。他打算在辛梅利亞人拔出斧頭前殺了對方，但他判斷錯誤，血紅的戰斧高高舉起，狠狠落下，男人狂噴鮮血，向後飛出，落在其他人腳前。

同一瞬間，門口的惡棍看見一抹怪異黑影落在對面牆前，驚恐地叫出了聲。除了阿斯卡蘭提外，所有人都轉向叫聲的方向，接著他們像狗一樣號叫，宛如胡言亂語的暴民，爭先恐後地衝出門口，在驚叫聲中散入走廊。

阿斯卡蘭提沒有轉頭看門；他的眼中只有受傷的國王。他猜想是打鬥聲終於驚動了王宮裡的人，王家守衛即將找上門來，但即使在這種情況下，他還是對那群殘暴的惡棍爲何嚇成那樣而感到疑惑。科南沒有看門，因爲他正以宛如垂死之狼般的炙烈目光盯著這個法外之徒。身處如此絕境，阿斯卡蘭提憤世嫉俗的人生哲學依然沒有遺棄他。

「看來一切都消失了，特別是榮譽，」他喃喃說道。「然而，國王就要死了——而——」沒人知道他心裡還有什麼想法；因爲他沒把話說完，而是趁著辛梅利亞人舉起持斧的手臂擦拭雙眼鮮血時迅速奔向對方。

但他剛開始狂奔，身後就襲來一陣奇特的勁風，一股沉重的力道撞上他肩膀。他朝前撲倒，巨大的爪子陷入他的體內。他在襲擊者身下拚命掙扎，轉頭凝視對方惡夢般的瘋狂面孔。趴在他身上的黑色龐然大物，一看就知道並非來自理性和人類的世界，它流著唾液的黑牙靠向他的喉嚨，黃眼中的光芒宛如致命的狂風摧殘穀物般讓他四肢萎縮。

它醜陋的臉上展現出無比的獸性，令人聯想到透過惡魔之力復活的遠古邪惡木乃伊。法外之徒瞳孔放大，彷彿依稀從籠罩全身的瘋狂陰影中，在那張令人憎惡的臉上看見奴隸索斯阿蒙恐怖的影子。接著阿斯卡蘭提憤世嫉俗、足以解釋一切的人生哲學離他而去，怪物滴著口水的利齒還沒碰到他，他就已經在淒慘的叫聲中放棄自己的靈魂。

科南甩開眼中的血滴，僵在原地看著眼前的景象。一開始他以爲站在阿斯卡蘭提扭曲屍體上的是一隻大型黑獵狼犬；隨著視線逐漸清晰，他看出那怪物不是獵狼犬，也不是狒狒。

他放聲吼叫，宛如阿斯卡蘭提臨死慘叫的回音，他奮力推開牆壁，情急之下擠出所有力量對準飛撲而來的怪物拋出戰斧。戰斧從理應腦漿併裂的頭顱上彈開，國王隨即被怪物龐大的身軀撞出半個房間。

沾滿口水的大嘴咬住科南舉起來保護喉嚨的手臂，但怪物沒有死命咬下去，它目光凶狠地透過殘破的手臂凝視國王的雙眼，而國王眼中開始浮現阿斯卡蘭提了無生氣的眼中浮現過的恐懼。科南感覺靈魂逐漸乾枯，開始離體而去，身旁滋長出吞噬所有生命與理性的無形混亂，在那雙綻放幽光的無限恐懼黃井之中逐漸溺斃。那雙眼睛越張越大，辛梅利亞人在黃眼裡瞥見潛伏在外黑暗的無形虛無和漆黑深淵中所有邪惡瀆神的恐怖怪物。他張開染血的嘴唇，意欲吼出心中的厭惡與反感，但喉嚨只能發出乾巴巴的咯咯聲。

不過癱瘓摧毀阿斯卡蘭提的恐懼在辛梅利亞人體內掀起一股類似瘋狂的怒氣。他整個身體猛力掙扎，奮力往後退開，毫不在意手臂撕裂帶來的痛楚，拖得怪物隨之移動。他甩開的手碰到某樣東西，恍惚之中認出那是他斷劍的劍柄。他本能性抓起劍柄，當成匕首般使盡吃奶的力氣狠狠插下。半截斷劍深深沉入目標體內，怪物痛得張口大叫，放開科南的手臂。國王被猛力甩到一旁，正當靠單手撐起自己時，他神色困惑地發現怪物被斷劍刺傷的地方湧出濃稠的鮮血，同時劇烈抽動。他眼睜睜看著怪物停止掙扎，躺在地上斷斷續續的抽搐，可怕的死眼瞪視上方。科南眨眨眼，甩開自己眼中的血；看來怪物似乎在融化，瓦解成一灘黏液般的物質。

接著吵雜的人聲傳入他耳中，宮裡的人終於湧入房內——騎士、貴族、貴婦、守衛、議員——所有人都在竊竊私語、大吼大叫、阻礙他人。黑龍軍擠上前來，怒氣沖沖，滿口髒話，橫眉豎目、手握劍柄，咬牙切齒地詛咒暴徒。負責守門的年輕軍官不在現場，事後他們有派人搜捕，但始終沒找到他的下落。

「葛洛梅！沃馬納！林納度！」議長帕布利斯驚呼，在屍體之間搓揉肥胖的手掌。「陰謀反叛！一定要有人負責！叫守衛！」

「守衛就在這裡，老笨蛋！」黑龍軍指揮官帕蘭泰迪斯語氣傲慢地說，一時之間在壓力下忘記了帕布利斯位高權重。「別再亂吼亂叫了，幫我們包紮國王的傷口。他有可能失血致死。」

「對，對！」帕布利斯大聲說，他擅長計畫，不擅長執行。「我們得幫他包紮傷口！去把宮裡所有醫生找來！喔，陛下，這眞是本城的奇恥大辱！你有任何需要嗎？」

「拿酒來！」國王躺在床上喘道。他們把酒杯送到他血淋淋的嘴邊，他像快渴死的人般大口喝酒。

「很好！」他哼了一聲，躺回床上。「殺人他媽超渴的。」

他們幫他止血，然後野蠻人天生的強大活力開始發揮作用。

「先處理我身側的刀傷，」他吩咐宮廷醫生。「林納度在那裡給我寫了首致命歌謠，他用的筆很鋒利。」

「我們早該吊死他了。」帕布利斯立刻說道。「詩人嘴裡沒好話——這傢伙是誰？」

他緊張兮兮地用鞋尖頂頂阿斯卡蘭提的屍體。

「看在密特拉的份上！」指揮官大喊。「他是阿斯卡蘭提，以前是索恩的伯爵！究竟是什麼陰謀讓他離開沙漠的巢穴，跑到這裡來？」

「他那是什麼眼神？」帕布利斯低聲說，偏開頭去，雙眼圓睜，肥肥的後頸上的寒毛莫名其妙根根豎起。其他人看向法外之徒的屍體，紛紛安靜下來。

「如果你們也看到他和我看到的東西，」國王吼道，不顧醫生抗議坐起身來，「你們就不會納悶了。光是看著那——」他突然住口，嘴巴開開，手指徒勞無功地比來比去。剛剛怪物死去的地方如今只剩下光禿禿的地板。

「克羅姆呀！」他罵道。「那怪物融化了，變回孕育它的穢物！」

「國王精神錯亂了。」有個貴族低聲說。科南聽見了，用野蠻人的方式發誓。

「我以貝伯、莫利根、馬查、尼曼之名起誓！」他語氣憤怒。「我很清醒！那怪物看起來像是斯堤及亞木乃伊和狒狒的混合體。它從門口進來，阿斯卡蘭提的手下一看到它就跑光了。它殺了正要砍我的阿斯卡蘭提。然後又來對付我，結果死在我手上——我不知道我是怎麼殺的，因爲我的斧頭好像砍中刑架般從它身上彈開。但我想是賢者艾培密特瑞斯做的手腳——」

「聽聽，他是說已經死了一千五百年的艾培密特瑞斯！」他們竊竊私語。

「看在尤米爾的份上！」國王聲如雷鳴。「我今晚見過艾培密特瑞斯。他在夢中召喚我，我走過一條古神開鑿的黑石走廊，爬上一道刻有塞特形象的石梯，來到一座地下墓穴，還有個刻有鳳凰雕像的墳墓——」

「看在密特拉的份上，國王陛下，別再說了！」密特拉大祭司叫道，臉色白如死灰。

科南突然抬頭，彷彿獅子甩動鬃毛，嗓音也宛如憤怒的獅子般渾厚。

「我是奴隸嗎，你叫我閉嘴就閉嘴？」

「不、不、陛下！」大祭司在發抖，但不是害怕國王震怒。「我沒有不敬的意思。」他彎腰低頭，湊到國王身旁，壓低音量只讓科南聽見。

「陛下，此事超越凡人理解範圍。只有最高層的神職人員才知道葛拉米拉山黑心中不知何人開鑿的黑石走廊，或由鳳凰守護一千五百年的艾培密特瑞斯之墓。那個年代之後，再也沒有活人踏足其中，因爲賢者選中的祭司在把他安葬於墓穴中後就封閉了走廊的入口，不讓任何人找到。時至今日，就連大祭司都不知道墓穴所在。密特拉的高層祭司藉由口耳相傳，只將祕密告知少數獲選之人，並且嚴守祕密，這才讓我們得知艾培密特瑞斯是安息在葛拉米拉山的黑心之中。那是密特拉教賴以立教的祕密之一。」

「我不知道艾培密特瑞斯施展了什麼魔法把我帶去他面前。」科南說。「但我跟他談過，他在我的劍上加持了一個印記。我不知道那個印記爲什麼能殺死惡魔，也不知道其中蘊含什麼魔法；但儘管劍刃被葛洛梅的頭盔撞斷，剩下的半截還是長到足以殺死那隻怪物。」

「我看看你的劍。」大祭司低聲說道，突然之間口乾舌燥。

科南遞出斷劍，大祭司驚叫一聲，跪倒在地。

「密特拉保護我們對抗邪惡力量！」他喘氣說道。「國王今晚眞的遇上了艾培密特瑞斯！

這把劍上的印記——那是除了他沒人可以製作的神祕印記——永遠守護他墳墓的永生鳳凰的印記！拿蠟燭來，快！照亮國王口中那隻哥布林死去的位置。」

一面破屏風的陰影遮住了那個位置。他們推開屏風，用燭光照亮地板。眾人湊上去看，房內當場陷入一片戰慄死寂之中。接著有些人跪倒在地，口呼密特拉，有些人在驚叫聲中逃離寢宮。

怪物死去的地板上有一塊宛如實質黑影的污點，永遠無法洗淨；怪物的輪廓刻蝕在它自己的血液中，而那輪廓絕非理性正常世界中的生物所有。它看起來陰森恐怖，像蹲坐在斯堤及亞黑暗大地中某座陰暗神廟的幽暗聖壇上，外貌似猴的諸神之一所投射出的影子。

〈劍上的鳳凰〉完

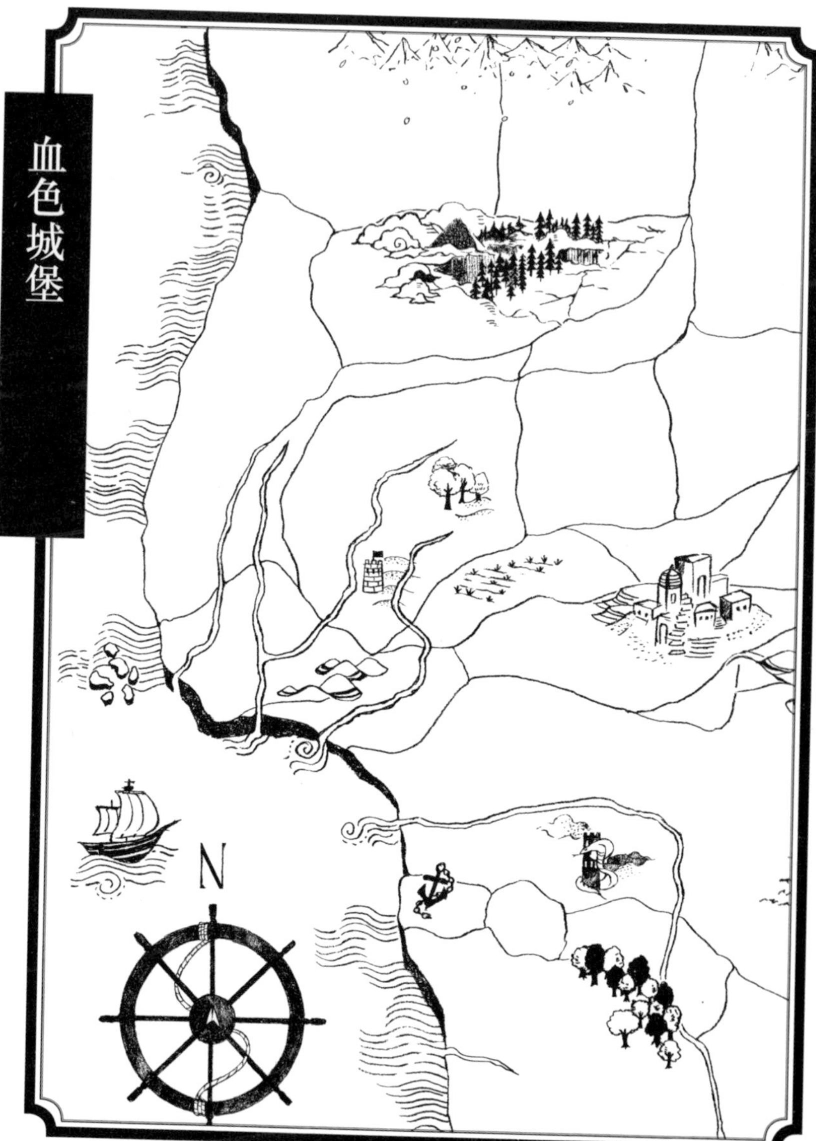
血色城堡
N

《劍上的鳳凰》發表後大受好評，一九三三年一月的《怪譚》就刊出了續集《血色城堡》。這並非霍華創作的第二篇科南故事，但就劇情和閱讀順序而言，都是《劍上的鳳凰》理想的接棒之作。小說中科南國王再次落難，先在戰爭中被盟友背叛，監禁於恐怖地牢之中，接著要殺出一條血路，智取邪惡巫師，找出奪回王座的方法。故事中既有千軍萬馬的大場面，也有經典的「地城冒險」（dungeon crawl）橋段（而且比《龍與地下城》早了將近半個世紀）。創作《血色城堡》的時候，霍華已經完成了長篇設定散文《海伯里亞紀元》，讀者得以一窺更多的世界面貌。本篇的劇情也成為後來長篇《惡龍時代》的主軸。

——編者

01

他們在沙暮平原
囚禁雄獅；
他們以鐵鎖鏈
束縛他的肢體；
他們放聲吶喊
勝利歡呼，
他們叫道：「雄獅終於
關進籠中了！」
爲河畔諸城的苦難哀悼，
一旦雄獅再度踏入人間！

——古民謠

□

戰陣衝殺聲漸歇；勝利的歡呼與垂死的哀號此起彼落。屍體在平原上隨處可見，宛如秋季風暴過後的繽紛落葉；夕陽餘暉反射在明亮頭盔、鍍金鎖甲、銀胸甲、斷劍，及倒在凝結血泊中的莊嚴軍旗上。戰馬和全套鋼甲的騎士無聲無息躺在地上，飄逸的鬃毛和搖擺的羽飾染血為一片紅潮。他們四周、他們之間，宛如在暴雨中四下漂流的垃圾，散布著被砍爛、被踩扁的鋼盔和皮衣——弓箭手和長矛兵。

平原上到處傳出勝利的號角聲，還有戰勝者的馬蹄踐踏戰敗者胸口的聲響，閃亮的線條宛如輪輻般朝內匯聚，迎向仍在垂死掙扎的最後一名倖存者。

那天科南，阿奎洛尼亞之王，見證了他最精銳的騎兵被砍成碎片、壓成肉醬、掃入永恆。他率領五千名騎士穿越阿奎洛尼亞的東南國界，進入俄斐的青翠牧地，卻發現他從前的盟友，俄斐的阿馬洛斯王，與科斯王史特拉伯努斯的部隊聯手突襲他。他太晚察覺陷阱了。他竭盡所能指揮五千騎兵對抗密謀者的三萬名騎士、弓箭手、和長矛兵。

在缺乏弓箭手或步兵的輔助下，他命令武裝騎兵衝向敵方大軍，看著身穿明亮鎖甲的敵方騎士死在他的長槍下，粉碎中央戰線，衝擊敵軍的隊形，結果卻發現自己遭遇對方毫髮無傷的側翼夾擊。史特拉伯努斯的閃姆弓兵摧殘他的騎士，箭如雨下刺穿他們護甲上所有縫隙，擊斃馬匹，科斯長矛兵擁上前去刺死落地的騎士。陣線中央潰敗的鎖甲長槍兵重新集結，聯合側翼的騎兵再度衝鋒，以數量優勢席捲沙場。

阿奎洛尼亞人沒逃；他們戰死沙場，五千名跟隨科南南下的騎士沒有一個生離戰場。如今國王本人受困在自己手下的屍體之中，背靠死馬和死屍疊成的屍堆。身穿鍍金鎖甲的俄斐騎士策馬躍過屍堆，攻擊唯一的倖存者；伏低的藍黑鬍鬚閃姆兵和黑臉科斯騎士徒步包圍他。金屬交擊的聲響震耳欲聾；身穿黑鎖甲的西方國王昂然而立，面對包圍他的敵人，宛如手持大屠刀的屠夫般不停攻擊。背上無人的戰馬四下狂奔；他的鐵靴旁躺了一圈血肉模糊的屍體。敵人在他狂亂攻擊下退開，氣喘吁吁，臉色鐵青。

接著征服方的領主騎出喊叫咒罵的包圍圈——史特拉伯努斯，膚色深、臉大、目光奸詐；阿馬洛斯，修長、一絲不苟、陰險狡猾、宛如眼鏡蛇般危險；還有那個禿鷹般的瘦子索沙蘭提，身上只穿了件絲袍，一雙大黑眼在那張類似猛禽的臉上閃閃發光。關於這個科斯巫師有許多恐怖的傳說；北方和西方村落中蓬頭垢面的女人會拿他的名字嚇小孩，不聽話的奴隸一聽說要被賣給他馬上就乖了下來，比鞭打還有效。據說他圖書館裡的邪惡魔法書全都是用活人的人皮所製，而他會在宮殿地底的深淵裡交易黑暗的力量，用慘叫的女奴隸換取邪惡的祕密。他是科斯眞正的統治者。

此刻他笑容陰森地看著兩個國王把馬停在安全距離外，面對聳立在屍體堆中那條全副武裝的身影。布滿凹痕的羽飾頭盔下那雙野蠻藍眼所釋放出的殺氣足以令最勇敢的人卻步。科南傷痕累累的面孔在盛怒之下顯得更加陰沉；他的黑戰甲殘破不堪，濺滿鮮血；他的巨劍連劍衛都已染紅。在壓力下，所有文明的假象都消失了；他就是一個面對征服者的野蠻人。科南本是辛梅利亞人，居住在陰暗、多雲的北地上那些喜怒無常的山地蠻族之一。他的傳說，引領他爬上阿奎洛尼亞王座的種種事蹟，乃是一整套英雄故事的大集合。

於是如今兩個國王跟他保持距離，史特拉伯努斯命令他的閃姆弓兵自遠方放劍射擊他的敵人；他手下的軍官在辛梅利亞人的闊劍前宛如成熟穀物般落地，而史特拉伯努斯是個把騎士看得跟錢一樣重的人，所以他氣炸了。但是索沙搖頭。

「活捉他。」

「說得容易！」史特拉伯努斯神色不安地吼道，深怕黑甲巨人會在長矛環伺下朝他們殺出一條血路。「誰能活捉生吃老虎的人？看在伊絲塔的份上，他的腳踏在我手下最精銳的劍客脖子上！每一個都是花了七年的時間和大筆黃金訓練出來的，而他們都躺在地上，跟死鳶沒兩樣。放箭，我說！」

「我再說一次，不准放箭！」索沙大聲說道，翻身下馬。他笑聲冷酷。「你到現在還不明白我的腦袋比劍強大嗎？」

他穿越長矛兵的陣線，身穿鋼盔和鎖甲的巨人紛紛退縮，深怕會碰到他的袍角。就連頭戴羽盔的騎士也連忙讓道。他跨越屍體，來到令人望而生畏的國王面前。部隊一聲不吭地看著，所有人屏息以待。黑甲戰士氣勢駭人地高舉布滿缺口的滴血闊劍，聳立在瘦小的絲袍巫師面前。

「我饒你一命，科南。」索沙說，語氣中流露出一股尖酸刻薄的笑意。

「我要你狗命，巫師。」國王吼道，在堅硬肌肉和強大恨意驅使下揮砍闊劍，打算把索沙的胸口劈成兩半。但就在部隊發出驚呼的同時，巫師向前跨步，速度快到肉眼難察，隨即出掌在科南的左臂上一摸，接觸到鎖甲被砍穿的位置下隆起的肌肉。呼嘯而來的闊劍突然偏移，鎖甲巨人重重落地，再也動彈不得。索沙無聲輕笑。

「抓起來，不要怕；獅子的牙已經拔了。」

兩個國王騎馬過來，神色敬畏地看著倒地的獅子。科南渾身僵硬，宛如死屍，但雙眼圓睜，瞪視他們，目光無助狂怒。「你對他做了什麼？」阿馬洛斯語氣不安的問。

索沙展示手指上的寬面戒指。他手指交抵，戒指內緣彷彿靈蛇吐信般冒出一支小鋼牙。

「泡過生長在南斯堤及亞闇鬼沼澤中的紫蓮花汁。」魔法師說。「被刺中就會暫時癱瘓。用鏈子鎖起來，關在馬車上。太陽下山了，我們該往柯爾宣米許出發了。」

史特拉伯努斯轉向他的將領阿巴努斯。

「我們帶傷兵回柯爾宣米許。只要一隊王家騎兵隨行護送。你的命令是等破曉時分往阿奎洛尼亞邊境出發，攻打夏馬城。俄斐人會隨行提供食物。我們會盡快率領援軍跟你們會合。」

於是主力部隊，收起兵器的騎士、長矛兵、弓箭手、和隨軍僕役便在戰場附近的牧地上安營紮寨。兩名國王和比任何國王還要偉大的巫師就在宮廷護衛的護送下，趁著夜色趕往史特拉伯努斯的首都，同行還有一整列運送傷兵的馬車。其中一輛馬車上躺著科南，阿奎洛尼亞王，身受鎖鏈束縛，滿嘴戰敗滋味，靈魂化為一頭憤怒的困獸。

徹底麻痺他強健肢體的毒藥並沒有癱瘓他的腦袋。隨著身處的馬車駛過牧地，他的心思始終繞著自己的失敗瘋狂打轉。阿馬洛斯遣使要求他派兵支援對抗史特拉伯努斯，宣稱對方在掠奪他的西境，也就是凸起於阿奎洛尼亞和南方大國科斯邊境的地區。他只要求一千名騎兵加上科南御駕親征，藉以激勵他士氣低落的子民。如今科南暗自咒罵。他出於好心，帶來的部隊超過那個奸詐國王要求的五倍。他毫不懷疑地深入俄斐，結果發現那兩個理應敵對的國家聯合起來攻打他。對方顯然十分看得起他，才會出動這麼多兵馬對付他和他的五千騎兵。

他的眼前籠罩一片紅霧；他的血管在盛怒下擴張，腦側劇烈抽動。他這輩子首度感受到如此強大又無助的憤怒。他透過心眼看見自己一生各式各樣畫面——來自不同時期、不同裝扮的自己——身穿獸皮的野蠻人；頭戴角盔、全副鱗甲的傭兵劍客；搭乘龍頭帆船拖曳血水，掠奪南方海岸的海盜；鋼甲部隊的隊長，坐在人立而起的黑戰馬上；身處金王座上的國王，上方飄逸著獅子圖案的旗幟，下面跪著一群黑壓壓的朝臣和貴婦。但顛簸搖晃的馬車總是會把他的思緒帶回針對阿馬洛斯的背叛和索沙的巫術所掀起的怒氣上打轉。他腦側的血管幾乎要爆了，車上傷兵的哀號聲爲他提供強烈的滿足感。

他們午夜前通過俄斐邊境，黎明時在東南方地平線上看見了柯爾宣米許幾座隱現玫瑰色調的高塔，細長的高塔和腥紅的堡壘，遠遠一看就彷彿是濺灑在天際的一灘鮮血。那裡是索沙的城堡。只有一條鋪大理石地板、以沉重鐵閘門守護的狹窄街道，通往那座位於全城最高山丘上的城堡。山丘側面陡峭，無法攀爬。站在堡壘牆上可以俯瞰城內寬敞的白色街道、尖塔寺廟、商店、神廟、宅邸、市集。同時也可以俯瞰國王的宮殿，擁有寬敞的花園、高牆、豐富的果樹、鮮艷的花朵、人工河潺潺而流、銀噴泉漣漪不斷。堡壘位於一切之上，宛如躬身打量獵物的禿鷹，默想著只有牠才知道的黑暗思緒。

外牆巨塔之間的大城門鏗鏘鏗鏘開啓，國王在兩排雄壯威武的長矛兵和五十支號角致敬聲中駕馬進入首都。不過白石街道旁沒有百姓在征服者的馬蹄前拋撒玫瑰。史特拉伯努斯行軍甚速，戰勝的消息還沒傳回首都，百姓才剛剛起床，開始一天的工作，目瞪口呆地看著國王帶著少數隨從回城，難以判斷他們究竟是打了勝仗還是吃了敗仗。

科南血管中終於緩緩恢復活力，在馬車板上伸長脖子，打量這座人稱「南方女王」的城市。他曾幻想有朝一日能夠率領他的鋼甲部隊穿越那兩扇雕金城門，頭盔上方飄著他的雄獅旗幟。結果他卻被人用鎖鏈鎖著入城，拔光護甲，像個遭俘的奴隸般被丟在征服者馬車的銅車板上。一股倔強的嘲弄笑意蓋過了他的怒氣，但聽在緊張兮兮的駕車士兵耳中，他的笑聲就像是剛睡醒的獅子在輕聲抱怨。

02

陳腐謊言的鮮明外殼；
找對神棍編織寓言
你的王位是繼承而來，
鮮血卻是我得到王位的代價。
我絕不出賣，
看在克羅姆的份上，
我用血汗換來的王位。
不管是爲了滿坑滿谷的黃金
還是來自地獄大殿的威脅！

——王之道

堡壘中，一座有著煤玉圓頂，拱門上鑲閃亮奇特黑寶石的石室裡，舉行著一場詭異的祕密會議。阿奎洛尼亞的科南面對俘虜他的人，粗壯肢體上未包紮的傷口凝結許多血塊。他左右兩側各有十二名黑衣巨人，手握長柄戰斧。索沙站在他面前，史特拉伯努斯和阿馬洛斯靠在長沙發上，一身絲袍，穿金戴銀，旁邊有赤身裸體的奴隸男孩往他們的藍寶石杯中倒酒。科南跟他們呈現明顯的對比，神色猙獰，渾身是血，身上只有一條纏腰布，鐐銬束縛他粗壯的四肢，凌亂的黑髮散落在寬敞的額頭上，藍眼於髮下隱隱發光。他是全場的焦點，單靠天生特質所散發的活力就蓋過征服者華而不實的派頭，高傲浮誇的國王都察覺了這一點，內心隱隱覺得不安。只有索沙不為所動。

「我們要的很簡單，阿奎洛尼亞王，」索沙說。「我們想擴張我們的帝國。」

「所以就來奪取我的國家。」科南厲聲道。

「你算什麼？不過就是個冒險家、浪跡天涯的野蠻人，有什麼資格佩戴王冠？」阿馬洛斯回嘴道。「我們打算支付合理的補償——」

「補償！」科南厚實的胸口傳出低沉的笑聲。「聲名狼藉與背信忘義的代價！我是野蠻人，所以我就該為了自保和髒錢出賣我的國家和人民？哈！你是怎麼得到王位的，你跟你旁邊那隻黑臉豬？你們父親奮鬥受苦，把他們的王冠放在金盤子上送給你們。你們無需努力繼承而來的東西——除了毒死幾個兄弟——我可是用命拚來的。」

「你們坐在綢緞上，牛飲人民以血汗換來的紅酒，暢談君權神授的鬼話——去！我可是從赤裸野蠻的深淵一路爬到王座上，在崛起的過程中噴灑熱血，就跟我親手砍出來的血一樣多。如果我們之中誰有權力統治人民，看在克羅姆的份上，肯定是我！你要怎麼證明你比我優秀？」

「我初到阿奎洛尼亞時，國王是跟你們一樣的豬——追溯王家血緣一千年的傢伙。國土遭受戰爭和貴族撕裂，人民在高壓統治和鉅額稅收下慘叫。時至今日，沒有阿奎洛尼亞貴族膽敢虐待我最謙卑的子民，我國的稅率是全世界最低的。」

「你呢？你弟弟，阿馬洛斯，掌握國家的東半部，公開反抗你的統治。還有你，史特拉伯努斯，你的部隊此時此刻正在圍攻十幾個男爵的城堡。你們兩國的人民都被鉅額稅金和兵制壓榨得喘不過氣。而你們還想掠奪我的國家──哈！放開我，我要用你們的腦漿擦地！」

索沙冷眼旁觀兩個國王夥伴發怒。

「你所說的一切，儘管都是真的，但卻無關緊要。我們的計畫與你無關。你的責任在簽下這份文件後就會結束，宣告退位，讓佩里亞的阿佩羅親王繼位。我們會給你武器和馬，外加五千金月幣，護送你前往東方邊境。」

「讓我回到當年抵達阿奎洛尼亞加入部隊之前的生活，只是多了一個叛徒的惡名！」科南的笑聲有如灰狼低沉的叫聲。「阿佩羅，呃？我早就懷疑那個佩里亞屠夫了。你們就不能光明正大的偷搶拐騙，一定要找個藉口，不管多站不住腳？阿佩羅宣稱擁有王家血統；你們就拿他當作竊國的藉口，統治的傀儡。我死也不幹。」

「你是笨蛋！」阿馬洛斯大叫。「你落入我們手中，只要我們高興，隨時可以奪走你的王位和性命！」

科南的回答既不高貴也不莊嚴，而是典型的本能反應，來自從未在文明薰陶下徹底沉沒的野蠻人天性。他朝阿馬洛斯的眼睛吐口水。俄斐王跳起身來，放聲怒吼，伸手去抓他的細劍。

他拔劍出鞘，衝向辛梅利亞人，但索沙阻止他。

「等等，陛下；此人是我的囚犯。」

「讓開，巫師！」阿馬洛斯高聲叫道，被辛梅莉亞人的藍眼瞪得發狂。

「我說退下！」索沙大吼，怒氣沖天。他纖細的手竄出寬敞的衣袖，對俄斐王扭曲的臉上撒出一把粉末。阿馬洛斯慘叫後退，撒手放劍，摀住雙眼。他渾身無力，摔倒在沙發上，眾科斯守衛神色冷淡，史特拉伯努斯王則匆忙喝了一口酒，雙手顫抖地握著酒杯。阿馬洛斯放下雙手，大力搖頭，灰眼中緩緩恢復理智。

「我剛剛瞎了，」他大吼。「你對我做了什麼，巫師？」

「我只是讓你知道誰才是眞正的主人，」索沙大聲道，摘下之前的面具，朝對方露出其下赤裸邪惡的眞面目。「史特拉伯努斯已經學過教訓了——你也得學學。我拋到你眼中的是一把斯堤及亞墳墓中的塵土——如果我讓你再瞎一次，你一輩子都得在黑暗中摸索。」

阿馬洛斯聳聳肩，面露奇特的笑容，伸手去拿酒杯，掩飾內心的恐懼與憤怒。身爲熟練的外交家，他很快就恢復理智。索沙轉向冷眼旁觀的科南。巫師比個手勢，黑衣人拉起科南，來到索沙身後，跟著索沙走出石室，穿越拱門，進入一條蜿蜒走道，地板上鋪著五顏六色的馬賽克地磚，牆上鑲金刻銀，磨損的拱頂上掛著金香爐，走道上瀰漫著如夢似幻的香霧。他們轉向一條小走廊，由煤玉和黑玉打造而成，看來陰森可怕，走廊末端是扇黃銅門，銅門上方刻著笑容恐怖的骷髏頭。門外站著一個令人反感的胖子，手裡拿串鑰匙搖晃——索沙的首席閹人，蘇凱利，擁有可怕傳言的傢伙——他用渴望刑求的獸性取代正常人的情慾。

黃銅門通往狹窄樓梯，蜿蜒而下，彷彿深入堡壘所在的山丘深處。一群人浩浩蕩蕩下樓，最後停在一扇堅固到似乎毫無必要的鐵門前。這扇門顯然不會遭受風吹日曬，卻彷彿能承受投石器或攻城槌攻擊。蘇凱利開門，推開沉重的鐵門時，科南察覺看守他的黑巨人臉上流露不安神色；就連蘇凱利似乎也對門後的黑暗感到緊張。大門之後還有第二道屏障，是由沉重的鋼條組成。閘門用精心設計的門閂拴住，沒有門鎖，只能從門外開啓；門閂突然開啓，閘門滑入牆內。他們通過門口，進入一條寬敞走廊，地板、牆壁、拱頂似乎都是從實心岩石中開鑿而出。科南知道自己深入地底，甚至已來到山丘下。黑暗宛如擁有意志的活物般壓迫守衛的火把。

他們把國王綁在石牆上的鐵環。他們在他頭上的壁龕中放了支火把，讓他站在一圈昏暗的火光中。黑衣人急著想離開；他們交頭接耳，神色恐懼地偷看黑暗。索沙指示他們出去，他們跌跌撞撞地走出門外，彷彿深怕黑暗會凝聚實體，撲到他們背上。索沙轉向科南，國王不安地察覺巫師的雙眼在陰暗中微微發光，而他的牙齒看起來很像狼牙，於黑暗中隱現白光。

「好了，再見了，野蠻人。」巫師說。「我要趕去夏馬，加入圍城。十天後，我將率領戰士進入你在塔馬的王宮。我要幫你的女人帶什麼話，然後剝下她們優雅的人皮，做成捲軸，記錄索沙蘭提的的勝利編年史？」

科南的回應是一句足以震破正常人耳膜的辛梅利亞惡毒詛咒，索沙輕笑一聲，退出門外。科南透過粗欄杆看著他禿鷹般的身影關上閘門；接著沉重的外門關閉，死寂宛如棺罩般墜落。

03

雄獅大步穿越
地獄廳堂；
前方落下
陰森的黑影
許多無名
碎動的形體
口水直流
的怪物。
慘叫和哭喊
撼動黑暗
當雄獅大步穿越
地獄廳堂。

——古民謠

科南王試探牆上的鐵環及鎖住他的鎖鏈。他手腳可以移動，但他很清楚自己鐵般的蠻力也沒辦法掙脫那些鐐銬。鏈環跟他的拇指一樣粗，扣在他腰上的大鐵箍上，鐵箍有他手掌那麼寬，厚達半吋。光是鎖鏈的重量就能把普通人累死。鎖住鎖鏈跟鐵箍的大鎖就算用大錘也打不出凹痕。至於那個鐵環，顯然它貫穿整面牆壁，釘死在牆的另外一邊。

科南咒罵一聲，凝視火光照射範圍外的黑暗，心裡浮現一陣恐慌。野蠻人的迷信恐懼沉睡在他靈魂深處，文明的邏輯無法觸及之地。他原始的想像力讓地底黑暗中出現許多陰森的輪廓。再說，他的理性認定對方不只是為了囚禁他而把他關在這裡的。俘虜他的人沒有理由饒他性命。這些地洞裡肯定有著死亡厄運在等待他。他咒罵自己為什麼要拒絕他們的提議，儘管他固執的男子氣概厭惡這個想法，而他也很肯定就算對方再給他一次機會選擇，他也不會改變答案。他不會把子民賣給屠夫。雖然當初他是為了一己的私慾奪取王位，不是為了其他人。隨著統治而來的責任偶爾也會影響滿手血腥的強盜。

科南想起索沙臨走前邪惡的威脅言語，忍不住發出噁心憤怒的呻吟聲，心知那並非虛言恫嚇。男人和女人在巫師眼中的地位不會比在科學家眼前蠕動的昆蟲高。曾愛撫他的白皙手掌、親吻他的紅唇、在他熱吻下顫動的美妙乳房，都將被活生生地剝下如同象牙般潔白、新鮮花瓣般粉嫩的嬌貴皮膚——科南在盛怒中爆出一下恐怖非人的吼叫，如果聽到的人知道那是發自人口，肯定會感到無比驚懼。

陣陣回音令國王暗自心驚，再度回到眼前的處境。他以駭人目光凝視火光外的陰影，回想起關於索沙那些死靈法術的恐怖傳聞，隨即在一陣毛骨悚然中發現這裡肯定就是傳聞中提到的恐怖殿堂，索沙在人類和怪物身上進行殘酷研究的通道和地牢，邪惡赤裸瀆神地接觸、玩弄生命本身的基本元素。傳說瘋狂詩人林納度曾造訪過這些地洞，見識過巫師的恐怖手段，而他那首可怕的詩作「地獄之歌」中提到的無名怪物並非出自扭曲腦袋的想像。那顆腦袋已經在瘋狂詩人率領殺手入宮殺王的那天夜裡被科南的戰斧打爛，但那首令人戰慄的歌謠依然在遭囚國王耳中不停迴蕩。

胡思亂想間，一陣窸窣聲響突然讓辛梅利亞人渾身僵硬。他情緒緊繃，側耳傾聽，緊張到隱隱作痛。那感覺像是一隻冰冷手掌貼著他的脊椎。他肯定聽見了有柔軟鱗片輕輕滑過石板的聲響。他冷汗直流，在昏暗火光範圍外隱約看見一條龐大的身軀，儘管模糊不清依然無比駭人。怪物人立而起，微微搖晃，一雙黃眼在黑暗中綻放冰冷的目光。慢慢地，他放大的瞳孔前出現了顆醜陋的楔形大頭，黑暗裡冒出流水般的捲曲身影，鱗片閃閃的終極爬蟲怪物現身。

那是一條遠遠超乎科南想像的大蛇。從尖尾巴到三角頭足足有八十呎長，而牠的頭比馬頭還大。在昏暗的火光下，牠的鱗片反光冰冷，宛如白霜。這條爬蟲怪物肯定是在黑暗中出生成長的，但牠的雙眼依然充滿邪氣，而且顯然能夠視物。牠在俘虜面前盤繞身體，躬起大頭在他臉前數吋外搖晃。牠的分岔舌吞吐不定，幾乎刷過他的嘴唇，惡臭的口氣令他作嘔。大黃眼目光灼熱地盯著他的雙眼，科南則以受困孤狼的目光瞪回去。他努力克制想要伸手抱住那條大蛇頸的衝動。他的力量超乎文明人的想像，當海盜時曾在斯堤及亞海岸的激戰中折斷大蟒蛇的脖子。但這隻爬蟲怪物有毒；他看見牠的大毒牙，一呎長，彎曲如彎刀。利齒上滴落一種無色的液體，他憑本能判斷那是致命毒液。他或許有辦法在情急之下打碎蛇頭，但他很清楚只要自己一動，對方就會快如閃電般展開攻擊。

科南保持不動並不是出於任何邏輯理性的想法，因爲理性有可能告訴他——既然橫豎都是死——挑釁巨蛇進攻，趕快死一死算了；讓他好像鐵雕像僵立不動的乃是盲目的自保本能。如今大蛇人立而起，蛇頭位於他腦袋上方，打量那支火把。一滴毒液滴落在他赤裸的大腿上，感覺就像白熱的匕首插入他的皮膚。劇痛貫穿科南腦袋，但他還是一動也不動；儘管那滴毒液在他身上留下到死都無可磨滅的傷疤，他還是沒有抽動一條肌肉，就連眼睛也沒眨一下。

蛇在他頭頂搖擺，彷彿難以肯定面前這具毫無動靜的軀體究竟是不是活物。接著突然間，隱藏在黑暗中的外門毫無預警傳來刺耳撞擊聲。巨蛇就跟所有同類一樣疑心甚重，當即以那種形體難以想像的敏捷速度轉身，拖行長軀體消失在走廊上。

門突然打開，然後保持開啓。柵欄收起，一條龐大的身影遮蔽門外的火光。對方閃身入室，拉回柵欄，沒有扣起門閂。當他步入科南頭上的火光照耀範圍內時，國王看出他是個體型高大的黑人，一絲不掛，一手拿著把巨劍，另一手握著一堆鑰匙。黑人口操海岸地區的方言，科南應答如流；他在庫許當海盜時學過那種方言。

「我早就想見你一面了，阿姆拉。」黑人稱科南爲「阿姆拉」，雄獅——那是庫許人在辛梅利亞人當海盜時給他上的封號。奴隸粗獷的臉上宛如野獸般露齒而笑，但雙眼在火光下閃爍紅光。「我爲了見你甘冒奇險。看！鎖鏈的鑰匙！我從蘇凱利那裡偷來的。你願意用什麼來換？」他在科南眼前晃動鑰匙。

「一萬金月幣。」國王立刻回答，胸口湧現新希望。

「不夠！」黑人叫道，一張黑臉得意洋洋。「不足以支付我所冒的風險。索沙的寵物會從黑暗中冒出來吃我，如果蘇凱利發現我偷了鑰匙，他會把我吊死——好了，你能給我什麼？」

「一萬五千金月幣，加上波坦一座宮殿。」國王出價。

黑人歡呼踏步，野蠻地發洩喜悅之情。「再加！」他喊。「再加點！你能給我什麼？」

「你這條黑狗！」科南眼中籠罩一層憤怒的紅霧。「要是沒被鎖住，我就打斷你的背！蘇凱利派你來嘲弄我嗎？」

「蘇凱利不知道我來找你，白人。」黑人回答，伸長粗脖子凝視科南野蠻的雙眼。「我認識你很久了，打從我還是一群自由人的酋長，被斯堤及亞人俘虜賣到北方之前。你難道不記得你的海狼洗劫阿伯比嗎？在阿賈卡王的宮殿前，你宰殺了一個酋長，另外一個逃走了。死的是我哥哥；逃的是我。我要你血債血償，阿姆拉！」

「放我走，我拿跟你體重等重的黃金爲代價。」科南吼道。

紅眼閃爍，白齒在火光前反射貪婪之光。「是呀，你這隻白狗，你們同類都一樣；但對黑人而言，黃金不能償還血債。我要的代價是——你的頭！」

他最後一個字叫得如痴如狂，回音不斷。科南渾身緊繃，下意識地拉扯鐐銬，不願淪爲任人宰割的綿羊；接著他在更可怕的景象前僵住。他在黑人的身後看到黑暗中搖擺的身影。

「索沙不會知道的！」黑人凶殘笑道，沉浸在勝利的快感裡，完全沒留意其他東西，陶醉在仇恨中，不知道死神就在身後搖擺。「在惡魔把你碎屍萬段前，他不會再回地窖。我要你的頭，阿姆拉！」

他站穩宛如黑柱般的雙腿，兩手揮起那把巨劍，大黑肌肉鼓脹，在火光下啪嗒作響。那一瞬間，他身後的巨影下沉，楔形大頭竄落的衝擊聲在走道上迴蕩。痛苦的肥唇中沒有發出任何聲響。那下衝擊過後，科南看見黑人眼中活力瞬間消失，就像蠟燭突然熄滅。這一擊把高大的黑人撞到走廊對面，巨大的蛇軀恐怖駭人地纏上黑人，將其隱入閃亮的鱗片之後，骨頭碎裂聲響清清楚楚傳入科南耳中。接著他看見令其心跳加劇的景象。劍跟鑰匙飛離黑人手中，落在石板地上噹啷作響——鑰匙幾乎就在國王腳下。

他嘗試彎腰去撿，但鎖鏈太短了；在心跳劇烈到幾乎窒息下，他脫掉一腳的涼鞋，用腳趾夾起鑰匙；他抬起腳來，連忙抓住鑰匙，差點難以克制本能性竄入口中的喜悅之情。

跟巨鎖角力片刻，他終於身獲自由。他撿起地上的劍左顧右盼。映入眼簾的只有空洞的黑暗，巨蛇早已拖著不成人形的殘破屍體離開。科南轉向打開的門，快步趕到門檻前——地窖中傳來一陣刺耳的笑聲，柵欄滑過他的手指，門閂隨即扣上。欄杆外有張宛如神色嘲弄的石像鬼怪臉在看他──閹人蘇凱利，找尋失竊的鑰匙而來。可惜他幸災樂禍下沒看見囚犯手裡有劍。科南放聲咒罵，施展眼鏡蛇擊；巨劍劍刃穿越欄杆，蘇凱利的笑聲轉為臨終慘叫。胖閹人彎腰向下，彷彿在對殺他的人鞠躬，隨即宛如一團脂肪般坍落，胖手徒勞無功地阻止腸子流出體外。

科南發出野蠻又滿足的叫聲；但他終究還是囚犯。他的鑰匙打不開只能從外面扯動的門門。經驗告訴他那些欄杆跟這把劍一樣硬；用砍的話只會砍斷自己唯一的武器。不過他還是在堅硬的欄杆上發現凹槽，彷彿被巨大的利齒咬出來的。他不由自主地發抖，不知道什麼樣的無名怪物能夠咬出這種痕跡。無論如何，此刻他都只有一件事可做，就是找尋其他出路。他從壁龕上取下火把，手持巨劍，踏上走廊。他沒看見巨蛇或他的受害者，只有地上一大灘血跡。

黑暗緊隨著他無聲無息的腳步，幾乎不受搖曳不定的火光影響。兩側都有漆黑的通道，不過他沿著主廊走，小心謹慎地看著前方的地面，以免摔到什麼洞裡。接著他突然聽見女人的聲音，哭得十分淒涼。另一個索沙的受害者，他心想，再度咒罵巫師，然後轉彎，隨著哭聲踏入一條潮濕陰暗的小走道。

哭泣聲愈來愈近，他揚起火把，在黑暗中依稀看出一條身影。走近之後，他驚恐地停下腳步，看著癱在眼前這團不規則狀的東西。它不定形的輪廓看起來像章魚，但是畸形的觸角顯得太短，身體是由一種微微顫動、宛如果凍般的物質組成，光是看著就噁心不已。這團令人厭惡的冰冷物體中揚起一顆宛如青蛙的腦袋，他在一陣噁心恐懼裡發現哭泣聲就是發自那雙猥褻的厚唇。在怪物那雙不穩定的眼睛轉向他身上時，哭泣聲突然轉爲尖銳的竊笑聲，怪物抖動的身軀猛然朝他竄來。他連忙後退，沿著走道逃跑，不肯定他的劍能夠應付那隻怪物。怪物或許是由凡間物質組成的，但光是看它一眼就令他靈魂顫抖，而他懷疑人類打造的武器沒辦法傷害它。一段距離內，他聽見它啪啪作響地追趕他，發出恐怖的笑聲。那聲音怎麼聽都像是發自人口，不禁令他理智動搖。他曾在墮落之城沙迪薩的淫蕩女人的肥唇中聽過一模一樣的淫穢笑聲，當被抓去的女孩在公開拍賣場上被脫光衣服時。索沙究竟施展了什麼邪惡的手段把這種不自然的怪物帶入人間？科南隱約感到自己見證了褻瀆自然界永恆定律的東西。

他衝向主廊，不過在抵達前通過了某間四方形的小石室，兩條通道交會的地方。來到這間石室時，他立刻察覺前方地板上有一小塊東西；接著在有機會停步或轉向前，他踢到了某樣軟綿綿的物體，聽到尖聲高叫，然後一頭往前倒下，火把脫手而出，在地板上撞熄。科南摔得頭昏腦脹，連忙起身在黑暗中摸索。他迷失了方向感，難以判斷主廊在哪。他沒有去找火把，因爲他沒辦法重新點燃它。

他摸索到走道的入口，隨機挑選一條。他不知道自己在黑暗中行走多久，但野蠻人的危機本能突然驅使他停下腳步。

那種感覺就跟於黑暗中站在斷崖邊緣時一模一樣。他四肢著地，匍匐前進，沒多久手掌就在身前碰到了一口井的邊緣，通道的末端就順著井急墜而下。他盡量沿著井側往下摸，觸手濕濕黏黏的。他在黑暗中伸長手臂，劍尖剛好碰到井的對面。他可以跳過去，但那樣毫無意義。

他轉錯通道了，主廊在他後面。

想到這點的同時，他察覺到空氣中細微的流動；一股微風，從井底而來，吹動他的黑髮。科南寒毛豎起。他試著告訴自己這口井跟外界相連，但本能告訴他那並非自然的產物。他不只是身處山丘之中；他位於山丘下，遠遠低於城市街道的位置。外界的風怎麼可能吹進地洞裡，而且還是由下方而來？那陣陰風中隱約有股脈動，彷彿很深很深的地底下有人在打鼓。阿奎洛尼亞王不禁渾身顫抖。

他站起身來，往後退開，就在此時，有樣東西飛出井口。科南不知道那是什麼。黑暗中他什麼也看不見，但他清楚感到一股存在——某樣隱形又擁有實體的東西充滿惡意地飄在他附近。他轉身拔腿就跑。遠方出現了點小紅光。他奔向紅光，在離紅光預估的位置還有一段距離外，他一頭撞上一面實心牆，隨即發現紅光就在他腳下。那是他的火把，火焰熄滅，但末端還有餘燼。他小心翼翼地撿起火把，用力吹氣，重新點燃。他在小火苗竄升時吁了口氣。他又回到兩條走道交會的石室，也搞清楚方向了。

他找到離開主廊的那條走道，才剛往那個方向走，火把上的火焰就劇烈晃動，彷彿有張看不見的嘴在用力吹。他再度感應到一股存在，於是舉起火把四下打量。

他什麼也沒看見；但他就是感覺到附近的空氣中飄著某樣看不見的無形物體，不停滴落黏液，口吐他聽不見，但透過本能意識到的猥褻言語。他猛力揮劍，感覺像是砍過蜘蛛網。他毛骨悚然，衝向走道，邊跑邊感覺背上傳來一股污穢火熱的氣息。

但回到寬敞的走廊後，他就沒有再感應到任何存在，不管是隱形還是看得見的。他沿走廊前進，隨時準備應付張牙舞爪的怪物從黑暗中撲上來。旁邊的通道並不寧靜。地底下所有方向都傳來不屬於理性世界的聲音。他聽見竊笑聲、邪惡的歡笑尖叫、戰慄吼叫、甚至還有明明是土狼的號叫聲，最後卻口吐人語、褻瀆咒罵。他聽見細微的腳步聲，還在通道口看見黑影，勾勒出詭異畸形的輪廓。

他彷彿無意間闖入了地獄——索沙蘭提打造的地獄。但黑暗中的怪物並沒有踏入主廊，儘管他清楚聽見貪婪地吞嚥口水聲，感覺到灼熱飢渴的目光。沒多久他就發現原因。身後那個爬行聲令他驚駭莫名，連忙跳入附近一條黑暗走道，搖熄他的火把。他聽見走廊另一端傳來巨蛇移動聲，由於剛剛吃過大餐而顯得慵懶緩慢。他身旁有東西發出恐懼的哀鳴聲，偷偷摸摸潛入黑暗。顯然主廊乃是巨蛇的獵場，其他怪物都敬而遠之。

對科南而言，巨蛇是其中最不可怕的怪物；想起之前的哭聲、淫穢的竊笑、井裡冒出來流口水的傢伙，他甚至對巨蛇生出一股親近感。至少牠具有凡塵的實體；牠是爬行的死神，但只會造成肉體毀滅，其他怪物則可能威脅到心智和靈魂。

巨蛇通過之後，他立刻尾隨而上，希望有保持安全距離，再度吹燃火把。他沒走出多遠，就聽見附近一條漆黑的走道入口傳來呻吟聲。警覺心要他繼續前進，但好奇心卻驅使他迎向那條走道，高舉如今已經燒到很短的火把。他做好看見任何東西的心理準備，但他卻沒料到會看見這副景象。他眼前是間寬敞囚室，入口有縫隙很小的欄杆，從地板延伸到天花板，牢牢深入石板中。欄杆後躺了一條身影，走近後，他發現對方有可能是人，也可能是看起來像人的東西，被彷彿從石板地長出來的粗藤蔓束縛糾纏在地上。它渾身都是奇特的尖葉和紅花——不是天然花瓣的鮮豔紅，而是一種蒼白、不自然的青紅，彷彿花朵中的性變態。柔軟的樹枝蜿蜒攀附此人裸露的軀體和四肢，彷彿以淫蕩激情的擁吻愛撫他羞怯的肌膚。一朵大花位於他嘴上方。鬆垮的嘴唇發出低沉殘酷的呻吟；男人彷彿承受難以言喻的痛苦般轉過頭來，專注地看著科南。但他的目光中毫無智慧；看來空洞、呆滯，白痴的眼神。

大紅花突然下沉，花瓣壓住扭動的嘴唇。可憐人的四肢痛苦扭曲；藤蔓微微顫抖，彷彿狂喜高潮，整株植物都在抖。色彩出現一波一波的變化；顏色愈來愈深，愈來愈惡毒。

科南不了解他目睹了什麼，但他知道眼前的是某種怪物。不管是人還是惡魔，受困者的苦難都觸動科南的內心，掀起波瀾。他尋找入口，發現欄杆上有扇格窗般的門，用沉重的大鎖鎖住。他在身上的鑰匙堆中找出正確的鑰匙，開鎖進去。青紅花瓣立刻擴張，宛如眼鏡蛇的頸兜，卷鬚陰森立起，整株植物震動，朝他搖晃而來。這玩意絕對不是自然生成的植物。科南感應到一股惡意十足的智慧；植物看得見他，散發出一股宛如實質波浪般的恨意。科南小心翼翼上前，看準根莖，一條比他大腿還粗的噁心軟莖，在拱起的捲鬚朝他竄來、葉片嘶嘶作響聲中揮劍而出，一劍砍斷根莖。

藤蔓立刻甩開纏住的可憐人，彷彿慘遭砍頭的蛇般四下亂竄，蜷縮成一棵不規則的大球。捲鬚扭動亂甩，葉片宛如響板般拍打，花瓣痙攣性開闔；然後整株植物軟癱在地，鮮艷的色彩轉白轉暗，斷口處冒出惡臭的白色液體。

科南盯著植物，看得出神；接著聽見聲音，立刻舉劍轉身。獲釋之人站起身來，打量著他。科南目瞪口呆。對方的眼神不再空洞。漆黑深邃，充滿智慧，白痴般的表情宛如面具般徹底消失。對方腦門窄，頭型甚佳，額頭很高。從他高挑的身材到整潔的手掌腳掌，渾身散發出一股貴族氣息。他問的第一句話既奇怪又出人意表。

「現在是哪一年？」他以科斯語問道。

「今天是瞪羚年幽魯克月第十日。」科南回道。

「看在亞庫蘭．伊絲塔的份上！」陌生人喃喃說道。「十年了！」他一手掠過額頭，搖頭晃腦，彷彿要擺脫腦中的蛛網。「一切都很模糊。經過十年的空洞，我的心智不可能立刻正常運作。你是誰？」

「科南，從前是辛梅利亞人。現在是阿奎洛尼亞王。」

對方神色驚訝。

「當真？那納梅德帝斯呢？」

「我攻下王城當晚就把他掐死在王座上了。」科南說。

科南回應中某種天眞的語調令陌生人嘴角上揚。

「請見諒，陛下。我應該感謝你救命之恩。我是個剛從比地獄還可怕的惡夢和苦難的死亡沉睡裡驚醒的人，但我知道是你解放了我。告訴我——你爲什麼會去砍尤斯加藤的根莖，而不是把它連根拔起？」

「因爲我很久之前就學到不要去碰任何我不了解的東西。」辛梅利亞人回道。

「學得好。」陌生人說。「如果你把它拔起來，或許會發現它的根部連著就連你的劍也砍不死的東西。尤斯加的根長在地獄裡。」

「你是誰？」科南問。

「別人叫我佩里亞斯。」

「什麼！」國王大喊。「巫師佩里亞斯，索沙蘭提的宿敵，十年前從世間消失的那個？」

「也不是完全從世間消失，」佩里亞斯笑容諷刺。「索沙要我活下去，活在比鏽鐵更殘酷的枷鎖中。他把我跟這株魔花一起關在這裡，那玩意的種子是從『被詛咒的亞格』身上飄落，穿越黑宇宙，只能在地獄中沸騰的腐敗蛆堆中萌芽茁壯。

「在那個可惡的東西糾纏我、透過噁心愛撫暢飲我的靈魂下，我無法想起我的巫術、取用力量的咒語和符號。它日夜不停地吸收我的心靈，把我腦子搞得跟破酒壺一樣空虛。十年了！伊絲塔守護我們！」

科南無言以對，站在原地，握著僅存的火把，拖著他的巨劍。這傢伙肯定是瘋子——但冷冷凝望他的那雙黑眼中卻沒有透露絲毫瘋狂氣息。

「告訴我，黑巫師人在柯爾宣米許嗎？不——你不需要回答。我的力量開始覺醒了，我在你心中感應到一場大戰還有受困於背叛的國王。我看見索沙蘭提跟史特拉伯努斯及俄斐王一起騎馬趕往泰伯河。這太好了。我的法力尚不足以對抗索沙。我需要時間恢復元氣，凝聚我的力量。我們先離開這座地牢。」

科南沮喪地晃晃身上的鑰匙。

「通往外門的柵欄只能從外側打開。這些地道還有其他出口嗎？」

「只有一個，但我們兩個都不會想走，因爲那個出口是往下的，不是往上。」佩里亞斯笑道。「無所謂。我們去開柵欄。」

他步伐不穩地走向走廊，因爲四肢太久沒動了，不過沒多久就愈來愈穩健。他跟在科南身後，科南不安地說：「這條走廊上有條天殺的巨蛇。我們小心點，別晃到牠嘴裡去。」

「我記得牠，」佩里亞斯冷冷地說，「我被迫目睹牠吞噬我十個學徒。牠是沙薩，傳說中的古蛇，索沙的寵物長。」

「索沙挖掘這些地道就只是爲了豢養那些天殺的怪物嗎？」科南問。

「不是他挖的。三千年前此地建城時，這座山丘上及附近已經有座古城的廢墟。科索斯五世王，建城之人，在山丘上建立他的王宮，於王宮下挖掘地窖，結果挖到了一面牆，挖穿之後就找到了這些地道，當時的地道就跟現在差不多。但是他的議長慘死在地道中，嚇得科索斯再度封住入口。他說議長摔到一座井裡——但他把地窖填平了，之後又捨棄王宮，在附近另起一座。有一天早上，他在王宮的大理石地板上發現了許多黑土，於是又慌慌張張逃了出去。」

「接著他就把宮廷搬到王國東邊去，建立了一座新城市。山丘上的宮殿無人使用，淪爲廢墟。阿庫索一世重建柯爾宣米許時，他在山丘上建立了一座堡壘。索沙蘭提的血色城堡就是奠基在那座堡壘上，而他又重新開啓了通往地道的入口。不管科索斯的議長遇上了什麼命運，索沙都避開了。他沒有摔入井中，不過他有深入他找到的一口井，帶著奇特的眼神回歸，而那個眼神之後再也沒有離開他的眼中。」

「我見過那口井，但我可不想在那下面尋求智慧。我是巫師，超越人類正常壽命，但我依然是凡人。至於索沙——傳說有個沙迪薩舞孃在達格斯丘陵上的史前廢墟附近睡覺，醒在一個黑惡魔的懷中；那次污穢的交合產下了個受詛咒的人魔雜種，就是索沙蘭提——」

科南突然大叫，迅速後退，拉回他的夥伴。沙薩巨大的白色身軀在他們面前人立而起，眼中綻放出永恆的憎恨。科南渾身緊繃，準備展開狂亂攻擊——把燃燒的火把插入那張惡魔臉中，然後使盡全身的力量狠狠出劍。但巨蛇沒在看他。牠的目光越過他肩膀，盯著雙手抱胸、站在那裡微笑，名叫佩里亞斯的男人。憎恨慢慢離開巨蛇的大黃眼，取而代之的是一股純粹的恐懼——科南從未在爬蟲類生物臉上看過那種神情。巨蛇迅速轉身，狂風般消失得無影無蹤。

「什麼把牠嚇成那樣？」科南問，神色不安地看著夥伴。

「鱗族生物可以看見凡人看不見得東西，」佩里亞斯答案隱晦。「你看見我肉體的表象；牠看見我赤裸的靈魂。」

科南毛骨悚然，不禁開始懷疑佩里亞斯究竟是不是人，還是地道中另一個批著人皮的惡魔。他考慮是否該一劍插入夥伴的背心。但是還沒考慮清楚，他們就抵達了鋼欄，在其後的火把照耀下顯得漆黑，蘇凱利的屍體依然倚靠欄杆，倒在凝結的血泊裡。

佩里亞斯大笑，笑聲十分刺耳。

「伊絲塔的白屁股呀，我們的看門人是誰？啊，不正是高貴的蘇凱利嗎？把我的學徒倒吊起來，一邊歡笑一邊剝皮的傢伙！你在睡嗎，蘇凱利？你怎麼渾身僵硬，像死豬一樣開膛剖肚？」

「他死了。」科南喃喃說道，那些話聽得他很不自在。

「不管是死是活，」佩里亞斯笑著說，「他都會幫我們開門。」

他用力拍手，喊道：「起來，蘇凱利！從地獄回歸，從血淋淋的地板上爬起來，爲你的主人開門！起來，我說！」

恐怖的呻吟聲在地窖中迴蕩。科南寒毛豎起，冷汗直流。蘇凱利的屍體動了起來，肥手宛如嬰兒亂抓。佩里亞斯的笑聲好像燧石斧般冷酷無情，看著閹人抓住柵門的欄杆緩緩起身。科南瞪著他看，血液彷彿凝結成冰，骨髓化爲水；因爲蘇凱利瞪大的眼睛呆滯空洞，從肚子上的大開口中流出的腸子軟綿綿地垂落在地板上。閹人的腳踏在腸子之間，拉動門閂，動作宛如無腦傀儡。他剛開始動時，科南還以爲閹人奇蹟般沒死；但那傢伙死了——死幾個小時了。

佩里亞斯悠閒走出打開的柵欄，科南則隨後擠了出去，渾身冒汗，盡可能遠離斜靠在他拉開的柵欄上的那具恐怖屍體。佩里亞斯頭也不回地走出去，科南跟著他，心中充滿夢魘般的噁心感。還沒走出幾步，濕淋淋的撞擊聲令他轉身去看。蘇凱利的屍體癱倒在柵欄邊。

「他完成任務了，地獄再度爲他而開。」佩里亞斯語氣愉快；禮貌地假裝沒發現強壯的科南渾身發抖。

他領頭爬上長長的樓梯，穿越樓梯頂端的黃銅骷髏門。科南緊握巨劍，期待會遭遇大批奴隸，但堡壘中一片死寂。他們穿越黑走廊，來到拱頂上有香爐搖晃、永遠瀰漫香霧的走道。還是沒遇到人。

「奴隸和士兵都住在堡壘其他區域，」佩里亞斯說。「今晚主人不在家，他們肯定都喝酒或蓮花汁醉倒了。」

科南看向一扇金色窗台的拱窗，暗罵一聲，驚訝地看著窗外滿天星斗的深藍夜空。他被丟入地牢時，天才剛亮沒多久。如今已經過午夜了。他難以想像自己已在地底下待了那麼久。他突然覺得飢渴難耐。佩里亞斯領他來到一間金圓頂石室，地上鋪著銀地板，天青石牆壁上有好幾扇拱門。

佩里亞斯輕嘆一聲，躺到一張絲綢臥床上。

「又見黃金與絲綢，」他嘆道。「索沙喜歡假裝自己超脫凡塵的歡愉，但他是半人半魔。我雖然研究黑魔法，終究還是人類。我喜歡開開心心過日子——索沙就是利用這一點來困住我的。他趁我爛醉如泥時抓到我。酒是詛咒——伊絲塔的雪白乳房呀，光是提起酒，我就按捺不住了！朋友，請幫我倒杯酒——等等！我忘記你是國王。我來倒。」

「管那麼多，」科南低吼，拿水晶杯倒酒，端給佩里亞斯。接著，他提起酒壺，喝了一大口，呼應佩里亞斯滿足的嘆息聲。

「那隻狗對酒的品味不差。」科南說，伸出手背擦嘴。「但看在克羅姆的份上，我們是要在這裡坐到他的士兵起床，跑來割我們喉嚨嗎？」

「別怕，」佩里亞斯說。「你想知道史特拉伯努斯運氣如何嗎？」

科南眼中燃起藍焰，他緊握劍柄，指節發藍。「喔，我要一劍刺穿他。」他嘟噥道。

佩里亞斯從黑檀桌上拿起一顆發光的大球。

「索沙的水晶球。很幼稚的玩具，但在沒時間施展艱深法術時很有用。看球裡面，陛下。」

他把水晶球放在科南面前的桌上。國王看著混濁的球心，發現其中深邃無比。慢慢的，迷霧和陰影中浮現影像。他看著一幅熟悉風景。寬敞的平原，蜿蜒的河流，遠方有幾座小山丘。河流北岸是座有城牆的城鎮，護城河兩端連接河道。

「克羅姆啊！」科南叫道。「夏馬！那些狗包圍了夏馬！」

侵略者已經渡河；他們的營帳聳立在城市和山丘中的狹長平原間。他們的戰士圍攻城牆，鎖甲反射潔白的月光。塔樓上箭石齊下，暫時逼退他們，但片刻後再度擁上。

科南還沒罵完，畫面已經轉變。迷霧中出現高聳的塔樓、明亮的圓頂，他看著他自己的首都塔馬，情況一片混亂。他看見波坦的鋼甲騎士，他最忠心的支持者，策馬出城，街道上的民眾噓聲四起。他看見掠奪和暴亂，部隊的盾牌上刻有佩里亞的徽記，控制塔樓，神氣活現地穿越市集。在那一切之上，他看見了佩里亞的阿佩羅親王得意洋洋的大黑臉。畫面消失。

「好哇！」科南罵道。「我才一轉身，我的子民就背叛我——」

「不算是。」佩里亞斯說。「他們聽說你死了。他們以爲沒人可以在外敵和內戰之前保護他們。想當然爾，他們會尋求最強大的貴族援助，避免可怕的混亂局面。他們還記得從前的戰爭，並不信任波坦人。但阿佩羅就在城裡，而他是中央行省中實力最強的親王。」

「等我回到阿奎洛尼亞，他就會變成躺在叛徒公墓的無頭屍。」科南咬牙切齒。

「不過在你抵達首都前，」佩里亞斯提醒他，「史特拉伯努斯或許會搶先一步。至少他的騎兵會摧殘你們國家。」

「沒錯！」科南宛如籠中獅般來回踱步。「就算騎最快的馬，我也要中午才能趕到夏馬。就算趕到了，我除了在城破時跟人民一起戰死外，什麼也做不了——而夏馬最多幾天就會被攻破。從夏馬到塔馬，就算把馬累死也得騎上五天。在我有機會抵達首都，徵召部隊前，史特拉伯努斯已經兵臨城下；因爲徵召部隊很麻煩——我那些天殺的貴族一聽說我的死訊就會淪爲一盤散沙。而既然人民把波坦的特洛瑟羅趕跑，沒人能夠阻止阿佩羅染指王冠——還有國庫。他會把國家拱手交給史特拉伯努斯，換取虛假王座——一等史特拉伯努斯轉身，他就會開始造反。但貴族不會支持他，這樣做只會讓史特拉伯努斯有藉口公開併吞我國。喔克羅姆、尤米爾、塞特呀！如果我有翅膀，可以像閃電一樣飛回塔馬就好了！」

佩里亞斯，坐著用指甲輕敲玉桌桌面，突然停止動作，神情堅定地起身，指示科南跟他走。國王照做，神色憂鬱，佩里亞斯帶他離開石室，踏著鑲金大理石階上樓，來到堡壘一座尖塔，最高的塔樓頂。深夜，強風吹過繁星夜空，撩起科南的黑髮。遙遠的下方傳來柯爾宣米許的燈火，感覺比天上的星星還遠。佩里亞斯在這裡顯得遙不可及，在群星陪伴下散發出冷漠脫俗的偉大氣勢。

「生物，」佩里亞斯說，「並不僅止於大地和海洋，空氣裡和遼闊的天空也有生物，住在遠方，不為人知。但對掌握了奠基世間一切的主控咒語、符號及知識的人而言，那些生物並不可怕，也不是不能控制。看著，不要怕。」

他朝天舉起雙手，發出奇特的呼喚，彷彿撼動空間，遠遠傳開，緩緩消散，但卻永不消失，只是逐漸深入某個未知的宇宙。隨之而來的死寂裡，科南聽見星空中突如其來的振翅聲，並在一隻狀似蝙蝠的龐然大物落在身邊時微微畏縮。他在星光下看見對方冷靜地睜開大眼打量他；他看見它展開來足足有四十呎長的巨翅。他看出它既不是蝙蝠也不是鳥。

「騎上去，」佩里亞斯說。「天亮前它就會帶你抵達塔馬。」

「克羅姆呀！」科南喃喃說道。「這是一場惡夢嗎，我待會就會在塔馬的王宮中醒來？你呢？我不會把你留給你的敵人不管。」

「不必為我擔心。」佩里亞斯說。「黎明時，柯爾宣米許的人民就會知道他們換新主人了。不要懷疑諸神賜給你的禮物。我會在夏馬的平原上跟你碰頭。」

科南滿心懷疑地爬上怪物隆起的背脊，抓住弓起的脖子，依然深信自己身處奇特的夢境。在巨翅掀起的狂風和震耳欲聾的振翅聲中，怪物沖天而起，國王頭暈目眩地看著下方的城市迅速遠離。

04

「弒君之劍斬斷帝國命脈。」

——阿奎洛尼亞俗諺

□

塔馬街道上擠滿大吼大叫的暴民，揮動拳頭和生鏽的長矛。當時是沙暮之役後第二天黎明前一小時，形勢變化快到難以掌控。索沙蘭提透過只有他本人理解的手法，在六小時內將國王駕崩的消息傳入塔馬。城內陷入混亂。貴族遺棄了王家首都，趕回去保護自己的城堡，對抗趁亂打劫的鄰居。科南一手打造的強盛國度即將分崩離析，百姓和商人深怕封建統治再度回歸。人民需要能在貴族和外敵之前保護他們的國王。科南把首都留給特洛瑟羅伯爵負責，而他努力安撫人民，但在缺乏安全感的恐懼下，人民回想起從前的內戰，及十五年前這位伯爵是如何圍攻塔馬城的。街上出現特洛瑟羅背叛國王的傳言；說他計畫掠奪本城。傭兵開始闖入民宅，拖出尖叫的商人和害怕的女人。

特洛瑟羅掃蕩趁火打劫的傢伙，街上到處都有他們的屍體，把搞不清楚狀況的人逼回住所，逮捕他們的領導人。儘管如此，人民依然慌亂逃竄，沒頭沒腦的抱怨，宣稱伯爵爲了私利煽動暴亂。

阿佩羅親王出現在亂糟糟的議會上，宣稱自己準備好接手政權，直到決定新國王爲止，因爲科南沒有兒子。他的手下趁議會爭論時偷偷上街散布消息，人民則抓住來自王族的希望。議員聽到民眾在窗外呼喊，高稱阿佩羅爲拯救者。議會終於投降了。

特洛瑟羅一開始拒絕交出指揮權杖，但人民擁上前來，嘶吼吶喊，朝他的騎兵丟石頭和動物內臟。認定在這種情況下跟阿佩羅的部隊進行巷戰毫無意義後，特洛瑟羅把權杖丟到對方臉上，下達最後一道官方命令，在市集廣場吊死傭兵領袖，然後率領一千五百名鋼甲騎兵出南門離城。城門關閉後，阿佩羅立刻扯下親切的面具，露出其下餓狼般的殘酷神情。

由於傭兵不是死了，就是躲在兵營，他的部下就是塔馬唯一的部隊。阿佩羅把戰馬停在大廣場中央，對著受欺瞞的群眾宣稱自己是阿奎洛尼亞王。

反對此舉的議長帕布利斯被丟入大牢。原先慶幸有人出任國王的商人驚訝地發現新王的第一道命令就是徵收高額稅金。六名有錢商人，代表出面抗議，結果遭受逮捕，不經審判直接斬首。緊接處刑而來的是震驚和閉嘴。商人在面對無法用錢控制的威權時只能跪下去舔高壓統治者的靴子。

平民百姓並不在乎商人的命運，但在發現神氣活現的佩里亞部隊只是在假裝維護秩序，實際上跟突倫強盜一樣壞時，他們就開始出聲抱怨了。敲詐、謀殺、強暴的申訴湧入占領帕布利斯宮殿的阿佩羅手中，因爲他下令逮捕的議員情急之下把持王宮，不讓他的部隊進駐。然而，他強占了後宮，把科南的女人都拉入他的住所。人民竊竊私語地看著王室美女在鐵甲士兵的手中掙扎——波坦的黑眼少女、來自薩莫拉、辛加拉、希爾卡尼亞的黑髮美女、頭髮凌亂的不列桑尼亞黃髮女子，全都在驚恐和羞愧中哭泣，不習慣應付暴力。

黑夜降臨騷亂困惑的城市，不到午夜，神祕的傳言已經蔓延開來，科斯部隊趁勝追擊，此刻兵臨夏馬城下。索沙的密探散播謠言。恐懼宛如地震般撼動人民，他們甚至沒有懷疑如此迅速傳遞謠言的魔法。他們聚集在阿佩羅門前，要求他出兵南下，把敵人趕回泰伯河對岸。他本來可以巧妙地暗示自己的部隊不足以對付敵軍，而他沒辦法在眾男爵承認他的王位前召集部隊。但他陶醉在權力之中，公然嘲弄人民。

一個年輕學生，阿斯梅迪斯，爬上市場石柱，高聲指控阿佩羅是史特拉伯努斯的走狗，生動描繪阿佩羅出任總督，大家在科斯統治下將會面對的生活。他話沒說完，人民已經發出恐懼和憤怒的吼叫。阿佩羅派兵逮捕年輕人，但群眾趕去幫他逃跑，用石頭和死貓阻擋追兵。一輪十字弓矢擊退暴民，一場騎兵衝鋒在市場上留下許多屍體，但阿斯梅迪斯趁亂出城，去請求特洛瑟羅奪回塔馬，然後出兵援助夏馬。

阿斯梅迪斯趕上特洛瑟羅在城外拔營，準備回歸位於國境西南的波坦。面對年輕人迫切的請求，他的回應是就算暴民裡應外合，他也沒有足夠的兵力攻打塔馬，也不可能對付史特拉伯努斯。再說，貪得無厭的貴族會趁他對抗科斯人時掠奪波坦。國王已死，大家都必須保護自己的領地。他打算趕往波坦，那裡最適合對抗阿佩羅和他的外國盟友。

阿斯梅迪斯懇求特洛瑟羅時，城中的暴民發出無助的怒吼。人民聚集在王宮旁的巨塔下，發洩他們對阿佩羅的憎恨，阿佩羅則站在塔樓上嘲笑他們，弓箭手躲在矮護牆後，手指緊貼弓弩的扳機。

佩里亞親王中等身高，身材壯碩，膚色黝黑，神情嚴厲。他城府深沉，但戰技高超。在其絲綢外衣、鍍金帶裙和鋸齒袖下穿著明亮的鋼甲。他黑色的長髮又卷又香，以銀布帶綁在腦後，腰間掛了把闊劍，陳舊的珠寶劍柄顯然久歷戰陣。

「笨蛋！隨便你們叫！科南死了，阿佩羅是王！」

就算全阿奎洛尼亞的人聯合起來對付他又怎麼樣？他的人馬足夠在高大的城牆中撐到史特拉伯努斯趕來爲止。況且阿奎洛尼亞是一盤散沙。眾男爵已經開始自相殘殺，搶奪鄰居的財寶。阿佩羅只要對付毫無勝算的暴民就好。史特拉伯努斯會攻破彼此交戰的男爵戰線，就像乘風破浪的戰艦，在他趕到前，阿佩羅只要守住王家首都就行了。

「笨蛋！阿佩羅是王！」

太陽升起到城東高塔之上。紅色黎明中出現了一個小黑點，逐漸變大爲蝙蝠，然後是老鷹。接著所有看到的人都驚訝得叫出聲來，因爲塔馬城牆上掠過一條只有在幾乎遭人遺忘的傳說中才會出現的生物，當它飛過巨塔上空時，巨大的雙翅中央跳下了一個男人。接著它就在震耳欲聾的振翅聲中消失，群眾呆呆眨眼，宛如置身夢中。但是塔樓上多了條野蠻人的身影，上身赤裸，沾染鮮血，揮舞巨劍。人群中發出撼動高塔的歡呼聲：「國王！是國王！」

阿佩羅目瞪口呆；接著他大吼一聲，拔劍撲向科南。辛梅利亞人的叫聲宛如獅吼，招架來劍，然後拋下自己的劍，抓住親王的褲襠和脖子，高高舉在頭上。

「帶你的陰謀下地獄去！」他吼道，把佩里亞親王當成鹽袋一樣遠遠拋出，墜落一百五十呎的高空。人民連忙後退、清出空地，讓屍體在大理石板地上摔爛，濺灑鮮血和腦漿，躺在殘盔敗甲之中，宛如壓碎的甲蟲。

塔上的弓箭手畏怯退縮，鬥志渙散。他們逃了，受困的議員闖出王宮，欣喜若狂地砍殺他們。佩里亞騎士和士兵在街上尋求庇佑，但群眾把他們撕成碎片。街道上打得一團混亂，羽盔和鋼盔四下飛散；長劍在矛林之中狂砍猛劈，暴民的吼叫蓋過一切，歡呼聲中夾雜著嗜血的慘叫和痛苦的哀號。眾人之上，打赤膊的國王在令人頭暈目眩的城垛上搖搖晃晃，揮動強壯的胳臂，放聲大笑，嘲弄所有暴民、親王、甚至他自己。

05

長弓和強弓，
任天空昏暗！
箭上弦，柄貼耳，
瞄準
科斯王！

——波松尼亞弓箭手之歌

□

午後的太陽反射在泰伯河寧靜的水面上，流過夏馬南面的稜堡。神色憔悴的守軍知道他們沒幾個人能活著看到明天的日出。平原上到處都是圍城部隊的營帳。由於人數差距過大，夏馬人沒能成功阻止敵軍渡河。入侵者用鎖鏈串起平底船搭建橋梁渡河。史特拉伯努斯必須先占領夏馬，才敢入侵阿奎洛尼亞。他派遣輕裝騎兵，斯巴西部隊，深入敵境掠奪，在平原上搭建他的攻城器具。他把阿馬洛斯提供的艦隊停在河道中央，阻擋河岸的城牆。有些船被城裡的投石器擊沉，貫穿甲板，打碎木材，但剩下的船艦堅守陣地，弓箭手在船梢和桅頂掩護下攻擊河岸的塔樓。他們是閃姆人，生下來就手握弓箭，阿奎洛尼亞弓箭手不是他們的對手。

攻方岸上的投石器不斷朝守方投擲巨石和樹幹，砸碎屋頂，把人當蟲般壓扁；攻城槌持續撞擊石牆；工兵宛如鼴鼠挖掘地道，直達塔樓地底。護城河上游遭堵，河水流乾，塡滿巨石、泥土、馬和人的屍體。鎖甲士兵衝到城牆下，撞擊城門，立起攻城梯，推進搭載長矛兵的攻城塔，朝塔樓前進。

城內的居民已經失去希望，一千五百人要抵擋四萬大軍。這座前哨城市沒有收到任何來自國內的消息。科南死了，入侵者興高采烈地大叫。能撐這麼久完全是因爲堅固的城牆還有守軍絕望下的勇氣，但那些不可能一直持續下去。西城牆已淪爲廢墟，守軍跟入侵者展開近戰衝突。其他城牆都受到下方地道的影響，塔樓看來東倒西歪。

如今入侵者集結準備猛攻。號角響起，平原上出現鋼甲部隊。蓋滿牛皮的攻城塔隆隆前進。夏馬人看見科斯和俄斐的旗幟在部隊中央飄揚，並在騎士明亮的盔甲間看見身穿金甲、高瘦致命的阿馬洛斯，及史特拉伯努斯矮胖的黑護甲。他們中間則是一條能讓最勇敢的人嚇得臉色發白的身影——身穿薄袍、宛如禿鷹的瘦子。長矛兵前進，好似明亮的熔鋼浪潮襲捲大地；騎兵策馬前進，舉起長槍，軍旗迅速進逼。城牆上的戰士深吸口氣，把靈魂託付給密特拉，緊握布滿凹痕的染血武器。

接著遠方毫無預警地傳出震耳欲聾的軍號。一陣馬蹄聲蓋過敵軍進攻的喧囂。侵略部隊移動的平原北端有許多低矮山丘，宛如巨大石階般往西北延伸。如今山丘下衝出了派出去肆虐鄉野的斯巴西輕騎兵部隊，彷彿風暴前吹起的泡沫，伏低在馬背上死命狂奔，太陽在他們身後照亮一排鋼鐵。鋼鐵離開山道，進入視線範圍——鎖甲騎兵，頭上飄揚著阿奎洛尼亞的雄獅旗幟。

塔樓上目瞪口呆的觀察兵發出響徹雲霄的歡呼。戰士歡欣鼓舞地拿殘劍敲打破盾牌，城裡的人民，不論是衣衫破爛的乞丐、有錢商人、紅衣妓女或身穿絲綢的貴婦通通下跪，歡天喜地高呼密特拉，臉上留下感動的淚水。

史特拉伯努斯跟阿巴努斯拚命嘶聲吶喊，命令部隊轉移陣線，對付這支突如其來的奇兵。他嘟噥道：「我們還是人多，除非他們另有預備部隊躲在山丘裡。攻城塔上的人可以掩飾城內展開的突擊。這些是波坦人——我們早就料到特洛瑟羅會採取這種瘋狂的舉動。」

阿馬洛斯發出難以置信的叫聲。

「我看見特洛瑟羅和他的手下普羅斯佩羅——但他們中間的是誰？」

「伊絲塔保護我們！」史特拉伯努斯高叫，臉色發白。「是科南王！」

「你瘋了！」索沙尖叫，語氣驚慌。「科南已經在薩沙肚子裡好幾天了！」他停止前進，瞪大眼睛看向一排一排衝入平原的部隊。他不可能認錯身穿黑金戰甲，騎著大黑馬，在飄擺的巨幅旗幟下衝鋒的高大身影。索沙嘴裡吐出一陣貓科動物般的怒吼聲，鬍鬚上都沾滿泡沫。這輩子第一次，史特拉伯努斯看見這個巫師驚慌失措，不敢面對現實。

「是巫術！」索沙叫道，發狂似地抓鬍子。「他怎麼可能逃出地道，還在這麼短的時間內趕回他的國家，率領部隊殺來？是佩里亞斯幹的，詛咒他！我感覺得到他在幕後操縱！詛咒我竟然沒有趁有機會時殺了他！」

聽見他提起這個早在十年前就該死了的名字，兩個國王張口結舌、驚慌失措，而領袖慌亂就會影響整個部隊。所有人都認出黑色戰馬上的騎士。索沙感受到部隊籠罩在迷信恐懼下，臉上隨即換上凶狠的面具。

「進攻！」他大叫，瘋狂揮動纖細的雙臂。「我們比他們強大！衝過去壓扁那些狗！我們今晚還是可以在夏馬的廢墟中狂歡！喔，塞特！」他揚起雙掌，道出蛇神之名，就連史特拉伯努斯也驚恐不已，「賜予我們勝利，我保證我會獻祭五百個在她們的血中蠕動的夏馬處女給你！」

此刻敵方部隊已經全部擁入平原。除了騎兵之外，還有一支騎著剽悍矮馬的非正規部隊。那些人翻身下馬，徒步列隊——面無表情的波松尼亞弓箭手，還有岡德的長矛兵，黃褐色髮絡在鋼盔下隨風飄擺。

這是科南回歸首都後，短時間內東拼西湊出來的部隊。他趕走了在騷擾鎮守塔馬外牆的佩里亞士兵的暴民，強行徵召他們加入他的部隊。他派人快馬加鞭追回特洛瑟羅。有了這兩支核心部隊，他發兵南下，在鄉野之中徵調兵員和馬匹。塔馬和附近區域的貴族擴大了部隊的規模，而他從路過的村落和城堡中徵召壯丁。儘管如此，他召集的部隊並不足以對抗入侵的敵軍，雖然盔甲鍛鋼的品質更好。

一千九百名武裝騎兵跟著他，大部分都是波坦騎士。剩下的傭兵和貴族訓練的專業士兵組成他的步兵——五千名弓箭手和四千名長矛兵。此刻這支部隊依序列隊，先是弓箭手，然後是長矛兵，其後是騎士，以步行的速度前進。

阿巴努斯命令部下轉向迎敵，聯軍宛如閃亮的鋼鐵海般開始前進。城牆上的觀察兵震驚地發現敵軍的數量遠遠超過援軍。最前線的是閃姆弓箭手，然後是科斯長矛兵，跟著是史特拉伯努斯和阿馬洛斯的鎖甲騎士。阿巴努斯的意圖很明顯——靠他的步兵掃蕩科南的步兵，為他的重裝騎兵衝鋒開道。

閃姆弓箭手自五百碼外展開射擊，弓箭宛如冰雹般飛越兩軍之間，遮蔽了陽光。西方的弓箭手，經歷過皮克特蠻族上千年無情戰火的淬鍊，面無表情地前進，在倒地的夥伴之中拉近距離。他們人數遠比敵人少，閃姆的弓射程又遠，但波松尼亞人的準頭不比敵人差，而他們用強大的鬥志和上好的護甲彌補箭術上的差距。進入射程範圍後，他們就開始放箭，閃姆人一排一排地倒下。穿輕鎖甲的藍鬚戰士承受箭擊的能力不如穿重盔甲的波松尼亞人。他們潰敗了，拋下他們的弓，打亂了後方科斯長矛兵的陣形。

少了弓箭手支援，這些士兵在波松尼亞的弓箭前一波一波倒地，瘋狂衝鋒企圖拉近距離，結果遭遇了敵方的長矛攻擊。沒有任何步兵能跟狂野的剛德人比美，他們的家鄉，阿奎洛尼亞最北的行省，穿越波松尼亞邊境抵達辛梅利亞不過一日路程，他們生下來就是為了打仗，乃是全海伯里亞人中血統最純正的民族。科斯長矛兵震懾於弓箭造成的損失，當場被砍得潰不成軍，匆忙逃命。

看到步兵潰敗，史特拉伯努斯怒不可抑，下令全面衝鋒。阿巴努斯有意見，表示波松尼亞人已經在阿奎洛尼亞騎士之前重新集結，而騎兵在適才混戰時沒有加入戰團。將軍建議暫時撤退，吸引西方騎士離開弓箭的掩護，但史特拉伯努斯氣炸了。他看向己方明亮的騎士陣線，瞪著對面爲數不多的鎖甲騎士，命令阿巴努斯下令衝鋒。

將軍把靈魂交給伊絲塔，吹響金號角。在響徹雲霄的吼叫聲中，長槍森林槍頭朝前，龐大的騎兵部隊衝過平原，速度愈來愈快。整座平原都在雪崩般的馬蹄下晃動，黃金和鋼鐵的閃光照得夏馬塔樓上的觀察兵眼花撩亂。

騎兵撞穿了長矛兵鬆散的陣線，不分敵我全數撞倒，然後迎向波松尼亞弓箭手的箭雨。他們衝過平原，冷酷地化爲風暴，在後方留下宛如落葉般的倒地騎士。再過一百步，他們就能闖入波松尼亞人的陣線，像割玉米般砍倒他們；但血肉之軀無法承受此刻貫穿他們的死亡之雨。弓箭手並肩而立，跨步站穩，箭身拉到耳邊，沉聲吶喊，同時放箭。

整條騎士前線都消失了，而他們的同伴讓釘在地上的馬屍和人屍絆倒，向前摔落。阿巴努斯倒下了，一支箭貫穿他的喉嚨，他的頭顱被自己垂死的戰馬踏碎，困惑的部隊陷入混亂。史特拉伯努斯大聲下令，阿馬洛斯卻又下達不同的命令，看見科南時所掀起的迷信恐懼影響了所有人。

當閃亮的部隊不知所措時，科南吹響號角，弓箭手讓開陣線，阿奎洛尼亞騎士展開恐怖的衝鋒。

兩軍交鋒激起了一陣宛如地震般的衝擊，就連夏馬搖搖欲墜的塔樓都隨之晃動。慌亂的侵略部隊無法抵擋搭配長矛的鋼鐵衝鋒，勢如閃電般擊中他們。攻擊方的長槍打散他們的陣形，波坦騎士揮舞鋒利的雙手劍，闖入他們部隊中央。

戰場上金鐵交擊聲宛如一百萬把鐵錘在敲打一百萬個鐵砧。城牆上的觀察兵被震到站立不穩，扶住城垛，看著鋼鐵風暴急旋亂竄，刀光劍影，羽盔飛天，軍旗糾纏落地。

阿馬洛斯落馬，肩骨被普羅斯佩羅的雙手劍砍成兩半，躺在地上慘遭馬蹄踐踏。侵略部隊的數量遠多於科南的一千九百名騎士，但他們的楔形陣勢緊密，深入敵方鬆散的陣線，科斯和俄斐的騎士隨之轉向，武器揮空。他們無法阻擋對方的衝鋒。

驅退在平原上四下逃竄的科斯步兵後，弓箭手和長矛兵來到混戰邊緣，近距離放箭，拿短刀砍斷肚帶，劃開馬腹，還用長矛上擊，刺穿騎士。

科南位於衝鋒部隊前鋒，狂吼他的野蠻戰呼，揮砍拖曳弧光的巨劍，完全不把面罩頭盔或鎖甲放在眼裡。他在如雷的蹄聲中踏著敵軍屍體前進，科斯騎士緊追在後，截斷支援他的戰士。科南憑藉蠻力和衝勢，宛如閃電般衝破敵陣，直奔待在宮廷守衛中央的史特拉伯努斯。這下雙方勢均力敵了，因為史特拉伯努斯還是有機會靠數量優勢從諸神膝蓋下拔得勝利。

但他在大敵終於來到面前時放聲大叫，奮力揮出斧頭。斧頭擦過科南的頭盔，濺出火星，而辛梅利亞人轉身反擊。五尺劍刃打爛了史特拉伯努斯的頭盔和頭顱，國王的戰馬人立嘶吼，把軟癱的屍體甩下馬鞍。大軍齊聲慘叫，軍心受挫，紛紛後退。特洛瑟羅及其家臣狂劈猛砍，殺到科南身邊，砍斷科斯大軍旗。接著遭受重挫的侵略部隊後方人聲喧譁，火光沖天。夏馬守軍突圍而出，殺死城門外的敵軍，攻擊圍城部隊的營帳，砍殺隨軍人員，燒毀帳篷，摧毀攻城器。那是最後一根稻草。閃亮的部隊四下逃竄，憤怒的征服方展開追擊。

殘餘部隊衝向河邊，但是小船上的人不過是遭到夏馬居民拿石頭和木棍攻擊就連忙開船，趕往南岸，把夥伴留在岸上等死。趕到河邊的人立刻衝向充當橋梁的平底船，直到夏馬人砍斷繩索，把平底船推離岸邊。接著屠殺就開始了。成千上萬的入侵者被趕入河中，溺斃在沉重的盔甲裡，或被砍死在岸上。他們對待敵人手段凶殘；敵人自然也不會手下留情。

從低矮山丘到泰伯河畔，平原上屍橫遍野，整條河都染紅了，河面上也都是屍體。隨科南趕來的一千九百名騎士，只有五百人活下來吹噓他們的傷疤，弓箭手和長矛兵更是死傷慘重。但史特拉伯努斯和阿馬洛斯光鮮亮麗的大軍徹底消失了，逃走的遠比死去的少。

河畔的屠殺場面尚未落幕，在更遠處的牧地上上演了此戰最後一場恐怖的戲碼。索沙趁平底船橋摧毀前渡河，騎著一匹長相奇特的瘦馬，以超越正常馬匹的速度像風一樣遁逃。他毫不容情地撞倒敵軍和友軍，抵達南岸，回頭瞥眼間發現有條騎黑色巨馬的恐怖身影在追他。當時船繩已斷，平底船漸漂漸遠，但科南還是不顧一切地衝來，戰馬在船隻間跳躍，就像人在浮冰上跳一樣。索沙放聲咒罵，但那匹巨馬奮力躍起，跳上南岸。接著巫師逃向空曠的牧地，國王策馬狂奔，直追而去，揮舞手中巨劍，沿路留下血滴。

追逐持續，獵物和獵人一前一後，儘管快馬加鞭，黑馬始終沒有拉近距離。他們在夕陽下穿越陰暗的大地和詭異的黑影，直到屠殺的景象和聲響於身後消失。

接著天空出現黑點，隨即變大為一頭巨鷹。巨鷹從天而降，衝向索斯座騎的腦袋，瘦馬尖叫立起，甩落背上的騎師。

老索沙起身面對追殺他的人，雙眼宛如憤怒的大蛇，臉上籠罩一襲非人的面具。他兩手各握一把發光的東西，科南心知那是致命武器。

國王下馬，走向敵人，護甲噹啷作響，巨劍高高舉起。

「又碰面了，巫師！」他露出蠻橫的笑容。

「別過來！」索沙宛如憤怒豺狼般尖叫。「我會炸光你的血肉！你征服不了我——如果你把我砍成碎片，我的屍骨將會重組，永遠糾纏你！我知道是佩里亞斯在幕後搞鬼，我唾棄你們！我是索沙，是——」

科南突然進攻，劍光霍霍，神色警覺。索沙右手抖動，國王立刻矮身。某樣東西掠過他的頭盔，在他身後爆炸，地獄般的火焰燒焦沙地。在索沙抛出左手中的光球前，科南的劍已經砍穿他的細頸。巫師的頭飛離肩膀，拖曳弧形血光，穿長袍的身軀東倒西歪，宛如喝醉酒般癱倒在地。但是那雙黑眼依然瞪著科南，凶猛的目光毫無渙散的徵兆，嘴形扭曲醜陋，雙手亂抓，彷彿在尋找斷頭。接著有東西振翅俯衝，從天而降——剛剛攻擊索沙座騎的老鷹。老鷹伸出強力的爪子抓起滴血的腦袋，飛向天空，科南呆立原地，聽著老鷹的喉嚨中傳來人類的笑聲，巫師佩里亞斯的嗓音。

接著恐怖的事發生了，無頭屍體突然從沙地上站起，雙腳僵硬、跌跌撞撞地迅速奔離，雙手盲目地伸向在灰暗的天際迅速消失的黑點。科南彷彿化身石像，眼看無頭身影搖搖晃晃地消失在一片紫青的暮色中。

「克羅姆呀！」他威猛的肩膀微微抽動。「願這些爭執不休的巫師都得瘟疫！佩里亞斯對我不錯，但我可不想再見到他。給我一把乾淨的劍和一個清楚的敵人來砍。可惡的東西！我只想不惜代價弄杯好酒來啊！」

〈血色城堡〉完

象之塔

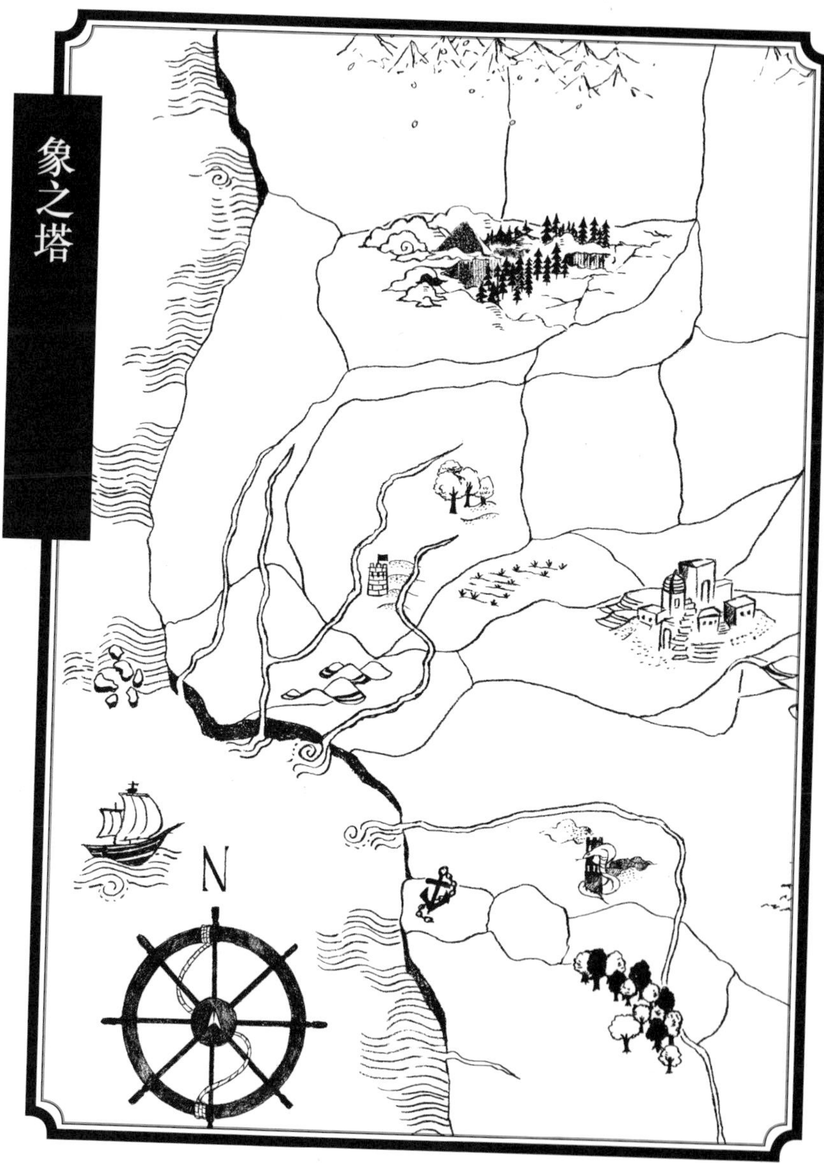

首次刊登於一九三三年三月號的《怪譚》雜誌，這次是科南年輕時的故事。他初抵文明世界，闖蕩竊賊猖獗的城市，在酒館裡聽說巫師亞拉在高塔上藏了魔法寶石「象之心」，於是展開一場不可能的竊盜任務。我們一方面看到野蠻人和文明人的價值衝突，一方面也看到科南在盜寶過程中展現的敏捷與智慧。〈象之塔〉是另一種「地城冒險」的典型，機關陷阱和守門怪物的設計都非常精彩，塔頂的祕密更是出人意表，後來曾被改編成ＴＲＰＧ的冒險模組。這段「高塔盜寶」也以不同面貌出現在一九八二年版《王者之劍》電影裡。

——編者

01

茂爾區的火把搖曳黯淡，東方盜賊於此夜夜笙歌。他們能在茂爾區肆意狂歡，因爲一般百姓會避開此地，而收過黑錢的守衛不會干涉他們。街道蜿蜒雜亂，地上未鋪石板，到處都有垃圾和水坑，醉漢東倒西歪，吵吵鬧鬧。陰影中隱現刀光，狼獵食狼，黑暗裡傳來女人刺耳的笑聲、細碎的腳步聲及掙扎聲。破窗和敞開的門中傳出耀眼火光，而陳腐的酒味、汗臭、酒客喧鬧、拳頭敲打桌面、淫穢的歌聲都宛如拳頭般迎面而來。

在其中一座酒窟裡，歡樂響徹煙燻的屋頂，擠滿各式各樣衣衫破爛的流氓——鬼祟的扒手、橫眉豎目的綁匪、身手靈活的小偷，神氣活現地對身旁尖聲尖調的庸脂俗粉自吹自擂。這裡絕大多數都是本地惡棍——深皮膚、黑眼睛的薩莫拉人，腰掛匕首，詭計多端。不過也有六條外地來的惡狼。有個高大的終北之國叛徒，沉默寡言，模樣凶狠，滄桑的身軀上繫著一把闊劍——茂爾區的人都公開佩戴武器。還有長著鷹勾鼻，留鬈曲藍黑鬍鬚的閃姆僞造師。一個不列桑尼亞大眼女人，坐在黃髮剛德人的膝蓋上——一個四海爲家的傭兵，戰敗部隊的逃兵。講猥褻笑話獲得滿堂彩的胖惡棍乃是從科斯遠道而來，專教薩摩亞人如何綁架女人，不過薩摩亞人生下來就擁有比他豐富的相關知識。

那傢伙一邊描述想找的女人多有魅力，一邊把嘴塞入冒泡的麥酒杯。他吹吹沾在嘴旁的泡沫，說道：「看在盜賊之神貝爾的份上，我會讓他們見識如何綁架女人：我在黎明前就能帶她越過薩摩亞邊境，交給等在那裡的車隊。俄斐有個伯爵承諾要用三百枚銀幣購買年輕貌美的不列桑尼亞上流社會女子。我找了好幾週，在邊境城市假扮乞丐，終於找到一個符合條件的女人。她可眞是個小美人呀！」

他色迷迷地吹了個飛吻。

「我敢說閃姆的貴族願意用象之塔的祕密交換她。」他說著繼續喝他的麥酒。

他感覺有人碰他衣袖，於是轉過頭去，皺眉看著打擾他的人。他身旁站了一個高高壯壯的年輕人。此人跟這個酒館格格不入，就像灰狼跟髒兮兮的水溝老鼠混在一起。他的廉價外衣無法掩飾結實堅硬的肌肉線條、厚實的肩膀、雄偉的胸膛、傾斜的腰身、強壯的胳臂。他的皮膚被外地的陽光曬得黝黑，一雙藍眼目光爍爍；雜亂的黑髮垂在寬額頭上。他的腰帶旁掛把長劍，插在陳舊的皮鞘裡。

科斯人不由自主縮了縮身；因爲此人絕非來自任何文明之地。

「你提到象之塔。」陌生人以帶有外地口音的薩摩亞語說道。「我常聽人提起這座塔；它有什麼祕密？」

此人態度不差，而科斯人受到麥酒和明顯認可這個問題的觀眾所鼓舞。他得意起來。

「象之塔的祕密？」他大聲說。「怎麼啦，隨便哪個笨蛋都知道祭司亞拉在塔裡藏了人稱『象之心』的大寶石，而那顆寶石就是他魔法的泉源。」

野蠻人消化這種說法。

「我見過那座塔。」他說。「象之塔座落在這座城市之上的一座大花園裡，四周都是高聳的圍牆。牆不難爬。爲什麼沒人偷走那顆祕密寶石？」

科斯人目瞪口呆看著眼前這個想法單純的傢伙，然後開始哈哈大笑，其他人也跟他一起笑。

「聽聽這個異教徒！」他叫道。「他要去偷亞拉的寶石！——聽呀，各位，」他說著盛氣凌人地轉向對方，「我想你是來自北方的蠻族——」

「我是辛梅利亞人。」外地人回應，語氣很和善。這個回應和態度對科斯人而言沒有多大意義，他身處遠在南方的國度，位於閃姆邊境，對這個北方民族只有些許了解。

「那就仔細聽，好好學，老兄，」他說著指向神色窘迫的年輕人。「在薩摩亞，說明確點，在這城裡，盜賊可比全世界的盜賊更加膽大妄爲，就連科斯也一樣。如果凡人有辦法偷走那顆寶石，我保證它早就已經被偷走了。你說要爬牆，但爬上去後，你馬上就會後悔。花園裡晚上沒有守衛是有好理由的——我是說，沒有人類守衛。但是在高塔底層的守衛室裡有武裝人員，就算你通過晚上在花園中遊蕩的傢伙，你還是得通過那些士兵，因爲寶石放在塔的高層。」

「但如果有人通過花園，」辛梅利亞人說，「他爲什麼不能直接前往塔的上層，藉以避開那些士兵呢？」

科斯人再度目瞪口呆。

「聽聽他說什麼！」他大聲嘲笑。「這個野蠻人是老鷹，可以直接飛到只有一百五十呎高，表面跟玻璃一樣光滑的鑲寶塔緣上！」

辛梅利亞人左顧右盼，讓四面八方傳來的笑聲弄得有點不好意思。他不知道有什麼好笑的，但因初到文明國度，還不了解他們粗魯的文化。文明的人遠比野蠻人還要粗魯，因為他們知道一般而言，出言不遜不會導致頭破血流的後果。他很困惑、很苦惱，本來窘迫到打算離開，但科斯人決定繼續刺激他。

「來吧，來吧！」他喊道。「告訴這些打從你出生以來就已經在幹小偷的可憐人，告訴他們你要怎麼偷那顆寶石？」

「總是有辦法的，只要有足夠的慾望和勇氣。」辛梅利亞人微感火大，簡短說道。

科斯人認為對方在羞辱他。他氣得臉色發紫。

「什麼！」他吼道。「你竟敢教我們做事，還說我們是懦夫？出去；給我滾出去！」他用力推辛梅利亞人。

「你嘲笑我，還敢碰我？」野蠻人咬牙切齒，怒火中燒，一掌推出就把折磨他的傢伙推去撞上粗製的桌子。科斯人嘴中噴出麥酒，憤怒吼叫，伸手拔劍。

「異教狗！」他吼道。「我要挖你的心！」

就看到劍光一閃，酒客連忙退開。過程中有人撞倒蠟燭，酒館登時陷入黑暗，只聽見板凳倒地聲、奔走腳步聲、吼叫聲、摔來撞去的咒罵聲，以及一下痛苦的尖叫聲，宛如匕首般劃破喧囂。蠟燭重新點燃後，大部分酒客都已經從門口和破窗跑了，剩下的人則躲在酒桶後或桌下。野蠻人不見了；房間中央空無一人，除了科斯人開膛剖肚的屍體。辛梅利亞人透過精準的野蠻人本能，在黑暗和混亂中殺了他要殺的人。

02

黯淡的光線和狂歡的喧囂逐漸消失在辛梅利亞人身後。他脫掉破上衣，只穿一條纏腰布和綁腿涼鞋走在夜色中。他動作宛如猛虎般輕盈，硬如鋼鐵的肌肉在褐色皮膚下若隱若現。

他進入了城內的神廟區。四面八方都是在繁星下反射白光的神廟——雪白的大理石柱、金色圓頂、銀色拱門，薩莫拉各式各樣奇特神祇的殿堂；他沒有轉頭去看那些神廟；他知道薩莫拉的宗教信仰，就像所有跟長期定居的文明人有關的事物，複雜到難以理解，在規矩和儀式的迷宮中失去了大部分信仰的原始本質。他曾在哲學家的庭院中蹲上數小時，聽神學家和老師辯論，結果聽得頭昏腦脹，只能肯定一件事，就是他們腦子都有問題。

他的神既單純又好理解；克羅姆是神的酋長，住在一座大山裡，釋放毀滅和死亡。向克羅姆祈禱毫無用處，因爲祂是個陰沉、野蠻的神，很討厭弱者。但祂會在人出生時賜予勇氣，還有殺敵的意志及力量，而在辛梅利亞人的想法裡，那就是神該做的事。

他的鞋無聲無息地踏在反光的地板上。沒有守衛經過，因爲就連茂爾區的盜賊也會避開神廟，因爲瀆神者會遭遇奇特的厄運。他看著眼前高聳天際的象之塔。他沉思，好奇它爲什麼叫這個名字。似乎沒人知道。他從未見過大象，但他大概知道那是一種龐然巨獸，身體前後都有尾巴。那是一個四處流浪的閃姆人告訴他的，信誓旦旦地說他在希爾卡尼亞見過數千頭那種動物；但全世界都知道閃姆人是騙子。無論如何，薩莫拉境內沒有大象。

象之塔明亮的塔身冷冷地聳立在群星下。白天，這座塔的反光耀眼奪目，無人能直視，有人說它是純銀打造的。塔身是圓的，細長完美的圓柱體，一百五十呎高，鑲在塔緣的大寶石在星光下閃閃發光。象之塔四周都是隨風飄擺的異國樹林，位於城內高處的花園中。花園四周有座高圍牆，牆外一圈地勢較低，也有圍牆。塔內無光，塔身似乎沒有窗戶——至少內牆以上的塔身沒有窗戶。只有塔上的寶石在星光下反射冷光。

低圍牆，或外牆之外長有濃密的灌木。辛梅利亞人躡手躡腳走近，站在矮牆邊，仔細打量它。牆算高，但他跳起來手指可以勾住牆緣。然後他可以輕易擺身，翻牆而過，而他毫不懷疑自己可以用同樣的手法翻過內牆。但想到傳言中花園裡的奇特危機，他忍不住遲疑片刻。對他而言，這些人都很古怪，很神祕；他們不是他的同類——甚至跟過去令他驚艷的西方文明國度不列桑尼亞、納米迪亞、科斯、阿奎洛尼亞都不同血緣。這些薩摩亞人非常古老，就他所見，也非常邪惡。

說到待在寶石塔裡引發奇特厄運的大祭司亞拉，辛梅利亞人突然感到毛骨悚然。他想起一個宮廷記錄員酒後所說的故事——亞拉如何當面嘲笑一個敵國王子，高舉發光的邪惡寶石，而那顆不聖潔的寶石如何激射強光，籠罩王子，令他在慘叫中倒下，黑黑的捲成一團，變成一隻黑蜘蛛，在房間裡東逃西竄，直到亞拉一腳踩下。

亞拉很少離開他的魔法塔，每次離開都是爲了對付某人或某個國家。薩莫拉王對他的恐懼比死亡更甚，每天喝得醉醺醺的，因爲他無法清醒承受那份恐懼。亞拉十分古老——據說他已好幾百歲，而那顆寶石的魔力能讓他永生不死。該寶石人稱「象之心」，就跟他們稱那座塔爲象之塔一樣，沒有什麼特別的理由。

沉浸在這些想法中的辛梅利亞人突然貼牆伏低。花園裡有人路過，腳步聲十分規律。他聽見鋼鐵撞擊聲。看來花園裡畢竟還是有守衛巡邏的。辛梅利亞人等候片刻，期待會聽見守衛巡邏一圈後再度路過，但神祕的花園中一片死寂。

好奇心終於征服了他。他輕輕一跳，抓住牆緣，單手把自己擺盪到牆頂。他平趴在寬厚的牆頂，低頭打量兩座圍牆中間的寬敞空地。牆邊沒有灌木叢，不過內牆附近有些修剪整齊的樹叢。星光灑落在平坦的草地上，某處傳來噴泉流水聲。

辛梅利亞人輕輕翻入牆內，拔出他的劍，凝望四周。在赤裸的星光下如此缺乏保護站在開闊空間令他十分緊張，於是他躡手躡腳沿著圍牆的陰影走動，繞到剛剛看見的灌木叢前。接著他壓低身形，快步衝向灌木叢，差點被癱在樹叢旁的東西絆倒。

他迅速打量左右，確認沒有敵蹤，然後彎腰查看。即使在黯淡的星光下，他銳利的目光還是看見了一個身穿銀盔甲，頭戴羽飾盔，身材壯碩的薩莫拉王家衛士。他身旁躺著盾牌和長矛，稍加查看就知道他是被勒斃的。野蠻人神色不安地打量四周。他知道此人肯定是剛剛路過他藏身處牆邊的守衛。他才路過不久而已，但一雙無名之手就在那段時間內伸出黑暗，掐死了這個士兵。

他瞪大雙眼，凝望黑暗，發現牆邊的灌木叢中依稀傳來動靜。他緊握劍柄，緩緩逼近。他發出的聲音不比在黑夜中潛行的獵豹大聲，但還是被他在跟蹤的人聽見了。辛梅利亞人隱約瞥見牆邊有條高大的身影，在發現對方至少是人時鬆了口氣；接著對方低聲驚呼，迅速轉身，先是擺開要往前衝的架勢，隨即在看見辛梅利亞人劍刃反光時縮了回去。兩人情緒緊繃，一時都沒說話，站在原地準備應付任何狀況。

「你不是士兵，」陌生人終於低聲道。「你跟我一樣是賊。」

「你是誰？」辛梅利亞人語氣懷疑地問。

「納米迪亞的陶洛斯。」

辛梅利亞人壓低劍。「我聽說過你。有人叫你盜賊王子。」

他聽見低沉的笑聲。陶洛斯跟辛梅利亞人一樣高，體重更重；他身材肥胖，還有大肚子，但舉手投足間都散發出一股妙不可言的魅力，即使在星光下，銳利的雙眼中也綻放活力十足的目光。他打赤腳，帶著一捆看起來很堅固的細繩，每隔一段就有打結。

「你是誰？」他低聲問。

「科南，辛梅利亞人。」另一人回答。「我來是要想辦法偷亞拉的寶石，人稱『象之心』的那顆。」

科南發現對方笑到肚子在抖，但他不是在嘲笑他。「看在盜賊之神貝爾的份上，」陶洛斯嘶聲道。「我以為只有我有勇氣偷象之心。這些薩莫拉人還自稱是盜賊呢——去！科南，我欣賞你的膽識。我從不跟人合作冒險，但看在貝爾的份上，如果你願意，我們一起幹。」

「你也是來找象之心的？」

「還能是什麼？我已經策劃好幾個月了，但你，我想，只是一時衝動就來了，我的朋友。」

「你殺了那個士兵？」

「當然。我翻牆而過時，他就在牆的另外一邊。我躲在樹叢裡；他聽見我的聲音，又或許是自認聽見了聲音。他笨手笨腳走過來時，我毫不費力繞到他身後，出手抓住他脖子，把他掐死。他跟大部分人一樣，黑暗中跟瞎子差不多。好賊就該擁有像貓的眼睛。」

「你犯了個錯。」科南說。

陶洛斯閃過憤怒的目光。

「我？犯錯？不可能！」

「你應該把屍體拖入樹叢。」

「新手教訓起大師來了。守衛要到午夜才會換班。如果現在有人來找他，還發現他的屍體，他們就會立刻趕去找亞拉，高聲喧譁，讓我們有時間逃跑。但要是沒找到他，他們就會擊打樹叢，把我們像陷阱裡的老鼠一樣抓起來。」

「你說得對。」科南同意。

「好了。跟我來。我們浪費太多時間討論這件蠢事了。內花園裡沒有守衛——人類守衛，我是說，不過有更致命的哨兵。我就是因為那些哨兵才遲遲沒有動手的，但我終於想出了應付他們的辦法。」

「象之塔底層的士兵呢？」

「老亞拉都待在高層。我們要走的是那個方向——離開也是，我希望。現在先別問我。我已經安排好了退路。我們偷偷溜到塔頂，在老亞拉對我們施展任何天殺的法術前勒死他。至少我們會嘗試這麼幹；我們有可能會被變成蜘蛛或蟾蜍，也有可能得到財富和權力。所有好盜賊都知道該冒什麼風險。」

「我該怎麼做就怎麼做。」科南說著脫掉涼鞋。

「那就跟我走。」陶洛斯轉身，起跳，抓住牆緣，撐起自己。以肥胖的身軀而言，此人靈活得不像話；他彷彿是直接滑上牆頂。科南跟著他跳，平趴在牆頂，兩人謹慎低語。

「我沒看到火光。」科南喃喃說道。底層的塔看起來跟牆外看得見的部分差不多——完美光滑的圓柱體，沒有明顯的門戶。

「塔牆上有精心建造的門窗。」陶洛斯回答，「但是關起來了。士兵呼吸的空氣都是從上面來的。」

花園宛如黑影池塘，羽毛般的灌木和低矮的樹木在星光下隨風擺動。科南謹慎的靈魂感應到花園中瀰漫的凶險氣息。他察覺到看不見的眼睛炙熱的目光，聞到令他頸後寒毛本能豎起的微香，就像獵犬聞到宿敵氣味時一樣。

「跟我來。」陶洛斯輕聲道。「愛惜性命的話，就待在我身後。」

納米迪亞人從腰帶上取出一根銅管，輕輕落在牆內的草皮上。科南緊跟在後，舉起長劍，但陶洛斯把他推回去，貼緊牆壁，自己也沒有要前進的意思。他全神貫注地等候，他的雙眼，就跟科南一樣，凝望著數碼外的陰暗灌木叢。接著兩顆大眼睛在搖曳的黑影中發光，其後還有更多火星般的目光在黑暗中閃爍。

「獅子！」科南嘟囔道。

「對。白天他們都待在塔下的地底洞窟裡。那就是花園裡沒有守衛的原因。」

科南迅速數眼睛。

「我看到五隻；灌木叢裡可能還有。他們很快就會進攻──」

「安靜！」陶洛斯斷聲道，離開牆壁，小心謹慎，如踏刀刃，舉起細長的銅管。黑影中出現低吼，發光的眼睛開始前進。科南可以感應到流口水的大嘴，簇絨尾巴甩向兩側。形勢一觸即發──辛梅利亞人緊握他的劍，等著對方撲上前來，還有無可避免的肢體撞擊。接著陶洛斯將銅管口放到嘴前，用力吹氣。一長道黃色粉末從銅管另一端噴出，隨即化爲黃綠色的濃霧，籠罩在灌木叢上，遮蔽虎視眈眈的目光。

陶洛斯立刻跑回牆邊。科南難以理解地看著。濃霧遮住了灌木叢，裡面沒有任何聲響。

「那是什麼霧？」辛梅利亞人不安地問。

「死霧！」納米迪亞人說。「如果一陣風把它吹向我們，我們就得跳牆逃走。但還好，沒風，霧也開始消散了。等到霧完全消失再過去。吸到就死了。」

此刻只剩下少許黃絲詭異地飄在空中；接著黃絲也消失了，陶洛斯指示他的夥伴上前。他們慢慢走向灌木，科南倒抽一口涼氣。黑暗中躺著五條黃褐色的屍體，眼中的陰森火光已經永遠熄滅。空中瀰漫著一股甜膩的香氣。

「牠們死得無聲無息！」辛梅利亞人嘟噥道。「陶洛斯，那是什麼粉？」

「用黑蓮花做的，生長在齊丹的失落叢林，只有雲的黃骷髏祭司住在那裡。只要聞到那些花的味道，人就會死。」

科南跪在巨大的屍體旁，說服自己那些獅子確實已經無法傷人。他搖頭；對北方的野蠻人而言，這些異國魔法既神祕又恐怖。

「你爲什麼不用同樣的手法殺掉塔裡的士兵？」他問。

「因爲我只有這麼多藥粉。光是取得那些藥粉就足以讓我在全世界的盜賊間揚名立萬。我是從趕往斯堤及亞的車隊手中偷來的，趁盤身在金布袋中的毒蛇熟睡時拿走它。但是來吧，以貝爾之名！我們要浪費時間聊天嗎？」

他們穿越灌木叢，抵達明亮的塔底，在那裡，陶洛斯無聲無息地解下他的打結繩索，繩索的一端有枚堅硬的鋼鉤。科南看出他的計畫，一聲不吭地看著納米迪亞人抓起鋼鉤下方一段距離的位置，開始在頭上甩動。科南耳朵貼上平滑的塔面傾聽，但什麼也聽不見。顯然，塔內的士兵沒在懷疑有入侵者，因爲入侵者的聲音不比吹過樹林的風聲大。但野蠻人還是感到一股奇特的緊張；或許是蓋過一切氣味的那股獅味。

陶洛斯強壯的手臂順勢拋出繩索。鋼鉤以難以形容的獨特勢道向上向內拋去，消失在鑲寶石的塔緣上。鋼鉤顯然勾到了硬物，因為試探性的輕扯和硬拉都沒有造成繩索滑動或移位。

「第一次就勾到真是太幸運了，」陶洛斯喃喃說道。「我——」

科南的蠻族本能驅使他突然轉身；因為逼近而來的死亡沒有發出任何聲響。辛梅利亞人透過眼角看見巨大的黃褐色身影，在星空下人立而起，準備展開致命一擊。沒有任何文明人的反應速度及得上野蠻人的一半。他的劍在星光下寒光逼人，透過所有神經和肌腱死命揮劍，男人和野獸一起倒地。

陶洛斯喘息低聲咒罵，彎下腰去查看疊在一起的人與獅，發現他的同伴手腳並用，努力推開軟綿綿地壓在身上的巨獅。他瞥眼看見納米迪亞人驚訝地發現獅子已死，歪斜的頭顱一分為二。他抱緊屍體，藉由他的幫助，科南推開屍體，爬起身來，依然緊握在滴血的劍。

「你有受傷嗎，老兄？」陶洛斯邊喘邊問，依然弄不清楚剛剛那一瞬間究竟發生了什麼事。

「沒，看在克羅姆的份上！」野蠻人回答。「但那是我大風大浪的一生中最驚險的經驗。那頭天殺的野獸衝過來時為什麼沒吼叫？」

「這座花園裡的東西都很奇怪。」陶洛斯說。「獅子安靜出擊——其他的危機也都一樣。來吧——剛剛那一下沒發出什麼聲音，但士兵或許有聽到，如果他們沒在睡覺或喝醉的話。那頭獅子剛剛在其他地方，逃過死亡花粉，不過這裡肯定沒有其他獅子了。我們得爬繩子——沒必要問辛梅利亞人爬不爬得上去。」

「如果繩子撐得住我。」科南嘟噥一聲，在草上擦劍。「比我重三倍都承受得住。」陶洛斯回答。「那是用女人屍體的頭髮編成的，我半夜跑去墳場挖來，還泡過劍毒木的毒酒，加以強化韌性。我先爬——你跟緊點。」

納米迪亞人抓住繩子，膝蓋彎曲，開始往上爬；他像貓一樣上升，不管龐大的身軀看起來有多笨拙。辛梅利亞人跟著爬。繩索搖擺轉圈，但沒有影響爬繩人的速度，他們兩人都曾爬過更難爬的地方。鑲珠寶的塔緣在上方閃閃發光，突起於垂直的塔身外，導致繩索距離塔身約莫一呎遠——這個事實大幅降低了爬牆的難度。

他們一直往上爬，安靜無聲，隨著他們越爬越高，城市的燈火在眼前愈來愈遠，天上的星光逐漸在塔緣珠寶的光芒下轉爲黯淡。這時陶洛斯伸出一手，抓住塔緣，翻身而上。科南在塔緣稍待片刻，神色讚嘆地看著令他目眩神迷的冷光寶石——鑽石、紅寶石、綠寶石、藍寶石、綠松石、月長石，宛如星辰般鑲在亮眼的銀座裡。自遠處看，不同色彩的寶石彷彿融入一股白光脈動中，但如今，近距離下，它們反射出數以百萬計的彩虹色調與光芒，閃爍的彩光彷彿催眠了他。

「這裡就有難以想像的財富了，陶洛斯。」他低聲說；但納米迪亞人不耐煩地回應：「來吧，只要弄到象之心，其他的一切都會是我們的。」

科南翻過閃爍的塔緣。塔頂的地面比寶石壁架低矮數呎。塔頂平坦，由某種深藍色的物質組成，鑲有反射星光的黃金，整體看來彷彿是撒了金塵的藍寶石。對面似乎有個房間，建造在塔頂上。建材跟塔緣的銀色材質一樣，用較小的寶石加以裝飾；門是金的，表面刻有鱗片圖案，輔以綻放類似冰光的寶石。

科南看了一眼下方城市的光海，然後又看向陶洛斯。納米迪亞人拉起他的繩索，正在盤成繩圈。他比了比鋼鉤卡住的位置——鉤爪前端沉入塔緣內側一顆明亮寶石之中。

「幸運再度眷顧我們。」他喃喃說道。「搞不好那塊寶石承受不住我們兩個加起來的體重。跟我來；真正的危險現在才要開始。我們進入蛇窩裡了，而我們不知道他身處何處。」

他們彷彿追蹤獵物的老虎般走過幽暗的塔頂，在閃亮的門前停下腳步。陶洛斯伸出靈巧的手掌謹慎推門。門毫無窒礙地打開了，兩個夥伴往裡面偷看，留意任何狀況。透過納米迪亞人的肩膀，科南瞥見了一間閃閃發光的房間，牆壁、天花板、地板上散布一種白色大寶石，綻放明亮的光芒，似乎是房內唯一的光源。裡面看來沒有生物。

「在我們斬斷所有退路之前，」陶洛斯低聲道，「你去塔緣看看四周；如果有在花園裡看到士兵，或任何值得懷疑的東西，回來告訴我。我在房間裡等你。」

科南覺得此舉很沒道理，謹慎的天性開始對夥伴產生懷疑，但他還是照陶洛斯的話去做。他轉身離開時，納米迪亞人溜入屋內，關上房門。科南躡手躡腳沿著塔緣走了一圈，沒有在底下微微晃動的樹葉海裡看見任何可疑的動靜，然後回到一開始的位置。他轉向門——房內突然傳出一聲悶吼。

辛梅利亞人衝向前去，隨即僵立不動——閃亮的門突然開啓，陶洛斯站在門中，屋內的冷光之前。他身體搖晃，嘴唇微開，但喉嚨中只冒出一陣咯咯聲。他扶著金門支撐自己，突然向前傾斜，當頭摔在地上，抓住自己的喉嚨。身後的門關閉。

科南宛如警覺的獵豹伏低身形，適才門開啓的瞬間沒在倒地的納米迪亞人身後看見任何不尋常的動靜——除非剛剛竄過明亮地板前的陰影不是光影造成的錯覺。沒有東西跟著陶洛斯出來，科南彎腰查看他。

納米迪亞人瞳孔放大，目光呆滯，神情困惑得恐怖。他雙手緊扣喉嚨，嘴巴口水直流，汩汩作響；接著，他突然身體僵硬，辛梅利亞人滿心震撼地發現他已死去。而他認爲陶洛斯到死都不知道自己是怎麼死的。科南困惑地凝視那扇神祕的金門。在那個空房間裡，閃閃發光的寶石牆間，死亡神祕又迅速地降臨在盜賊王子身上，就像他在下方花園裡讓末日降臨在獅子身上一樣。

野蠻人小心翼翼地觸摸對方半裸的身體，尋找傷口。但唯一暴力的跡象來自他的雙肩之間，接近他粗如公牛般的頸部底端——三道小傷痕，看起來像三枚指甲插入血肉，然後拔出。傷痕的邊緣呈現黑色，滲出一絲腐敗氣味。毒鏢？科南心想——但若是如此，毒鏢應該還在傷口裡才對。

他在好奇驅使下慢慢走向金門，推開，然後往裡面看。房間空無一人，沐浴在一陣陣寶石冷光中。他注意到天花板中央有個奇特的符號——黑色的八角形，中央有四顆寶石綻放紅光，跟屋內其他寶石的白光不同。房間對面有另外一扇門，跟他身邊的門一樣，只不過沒有雕刻鱗片圖案。死亡來自那扇門嗎？對方是否在攻擊受害者後，又退回門內了？

辛梅利亞人關上身後的門，進入房內。他打赤腳，無聲無息踏在水晶地板上。房內沒有桌椅，只有三或四張絲床。繡有金邊，飾以奇特的蛇形圖樣，還有幾個銀框紅木箱。有些箱子用沉重的金鎖鎖住；剩下的是打開的，有雕飾的箱蓋掀向後方，在辛梅利亞人難以置信的眼前展露一堆一堆隨意擺放的貴重寶石。科南暗罵一聲；那天晚上他已經見識到超越他想像中全世界財富總合的寶物，光是想想眼前這些寶石值多少錢就讓他頭暈目眩。

當他來到房間中央，身體前傾，謹慎探頭，長劍前舉時，死亡再度無聲無息展開攻擊。他唯一的警告就是掠過明亮地板上的黑影，而他本能性地使盡全力往旁邊跳開。他瞥見一隻毛茸茸的黑色怪物掠過他身邊，口沫橫飛地狠狠咬下，接著某樣東西濺到他的肩膀，燙得宛如液態地獄火。他連忙後退，高舉長劍，看見怪物落地，轉身，以極快的速度朝他衝來——一隻只會在惡夢中見到的巨型蜘蛛。

蜘蛛的體型跟豬差不多大，八條粗毛腿帶著恐怖的軀體急速逼近；四顆發光的邪眼散發可怕的智慧，利齒滲出毒液，科南從對方攻擊失手時接觸到的一滴毒液對其肩膀造成的灼燒感就知道那會瞬間致命。它就是從天花板上靠著蛛絲垂降，咬中納米迪亞人頸部的傢伙。他們太蠢了，竟然沒想到象之塔上層就跟下層一樣有守衛看守。

這些想法在怪物逼近的同時閃過他心頭。他高高躍起，對方從下方衝過，轉身再度出擊。這一次他側移閃避，像貓一樣反擊。他的劍砍斷了一根毛腳，又再一次差點被轉身攻擊的怪物咬到，利齒宛如惡魔般嘎嘎作響。但怪物沒有繼續追擊；它轉身，跑過水晶地板，爬上牆，回到天花板，蜷伏片刻，以其惡魔般的紅眼瞪著下面的他。接著毫無預警，它拖曳著一條黏黏灰灰的東西平空撲來。

科南後退，避開猛撲而來的身軀——然後連忙矮身，及時躲過迎面來襲的網繩。他看出怪物的意圖，衝向門口，但對方速度更快，一道黏黏的蛛絲打橫封住門口，讓他變成囚犯。他不敢用劍砍蛛絲；他知道那玩意兒會黏在劍上，在他有機會擺脫蛛絲前，怪物的利齒早就沉入他的背心。

接下來他們就展開了一場亡命競賽，男人的機智和敏捷反應對抗大蜘蛛的詭計和速度。它不再在地板上橫衝直撞，也不在空中擺盪身軀。它在天花板和牆壁上奔走，找機會用蛛絲纏住他，而它噴絲的技巧十分精準。這些蜘蛛絲粗如繩索，科南知道只要被蛛絲纏上，他的蠻力就不可能在蜘蛛出擊之前掙脫。

惡魔之舞在整個房間中上演，除了男人急促的呼吸、赤腳踐踏明亮地板的悶響，及怪物利齒交擊的咯咯聲外沒有任何聲息。灰色蛛絲一綑一綑躺在地板上；牆上也是一圈一圈；珠寶箱和絲床上滿滿都是，宛如蒙塵花彩般垂在寶石天花板下。科南仰賴靈巧的目光和肌肉躲過蛛絲，不過落腳處附近的黏絲還是沾上了他赤裸的皮膚。他知道他不可能一直閃避下去；他不但得留意天花板上甩下來的蛛絲，還得當心地板，以免被地上的蛛絲絆倒。遲早都會有黏黏的蜘蛛絲宛如蟒蛇纏上他的，到時候他就會變成大繭，動彈不得任由怪物處置。

蜘蛛衝過地板，身後拖著一條灰繩。科南奮力躍起，跳過一張絲床——蜘蛛迅速轉身，爬上牆壁，那條蛛絲宛如活物般自地板上彈起，纏上科南的腳踝。他雙手著地，奮力拉扯，企圖擺脫好像有韌性的鉗子或盤起的蟒蛇般纏住他的蛛網。長毛的魔鬼爬下牆壁，打算徹底捕獲獵物。科南陷入瘋狂，舉起一個珠寶箱，全力拋出。怪物沒料到他會來這麼一下。大寶箱擊中樹枝般的黑毛腳中央，撞擊牆壁，發出一下令人作嘔的啪啦悶響。鮮血和綠色黏液四濺，蜘蛛殘軀隨著摔爛的寶箱一起落地。壓扁的黑色身體躺在灑落滿地的耀眼寶石之間；毛腿漫無目的地抽動，垂死的眼睛在閃亮的寶石中綻放紅光。

科南環顧四周，沒有其他怪物出現，於是開始想辦法擺脫蛛網。那東西緊黏著他的腳踝和手掌，但至少他可以自由行動。於是他拿起劍，在一團團、一圈圈的灰色蛛絲中間慎選落腳處，抵達內門。他不知道門裡還有什麼怪物。辛梅利亞人熱血沸騰，既然他已經來到這裡，克服這麼多險境，他就打定主意要完成這場可怕的冒險，不論結局如何。而他認為隨便亂放在明亮房間裡的那些寶石裡沒有他要找的象之心。

他拔下了封住內門的蛛絲，發現內門跟外門一樣沒鎖。他懷疑下層的士兵知不知道他上來了。好吧，他在他們頭上很遠的地方，而如果傳言是真的，他們早就習慣了上層傳來的怪聲——可怕的聲響、痛苦與恐懼的慘叫聲。

他心裡想著亞拉，惶恐不安地打開金門。但他只看見一道往下的銀台階，光線昏暗，而他不確定光源為何。他無聲無息地步下台階，緊握他的劍。他沒聽見聲音，不久就來到一扇鑲有血石的象牙門前。他側耳傾聽，但門後沒有聲響；腳下的門縫緩緩滲出煙絲，帶著一股辛梅利亞人沒有聞過的奇特氣味。台階蜿蜒而下，消失在黑暗中，陰暗的梯井內沒有傳出任何聲響；他心中浮現詭異的感覺，彷彿塔內空無一人，只有鬼魂幽靈居住其中。

03

他小心翼翼推動象牙門，門無聲向內開啓。站在微微發光的門檻上，科南有如野狼般凝視陌生環境，隨時準備作戰或逃跑。他面前是個有著黃金圓頂的大房間；牆壁都是碧玉，地板是象牙，有些部分鋪有厚地毯。煙和異國焚香的氣味發自黃金三腳架上的火盆，火盆後的大理石床上有座神像。科南目瞪口呆；神像具有人類的身體，綠色，赤身裸體；不過擁有出自惡夢及瘋狂的腦袋。大到跟人類的身體不成比例，而且看起來一點也不像人頭。科南凝視那雙寬敞的大耳、捲曲的象鼻、象鼻兩側各有一根白獠牙，末端插有金球。神像的眼睛是閉上的，彷彿在睡覺。

所以，這就是象之塔名稱的由來，因爲神像的腦袋看起來很像閃姆流浪漢所形容的怪物。這就是亞拉的神；至於寶石，除了埋在神像裡面，還會在哪裡呢？畢竟那顆寶石名叫象之心。

科南提步上前，目光始終保持在不會動的神像上，而神像的眼睛突然睜開！辛梅利亞人當場僵住。那不是神像——那是活生生的怪物，而他被困在他的房間裡！

他沒有當場陷入殺氣騰騰的狂暴狀態顯示他心中的恐懼有多甚，恐懼到全身動彈不得。如果他是文明人的話，或許會拿自己發瘋了的結論來當避風港；辛梅利亞人完全沒有懷疑自己的心理狀態。他知道自己面對了一個來自古老世界的惡魔，而這個想法剝奪了他所有身體機能，除了視覺。

怪物揚起象鼻，四下探索，黃玉般的眼睛彷彿視而不見，顯然怪物已經瞎了。這個想法融化了他冰凍的神經，他開始無聲無息地退向門口。但怪物聽到了。靈巧的象鼻朝他伸來，當聽見對方開口說話，嗓音奇特，有點結巴，完全沒有抑揚頓挫時，科南再度怕到僵住。辛梅利亞人知道對方的嘴巴不適合說人類的語言。

「是誰？你又來折磨我了嗎，亞拉？難道就不能做個了結嗎？喔，亞格科夏呀，難道痛苦沒有盡頭嗎？」

盲眼之中滾落淚珠，科南的目光轉到大理石床上的四肢。他立刻知道怪物不會起身攻擊他。他認得刑架的痕跡、認得烙印的痕跡，儘管內心堅強，他還是神色震驚地看著對方身上畸形的殘肢，而理性告訴他說那些肢體曾經都跟他的手腳一樣賞心悅目。那一瞬間，所有恐懼和厭惡都消失了，取而代之的是強烈的同情。科南不知道它是什麼怪物，但它承受苦難的證據實在太可怕、太可悲了，辛梅利亞人心裡不禁浮現一股奇特的哀傷，他不了解爲什麼。他只覺得自己眼前的是場大悲劇，而他羞愧難當，彷彿人類一族的罪惡感都加諸在他身上。

「我不是亞拉。」他說。「我只是個賊。我不會傷害你。」

「過來，讓我碰你。」對方結巴地說，科南毫不畏懼地走近，忘記拿在手裡的劍。對方伸出靈敏的象鼻，觸摸他的臉和肩膀，彷彿瞎子摸東西，力道很輕，好似女子的玉手。

「你不是亞拉那一族的魔鬼。」對方鬆了口氣。「你身上有著荒原上清爽、精瘦、凶猛的特質。我認識你們族人的祖先，不過是很久很久以前他們還叫另外一個名字，當另外一個世界建造寶塔追逐群星的時候。你手指上有血。」

「我在上面的房間裡殺了蜘蛛，下面的花園裡殺了獅子。」科南喃喃說道。「你今晚還殺了個人。」對方回道。「上面也有死人。我感覺得到。我知道。」

「對。」科南低聲道。「盜賊王子死在塔頂，被害蟲咬死的。」

「是了——是了！」人類的嗓音變得更加奇怪，聲調揚起，彷彿在低聲吟唱。「酒館中死人，塔頂又死人——我知道；我感覺。第三名死者將會引發超乎亞拉想像的魔法——喔，解放的魔法呀，亞格的綠神！」

再一次，飽受折磨的身體在情緒激動下激烈顫抖，流下淚水。科南看著它，神情困惑。

接著對方停止抽動，溫柔但看不見東西的雙眼轉向辛梅利亞人，象鼻對他招呼。

「喔，人類呀，聽我說，」奇怪的生物說。「我在你眼中是邪惡的怪物，是不是？不，不要回答；我清楚答案。但如果我能看到你的話，你在我眼中也是一樣奇怪。這個世界之外還存在著許多世界，而生命的外形大異其趣。我不是神，也不是惡魔，跟你一樣是血肉之軀，雖然我們的組成物質不同，肉身也不是用同一個模子打造出來的。」

「我很古老，喔，來自荒廢國度的人類；很久很久以前，我隨其他同類一起來到這顆星球。我們來自位於這個宇宙外緣的綠色行星亞格。我們藉由強大翅膀穿越太空，以超越光線的速度橫跨宇宙，因為我們跟亞格之王對抗，戰敗後遭受放逐。但我們永遠無法回歸，因為到了地球後，我們的翅膀就在肩膀後萎縮。我們在此離群索居。我們跟當時地球上恐怖奇特的生物作戰，他們開始懼怕我們，不敢騷擾我們居住的東方陰暗叢林。」

「我們眼看人類從猩猩進化而來，建造瓦魯西亞、卡梅里亞、科莫里亞等璀璨城市及其姐妹城。我們看著它們在亞特蘭提斯、皮克特，及雷姆利亞等異教徒的攻擊下敗亡。我們看著大海浮升，吞沒亞特蘭提斯、雷姆利亞、皮克特群島，及文明的璀璨城市。我們看著皮克特和亞特蘭提斯的倖存者建造他們石器時代的帝國，然後在血腥交戰中淪為廢墟。我們看著皮克特人淪為極度野蠻的民族，亞特蘭提斯人退化為猩猩文明。我們看著新生代野蠻人從北極圈南移，沿路征討，建立全新的文明，成為納米迪亞、科斯、阿奎洛尼亞等新國度。我們看著你的族人從亞特蘭提斯的猩猩叢林中以全新的名字崛起。我們看著雷姆利亞人的後裔撐過毀滅災難，透過蠻荒的手段再度崛起，向西而行，建立希爾卡尼亞。我們看著這個魔鬼民族，亞特蘭提斯沉沒前的遠古文明倖存者，再度取得文化和力量——這個天殺的薩莫拉國。」

「我們眼看著這一切，沒有協助也沒有阻礙永恆的宇宙法則，而我們一個接著一個死去；因為我們亞格人並非永生不死，儘管我們的生命跟行星及星座一樣長壽。終於就只剩下我孤獨一人，在齊丹叢林的神廟廢墟中回憶古老的歲月，讓古老的黃皮膚民族當神崇拜。接著亞拉出現了，精通打從亞特蘭提斯沉沒之後的蠻荒歲月中傳承下來暗黑知識。」

「一開始，他坐在我的腳下，虛心學習。但我教他的學問滿足不了他，因為我教的是白魔法，而他想學邪惡的知識，想奴役國王，達成惡魔般的野心。我不會教他任何我學過的黑魔法，我不願意教他，永遠不會。」

「但他的學識比我預料中豐富；利用從黑暗斯堤及亞遠古墓穴中學得的手段，他騙我說出了一個我不願揭露的祕密；用我本身的力量來對付我，藉以奴役我。啊，亞格諸神呀，打從那一刻起，我就深陷苦難！」

「他帶我離開齊丹的失落叢林，那裡的灰猩猩會隨著黃祭師的笛聲起舞，在我的破敗聖壇上堆滿水果和紅酒。我不再是善良的叢林民族所崇拜的神——我被披著人皮的惡魔所奴役。」

盲眼中再度盈滿淚水。

「他把我囚禁在這座我依照他的命令於一夜之間建造出來的塔中。他用火焰和刑具控制我，還有你無法了解的詭異超自然酷刑。我痛苦到早就想要自我了斷，可惜辦不到。但他保住我的性命——殘廢、目盲、崩潰——藉以滿足他邪惡的意圖。三百年來，我一直聽從他的命令行事，在這座大理石床上，以莫大的罪孽染黑我的靈魂，用惡行玷污我的智慧，因為我別無選擇。但他並沒有取得我所有古老的祕密，而我最後的禮物就是血和寶石的魔法。」

「我感應到結局即將來臨。你是命運之手。我懇求你，拿起那邊那座聖壇上的寶石。」

科南轉向它所指的黃金象牙聖壇，拿起一顆大圓寶石，清澈宛如紅水晶；他知道這就是象之心。

「至於那道偉大的魔法，強大的魔法，這個世界從未見過，之後億兆年間也不會復見的魔法。藉由我的生命之血，我召喚它，藉由來自亞格綠乳房的血液，穿越太空遼闊無邊的深藍而來。」

「拿起你的劍，人類，割出我的心；擠出心裡的血，染滿這顆紅寶石。然後下樓，進入黑檀木房，亞拉就坐在裡面，沉浸在邪惡的蓮花夢中。喊他的名字，他就會甦醒過來。然後把寶石放在他面前，對他說：『亞格科夏送你最後一份禮物，最後一道魔法。』然後盡快離開這座塔；別擔心，不會有人阻擋你。人類的壽命不及亞格人，人類的死亡也跟亞格人的死亡不同。讓我離開這個殘破盲目的血肉牢籠，我就會再度成爲亞格族的幽卡，充滿朝氣，容光煥發，有翅膀飛，有腳跳舞，有眼睛視物，有手運用。」

科南上前，猶豫不決，亞格科夏，或幽卡，彷彿感應到他的遲疑，爲他指出心臟的位置。科南咬牙，一劍插落。鮮血噴上劍刃和他的手掌，對方開始抽搐，然後向後躺下，再也不動。確認生命已經離體而去，至少是科南所能理解的生命，他開始可怕的任務，迅速取出感覺肯定是怪生物心臟的器官，雖然那器官跟他見過的心臟大不相同。他把還在跳動的心臟拿到明亮的寶石上方，雙手一擠，血雨灑落在寶石上。他驚訝地發現那些血液沒有順著寶石表面落下，而是滲入其中，彷彿水被海棉吸進去一樣。

他小心翼翼地捧著寶石，離開這個古怪的房間，踏上銀台階。他沒有回頭；他憑本能得知大理石床上的屍體開始出現轉變，而他進一步感應到那種轉變不適合透過人類的肉眼觀察。

他關上身後的象牙門，毫不遲疑地走下銀台階。他完全沒有考慮忽略對方下達的指令。他停在一扇黑檀木門前，木門中央有顆在笑的銀骷髏。他推開門，看見一間用黑檀木和煤玉建造的房間，黑絲床上躺著一個高高瘦瘦的傢伙。祭司兼巫師亞拉躺在他面前，在黃蓮花煙的影響下雙眼圓睜，瞳孔放大，目光遙不可及，彷彿凝視著超越人類視野的黑暗深淵。

「亞拉！」科南說，語氣宛如宣判死刑的法官。「醒來！」

亞拉的雙眼立刻恢復清澈，變得像是禿鷹般冷酷。身穿絲袍的高個子巫師站起身來，枯瘦聳立在辛梅利亞人面前。

「狗！」他嘶啞的嗓音宛如眼鏡蛇。「你來幹嘛？」

科南把寶石放在大黑檀木桌上。

「送來這顆寶石的人要我告訴你：『亞格科夏送你最後一份禮物，最後一道魔法。』」

亞拉神情畏縮，臉色發白。寶石不再澄淨；污濁的深處緩緩脈動，光滑的表面上浮現奇特的煙浪，顏色也不斷變化。亞拉彷彿遭受催眠，彎下腰去，雙手捧起寶石，凝視著寶石陰暗的深處，好像那是顆能把顫慄的靈魂吸出體外的磁石。科南看著看著，開始懷疑自己的眼睛出現幻覺。因爲剛從床上起身時，祭司看起來十分高大；但如今亞拉的頭幾乎不到他的肩膀。他眨眼，神色困惑，當晚第一次，他懷疑自己是不是瘋了。接著他震驚地發現祭司縮小了——就在他的眼前越變越小。

他抽離了情緒，彷彿看戲般看著；沉浸在一股難以抗拒的超現實感裡，辛梅利亞人不再能肯定自己的身分；他只知道他在目睹一場超越他的理解範圍，遼闊無邊的外界力量確實存在的實質證據。

如今亞拉不比小孩子大；如今他好像嬰兒般趴在桌面上，雙手依然抓著寶石。接著巫師突然了解自己面臨的命運，連忙起身，放開寶石。但他還在縮小，科南眼看一個小得不像話的小人在黑檀木桌上團團亂轉，揮動小手臂，以昆蟲般細不可聞的音量大吼大叫。

他縮小到寶石宛如山丘般聳立在他面前，科南看到他伸手遮住眼睛，彷彿難以承受寶石的光芒，像個瘋子般跌跌撞撞。科南感應到某種無形的磁力在把亞拉吸往寶石。他沿著寶石外圍繞了三圈，三度奮力轉身企圖逃向桌子另外一邊；接著旁觀者耳中依稀聽見一下叫聲的回音，祭司高舉雙臂，筆直衝向耀眼的光球。

科南彎下腰去細看，難以置信地發現亞拉爬上寶石光滑的弧形表面，就像有人爬上玻璃山。如今祭司站在寶石頂端，依然高舉雙臂，高聲吶喊著天知道什麼可怕的神名。然後突然間，他沉入寶石的核心，就像一個人沉入海裡，科南眼睜睜看著煙浪朝他的腦袋密合。他看到他身處再度變得晶瑩剔透的紅寶石中央，彷彿看著遠方的風景，遙遠而渺小。寶石中央出現了綠色的形體，有著發光的翅膀、人類的身軀、大象的頭——不再盲目，四肢健全。亞拉高舉雙臂，宛如瘋子般逃竄，但是復仇如影隨形而來。然後，就像泡泡破滅般，大寶石在一道七彩虹光中消失，黑檀木桌面光禿禿的，空無一物——就像，科南知道，上方石室中，名叫亞格科夏和幽卡的跨宇宙生靈之前所躺的大理石床一樣。

辛梅利亞人轉身逃離現場，沿著銀台階下樓。腦海混亂到完全沒想到要從來時的路離開。他沿著陰暗蜿蜒的銀梯井向下飛奔，在明亮台階底端闖入了一個大房間。他駐足片刻；這裡是守衛的房間。他看見他們閃閃發光的銀甲胄，及燦爛的珠寶劍柄。他們倒坐在餐椅上，蒙塵的羽飾在低垂的頭盔上陰森擺動；他們跟骰子和翻倒的酒杯一起躺在灑了紅酒的天青石地板上。他知道他們都死了。亞格許下承諾，而他信守承諾；科南無從得知讓熱鬧的宴會安靜下來的是巫術、是魔法、還是從天而降的綠翼黑影，但如今沒有人會阻止他離開。對面有扇打開的銀門，門外灑入黎明的白光。

辛梅利亞人步入綠意盎然的花園，當黎明晨風帶著清爽宜人的香氣吹拂在他身上時，他才彷彿從夢中驚醒過來。他神色不定地回頭，凝望剛剛離開的神祕象之塔。他是否中了魔法，遭人迷惑？昨晚的遭遇是不是一場夢？就在他的眼前，明亮的高塔在紅色黎明裡晃動，鑲滿寶石的塔緣在愈來愈亮的天色中閃閃發光，化爲閃亮的碎片分崩離析。

〈象之塔〉完

黑巨像

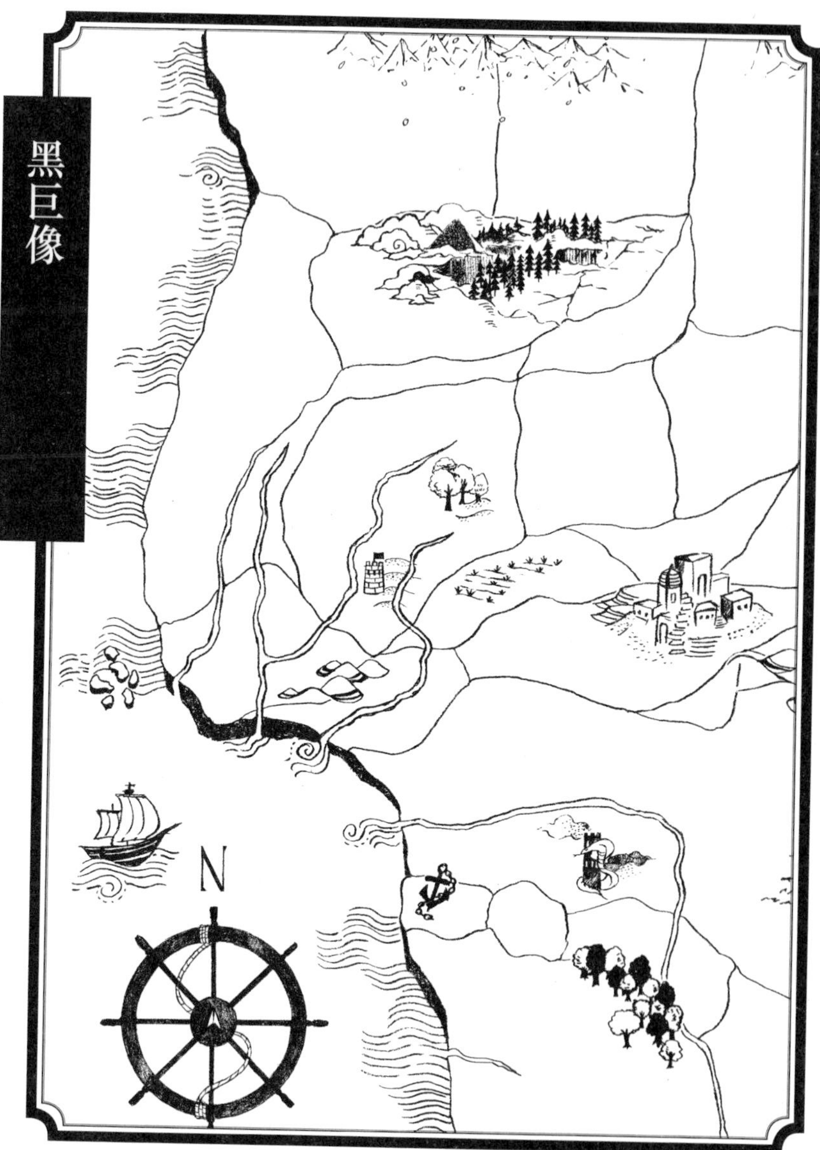

到了第四篇科南故事，終於有重要的女性角色登場了。〈黑巨像〉描寫有人喚醒了沉睡三千年的邪惡巫師，要用魔法力量統治世界，首當其衝的的小國公主孤立無援，向密特拉神諭求助，科南就這麼因緣際會從傭兵變成了將軍，肩負起阻止黑魔法師的重任。〈黑巨像〉建立了日後某種科南故事的公式：神祕的廢墟、超自然的邪魔、等待拯救的美女。這篇小說刊登於一九三三年七月號的《怪譚》雜誌，稿費一百三十美元。

——編者

01

「權力之夜，命運大步走過世界的長廊，宛如巨像自古老花崗岩王座上起身——」

——赫夫曼・普萊斯：《來自撒馬爾罕的女孩》

□

神祕的庫斯奇梅斯廢墟裡瀰漫古老的死寂，但恐懼也在；恐懼在盜賊許瓦塔斯的心中顫抖，迫使他咬緊牙關，呼吸急促。

他站起，一條微不足道的生命站在荒蕪腐朽的巨大紀念碑之間。就連灼熱太陽照耀的遼闊藍色穹窿中都沒有看似黑點的禿鷹盤旋。每個方向都有來自另一個遺忘年代的陰森遺物：高大殘破的石柱，尖突的柱頂直指天際；廢棄圍牆起伏不定的牆線；墜落地面的大石塊；碎裂的雕像，恐怖的五官在強風和沙塵暴的侵蝕下慘遭抹除。觸目所及完全沒有生命跡象：只有令人驚歎的沙漠景色，讓早已乾枯的蜿蜒河道一分爲二；在一大片宛如發光利齒的廢墟中間，石柱彷佛沉船的桅杆般高聳著——其中最顯眼的就是不住顫抖的許瓦塔斯眼前這座巨形象牙圓頂建築。

圓頂建築的底部乃是一座巨大的大理石高台，而高台位於遠古時代的河岸臺地上。寬敞的台階通往圓頂建築的大銅門，銅門則像半顆巨大蛋殼待在建築底部。圓頂本身完全是象牙所建，表面光滑明亮，彷彿有許多不知名的手在持續擦拭。石柱頂端的金頂蓋也一樣，還有圓頂建築表面上的金色巨大象形文字。當今世上已經無人懂得那些文字，但許瓦塔斯讓那文字可能代表的意義嚇得發抖。因爲他來自十分古老的民族，他們的神話可以追溯到當世部落難以想像的年代。

許瓦塔斯身材削瘦，體態輕盈，乃是薩莫拉的盜賊大師。他剃光小小圓圓的腦袋，身上只穿了條紅絲纏腰布。跟他的族人一樣，他膚色很黑，目光銳利的黑眼珠凸顯其禿鷹般的窄臉。他修長的手指迅速抽動，就像飛蛾振翅。金鱗腰帶上掛著一把珠寶劍柄細短劍，插在華麗的皮鞘裡。許瓦塔斯小心在意那把武器。就連劍鞘碰到大腿都會露出畏懼的神色。但他如此擔心是有理由的。

他是許瓦塔斯，賊中之賊，茂爾區和貝爾神廟陰暗處的人提起他時都會語帶敬畏，之後他也將在歌謠和傳說中存活上千年。但當許瓦塔斯站在庫斯奇梅斯的象牙圓頂建築前時，他依然感到恐懼在啃食他的內心。再蠢的人都看得出來這座建築散發出一股不自然的氣息；經歷過三千年的日曬雨淋，它的黃金和象牙依然跟無名之手在無名河畔建造它的那天一樣閃閃發光。

這股不自然的感覺跟那些魔鬼作祟的廢墟相輔相成。這片沙漠是閃姆東南方的神祕地帶。據許瓦塔斯所知，此地騎駱駝往西南走幾天就會遇上斯堤克斯河直角轉向之處，朝西流往遠方的大海。由該彎道開始就進入了斯堤及亞，南方的黑乳房女士，其領地在大河的滋潤下隆起於四周的沙漠中央。

往東，許瓦塔斯知道，沙漠轉爲乾草原，延伸到希爾卡尼亞人的國家突倫，在遼闊的內陸海岸崛起的野蠻榮耀。沙漠往北騎上一週就會進入一塊光禿禿的山丘區，過了山丘就是科斯肥沃的高地，海伯里亞人所建立最南方的國家。沙漠以西是閃姆的牧地，一路延伸到海洋。

以上都是許瓦塔斯隨口就能說出口的常識，就像一般人會知道他家附近的街道一樣。他是足跡遠播的旅人，曾經盜取過許多國家的寶藏。但此刻他神色遲疑，在最偉大的冒險和最珍貴的寶藏之前顫抖。

象牙圓頂建築中躺著索葛拉・可坦的骸骨，三千年前統治庫斯奇梅斯的邪惡巫師，當時斯堤及亞的領土遠遠超過大河北岸，涵蓋閃姆牧地，一路延伸到高地。接著海伯里亞人大舉南遷，離開他們位於北極附近的發源地。那是一場大規模遷徙，歷經數百年歲月。但在庫斯奇梅斯最後一個法師，索葛拉・可坦的統治期間，灰眼黃髮、身穿狼皮和鱗甲的野蠻人自北方殺入肥沃的高地，用鐵劍征服科斯王國。他們宛如潮浪般席捲庫斯奇梅斯，血洗大理石塔，斯堤及亞王國北部陷入火海，淪爲廢墟。

但當他們摧毀他的街道，像割玉米般砍殺他的弓箭手時，索葛拉・可坦吞下一枚奇特可怕的毒藥，而他戴面具的祭司把他鎖入他自行準備的陵寢裡。他的支持者在血腥屠殺中死於陵寢四周，但野蠻人無法突破大門，也沒辦法靠巨錘或火焰玷污陵寢。於是他們離開了，留下淪爲廢墟的偉大城市；而索葛拉・可坦就這麼不受騷擾地待在他的象牙圓頂陵寢中沉睡，荒地的蜥蜴啃食碎裂的石柱，曾經滋潤他領土的大河水盡河枯，沉入沙地。

許多盜賊都想得到傳說中位於圓頂陵寢中，腐朽骸骨下，堆積如山的寶藏。許多盜賊都死在門外，也有很多人深受夢魘所苦，最後口吐白沫，發瘋而亡。

於是許瓦塔斯面對陵寢，不住發抖，而發抖的原因並不全然出自傳說中守護巫師骸骨的巨蛇。恐怖與死亡宛如棺罩般籠罩索葛拉．可坦的一切傳說。從盜賊此刻所站的位置，他可以看見旁邊的大殿廢墟，從前慶典時，祭司國王爲了榮耀塞特，斯堤及亞的蛇神，會在大殿中一次斬首數百名俘虜。附近某處有個漆黑可怕的大洞，不斷慘叫的受害者被丟進去餵給從更深處的恐怖洞穴中爬出來的無名怪物。傳說讓索葛拉．可坦超越凡人；時至今日依然有七拼八湊的邪教在崇拜他，而他的信徒會把他的畫像印在硬幣上，當作死後渡過黑暗冥河斯堤克斯的渡河費。許瓦塔斯見過他的畫像，在死者舌頭下的硬幣上見過，而那個影像深深刻蝕在他腦海裡。

但他拋開恐懼，走向銅門，門面平滑，沒有門閂或門把。不過他混入邪教，午夜於樹下偷聽史克羅斯的信徒低聲交談，偷看盲眼者瓦瑟羅斯的鐵皮禁忌書絕對不是白費工夫。

他跪在門前，手指靈巧地觸摸門檻；敏感的指尖發現肉眼難察的突起點，任何技巧稍遜的盜賊都察覺不到。他依照特定的順序，小心翼翼地壓下突起點，同時唸誦久爲世人遺忘的咒語。當他按下最後一個突起點時，他以最快的速度起身，攤開手掌用力敲打門的正中央。

他沒有聽見彈簧或絞鏈的聲音，但門向後退開，許瓦塔斯透過緊咬的齒縫輕吐一大口氣。門後露出一道狹窄通道。門沿著通道滑下，停在通道另一端。這條通道洞穴的地板、天花板、和兩側牆壁都是象牙所製，如今一側的開口中無聲無息地游來一條恐怖的怪物，人立而起，目光凶狠地瞪視入侵者；一條二十呎長的蛇，渾身布滿明亮絢麗的鱗片。

賊沒有浪費時間推測陵寢底下的漆黑洞穴中怎麼會有食物養活這種怪物。他小心謹慎地拔劍出鞘，劍上滴下綠色的液體，看起來就跟爬蟲類宛如彎刀的利齒上流落的毒液一模一樣。這把劍浸泡過那種蛇的毒液，而從辛加拉那座惡魔肆虐的沼澤裡取得毒液本身就是一場傳奇冒險。

許瓦塔斯小心翼翼地踮起腳跟前進，膝蓋微曲，隨時準備朝任何一個方向化為閃光逃跑。當蛇弓起蛇頸，宛如閃電般挺身出擊時，他可得以最快的速度展開反應。

儘管眼力和反應速度極快，許瓦塔斯還是基於好運才沒當場死亡。爬蟲類的攻擊迅雷不及掩耳，他根本沒機會按照原先計畫的先往旁跳開，再出劍刺穿蛇頭。賊只有時間把劍往前方伸，然後不由自主地閉上眼睛，放聲大叫。接著那把劍在大力下脫手而出，走道上充滿一種甩動掙扎的恐懼聲響。

許瓦塔斯睜開雙眼，驚訝地發現自己沒死，而那條怪物在地上劇烈扭動黏滑的身軀，劍則插在它的巨顎之中。運氣導致它以全身的力道撞上他盲目舉起的短劍。片刻過後，劍上的毒液生效，巨蛇盤成一團，身軀抖動，微微反光。

賊小心翼翼跨過巨蛇，伸手推門，這一回門往旁邊滑動，露出圓頂陵寢內部。許瓦塔斯驚叫；陵寢內並非一片漆黑，而是一股陣陣脈動的紅光，強烈到肉眼幾乎難以承受。光源來自圓頂高處一顆巨大紅寶石。儘管早就看慣金銀珠寶，許瓦塔斯還是目瞪口呆。寶藏就在面前，堆積如山，數量驚人——一堆一堆的鑽石、藍寶石、紅寶石、黃玉、蛋白石、綠寶石；一疊一疊的翡翠、煤玉、天青石；金字塔般的金塊；一墩一墩的銀錠；珠寶劍柄、金布劍鞘；帶有七彩馬毛或紅黑羽飾的金頭盔；銀鱗甲；三千年前的戰士國王在陵墓中穿戴的寶石護帶；用一顆大寶石雕刻而成的酒杯；鑲金骷髏，以月長石作眼；人齒珠寶項鍊。象牙地板上鋪了數吋深的金塵，在紅光下幻化作百萬光點。賊站在魔法與奇觀的夢幻仙境裡，穿涼鞋的腳踏在星辰之上。

但他的目光停留在大紅寶石正下方的水晶台，台上理應躺著腐朽的骸骨，在歲月的摧殘下化為塵土。許瓦塔斯一看之下，登時嚇得面無血色；他的骨髓結冰，背上的皮膚皺起，寒毛狂豎，嘴唇無聲顫動。突然間，他發出驚恐的叫聲，在拱形圓頂下淒厲迴蕩。

接著再一次，歲月的死寂盤據神祕的庫斯奇梅斯廢墟。

02

謠言穿梭牧野，流傳到海伯里亞各大城市。故事隨著車隊而走，長長的駱駝隊伍在沙地上緩慢移動，由身穿寬大長袍的鷹眼瘦子驅趕。透過草原上的鷹勾鼻牧人，謠言從帳篷裡傳到有藍卷鬚國王用奇怪的儀式祭拜圓肚子神明的城市街道上。謠言由枯瘦的蠻族向車隊收過路費時傳入山丘外緣。謠言傳入肥沃高地聳立在藍湖與河流上的莊嚴大城：謠言隨著牛車、牛群、富有商人、鋼甲騎士、弓箭手和祭司沿著寬敞的白道路遠遠傳開。

謠言來自斯堤及亞東方沙漠，斯科丘陵遙遠的南方。游牧民族間掀起了一則全新的預言。他們談起部落戰爭、東南方有禿鷹聚集，還有一個可怕的領袖率領迅速擴張的部落迎向勝利。斯堤及亞人向來都是北方諸國的威脅，但他們顯然與此事無關；因爲他們在東境集結部隊，而他們的祭司在打造魔法，對抗人稱納托克的沙漠巫師，蒙面巫師；因爲他總是遮住自己的相貌。

但沙漠部隊橫掃西北，藍鬚國王死在圓肚子神明的聖壇之前，而他們城牆低矮的城市血流成河。傳言納托克及其狂熱崇拜者的目標乃是海伯里亞人的高地。

沙漠民族經常掠奪城鎮，但他們近期的舉動似乎不太尋常。謠傳納托克聯合三十個游牧民族部落和十五座城市追隨他，而背叛成性的斯堤及亞王子也與他同盟。最後這個事實讓整件事情增添一股眞正開戰的氣氛。

基本上，大部分海伯里亞國家都傾向於忽略這個日漸壯大的威脅。但由科斯冒險者以武力在閃姆領土上建立的科拉加可不敢小覷此事。科拉加位於科斯東南方，是侵略者的首要目標。且該國的年輕國王此刻落入老奸巨猾的俄斐王手中，而俄斐王還沒決定是要跟科拉加要求大筆贖金，還是把他交給他的敵人，吝嗇的科斯王，換取有利的協定，而非金錢。當此同時，這個在夾縫中求生存的小國暫時由國王的妹妹，年輕的雅絲梅拉公主統治。

西方世界的吟遊詩人以歌聲詠歎她的美貌，及其王族高傲的尊嚴。但那晚，尊嚴宛如斗篷般自其身上褪落。在她有著天青石圓頂、鋪滿罕見毛皮的大理石地板、黃金刻飾牆壁的寢室中，十名女子，貴族的女兒，修長的四肢穿戴寶石手鐲和踝鐲，躺臥在王家大床金色台座和絲綢遮棚四周的絲絨沙發上。但雅絲梅拉公主並沒有躺在絲床上。她一絲不掛，柔軟的腹部貼在大理石地板上，宛如最謙卑的懇求者，她的黑髮灑落白皙的香肩，修長的手指交扣。她因純粹的恐懼而在地上扭動，修長四肢中血液凝結，美麗的瞳孔放大，黑色髮根豎起，沿著背脊起滿雞皮疙瘩。

她身前，大理石室中最黑暗的角落，潛伏著一條虛實不定的黑影。那並非具有血肉之軀的生物。那是一團黑暗，眼中的殘影，可能被誤認為睡夢中幻想出的黑夜夢魘，但黑暗中卻有兩個黃點宛如眼睛般閃閃發光。

更有甚者，黑暗中傳來說話聲——輕聲細語非人的齒擦音，聽起來比較類似毒蛇惡毒的嘶嘶聲，而那種聲音顯然不可能出自人口。那個嗓音及說話的內容令雅絲梅拉害怕到渾身顫抖，難以承受，彷彿慘遭鞭笞般扭動修長的身軀，藉由扭曲肉體來擺脫內心那股隱現的邪惡。

「妳是我的，公主。」黑影語氣貪婪低聲道。「早在從漫長的沉睡中甦醒前，我就已經選擇了妳，渴望妳，但我受困於爲了逃避敵人所施展的遠古法術。我是蒙面巫師納托克的靈魂！好好看著我，公主！妳很快就會見到我的肉身，隨即愛上我！」

詭異低語轉爲淫蕩竊笑，雅絲梅拉不住呻吟，極度驚恐，小手捶打大理石地板。

「我在阿克貝坦納的王宮中沉睡，」齒擦音繼續道。「我的肉身躺在骸骨和血肉的框架中。但我的靈魂離體，那只是個空殼。若從王宮的窗口往外看，妳就會知道反抗是無用的。沙漠是月光下的玫瑰花園，孕育十萬名戰士的熱血火花。我將如雪崩來襲，越滾越大，越滾越快，橫掃遠古宿敵的領土。他們國王的頭顱將會成爲我的酒杯，他們的女人和小孩將是我的奴隸的奴隸的奴隸。我在長年夢境之中壯大……」

「但妳將成爲我的王后，喔公主啊！我會讓妳見識世人遺忘的遠古歡愉。我們——」黑影巨像口吐一連串猥褻言語，雅絲梅拉彷彿渾身肌膚都被鞭子抽爛。

「記住！」怪物低聲道。「我再過不久就會來拿屬於我的東西！」

儘管雅絲梅拉臉貼地板，用小巧的手指塞住耳朵，還是抵擋不住那陣宛如蝙蝠振翅般的奇特聲響。接著，她神色驚恐地抬頭，卻只看見窗外灑落月光，彷彿一把銀劍般插在幽靈適才飄浮的空間。她渾身顫抖，站起身來，跌跌撞撞走向一張綢緞床，直挺挺地躺下，歇斯底里地哭泣。房內的女人繼續沉睡，只有一個醒來，起身，打呵欠，伸展修長的身子，眨眼左顧右盼。

她立刻跪在床前，雙臂環抱雅絲梅拉的纖腰。

「又——又來了——？」她瞪大黑眼，神色恐懼。雅絲梅拉一把抱住她。

「喔，瓦提莎。它又來了！我看到它——聽見它說話！它說了他的名字——納托克！是納托克！我不是在做惡夢——他聳立在我面前，其他人都像被迷昏般沉睡。喔，我該怎麼做？」

瓦提莎一邊沉思，一邊轉動手腕上的金手鐲。

「喔，公主，」她說，「顯然凡間的力量無法解決此事，伊絲塔的祭司給妳的護身符毫無用處。這種時候只能去請世人遺忘的密特拉開示了。」

儘管剛剛還很害怕，此言依然令雅絲梅拉顫抖。昨日的諸神成為明日的魔鬼。科斯人早已遺棄了密特拉信仰，把海伯里亞人的共通象徵拋到腦後。在雅絲梅拉的認知裡，密特拉十分古老，表示祂十分可怕。就像所有科斯的神，伊絲塔也很可怕。科斯的文化和宗教信仰融合了閃姆和斯堤及亞的特質。在單純的海伯里亞之道中加入了東方肉慾橫流、奢華無度的暴虐習性。

「密特拉會幫我嗎？」雅絲梅拉急切地緊扣瓦提莎的手腕。「我們崇拜伊絲塔已久——」

「祂肯定會！」瓦提莎的父親是個為了躲避政敵而流亡科拉加的俄斐祭司。「去神殿！我陪妳去。」

「好！」雅絲梅拉起身，但拒絕瓦提莎準備幫她穿衣。「我穿衣服前往神殿不合規矩。我將以虔誠信徒的身分裸體跪拜，以免密特拉認為我不懂謙卑。」

「沒那回事！」瓦提莎毫不尊重她認定為虛假宗教的規矩。「密特拉要信徒抬頭挺胸面對祂——不是像蟲一樣趴在地上，或在祂的聖壇上濺灑動物的血。」

雅絲梅拉接受申斥，讓女孩爲她穿上無袖絲衫，外面還加了件外衣，用絨布腰帶束腰。纖細的腳套上綢緞軟鞋，瓦提莎靈巧的手指整理她漆黑柔順的秀髮。接著公主跟隨女孩，女孩則拉開沉重的鍍金掛毯，拉開掛毯後方的金色門閂。門後通往一條蜿蜒的走道，兩個女孩迅速前進，穿越另一扇門，進入一條寬走廊。走廊上有個穿戴金羽盔、銀胸甲、鑲金腿甲的守衛，手握長柄戰斧。

雅絲梅拉比個手勢阻止守衛驚呼，他隨即行禮讓道，宛如銅像般靜止不動。女孩步入在高牆上的火光照耀中顯得寬敞又詭異的走廊，步下一道樓梯，牆角火光照不到的陰影令雅絲梅拉微微顫抖。他們往下走了三層樓，終於在一條拱頂鑲有珠寶、地鋪水晶磚、牆上掛滿飾帶的狹窄走道前停步。她們手牽著手，走過這條明亮走廊，來到一扇鍍金大門前。

瓦提莎推開門，門後是一座除了少數信徒及科拉加宮廷的王室訪客外，早已被人遺忘的神廟。而這座神廟主要是爲了那些訪客而存在的。雅絲梅拉從未進來過，雖然她是在王宮裡出生。這裡樸實無華，無法跟揮霍無度的伊絲塔神廟相提並論，呈現出一股密特拉信仰單純莊嚴及美麗的特質。

天花板很高，但並非圓頂設計，以樸實的大理石所建，牆壁和地板都一樣，牆上有一條細細的金飾帶。聖壇以潔淨的翡翠所製，沒有遭受祭品玷污，其後有個台座，上面擺著象徵密特拉的神像。雅絲梅拉神色敬畏地看著神像寬厚的肩膀，清晰的五官——直視前方的大眼，德高望重的鬍鬚，濃密的鬈髮，以腦側上的髮帶固定。儘管她不知情，但這是至高無上的藝術品，自由自在地詮釋極度美麗的種族，不受傳統象徵意義干擾。

她當即下跪，五體投地，不在乎瓦提莎的告誡，而瓦提莎爲了保險起見，跟著也跪了下去；畢竟她只是個女孩，而身處密特拉神廟令其敬畏不已。但即使如此，她還是忍不住在雅絲梅拉耳邊低語。

「這只是神的象徵。沒人假裝知道密特拉的長相。這座神像是以完美的人類形象來代表祂，是凡人心中最接近完美的模樣。祂不存在於這塊冰冷石頭中，不像妳的祭司宣稱的伊絲塔那樣。祂無所不在——在我們之上，在我們之間，祂在群星中的神境內夢見一切。但這裡是祂存在的匯集點。所以請呼喚他。」

「我該說什麼？」雅絲梅拉結巴說道。

「在妳開口前，密特拉早已得知妳的心意——」瓦提莎說。接著兩個女孩都在聽見頭上傳來的人聲時大驚失色。低沉、冷靜、宛如洪鐘的嗓音發自神像，不是神廟內其他地方。再一次，雅絲梅拉在虛無飄渺的聲音對她說話時顫抖，但這一次不是因爲恐懼或厭惡。

「別說話，我的子民，我知道妳要什麼。」彷彿低沉的音樂浪潮規律拍打黃金海岸的語調說道。「有個方法能讓妳拯救妳的國家，而透過拯救國家，妳將在爬出歲月黑暗的毒蛇利齒前拯救全世界。獨自上街，把妳國家的命運交給妳在街上遇到的第一個人手上。」

沒有回音的聲音停了，兩個女孩彼此對看。接著，她們起身，緩緩離開，再度回到雅絲梅拉房內才開口說話。公主透過有黃金欄杆的窗口往外看。月亮不見了。午夜過去很久了。尋歡作樂的聲響已自花園及城中屋頂消失。科拉加沉睡在群星之下，而星光彷彿反射在花園、街道、和沉睡的人們頭上的平坦屋頂上。

「妳要怎麼做？」瓦提莎問，渾身發抖。

「把斗篷給我。」雅絲梅拉回答，下定決心。

「一個人，到街上，這種時間！」瓦提絲勸她。

「密特拉開示了。」公主回答。「不管是神的聲音，還是祭司的把戲。無所謂。我要去。」

體態輕盈的她裹上寬鬆的斗篷，戴上面紗絨帽，快步穿越走廊，來到一扇銅門前，通過十二個目瞪口呆的長矛兵。這是王宮一條側廊，直接通往街上；其他出入口都讓大片花園和圍牆圍住。她進入每隔一段距離就有街燈的街道。

她遲疑了；接著，在決心動搖前，她關上了身後的門。她微微顫抖，上下打量空蕩無聲的街道。這個貴族之女從未在無人陪同下離開她家祖傳王宮。接著，她鼓起勇氣，快步走上街道。她的綢緞軟鞋輕踏地板，但細微的腳步聲還是令她心臟跳到喉嚨裡。她幻想腳掌落地時的聲響會在洞窟般的城市中掀起宛如雷鳴的回音，引來住在下水道神祕巢穴中的鼠輩。每道陰影中彷彿都躲著殺手，每扇沒有特徵的門後都隱藏著早產的黑暗獵犬。

接著她吃了一驚。前方詭異的街道上冒出了一條身影。她迅速退入如今宛如避風港般的陰影中，心跳愈來愈快。來人的動作不似盜賊般鬼祟，也不像擔心受怕的旅人般膽怯。他大步走在深夜的街道上，彷彿沒必要也不打算放輕腳步。他的步伐無形中散發出強大的自信，腳步聲在地板上踏起回響。當他路過街燈，她看清他的長相——高大的男人，身穿傭兵鎖子甲。她鼓起勇氣，步出陰影，拉緊斗篷。

「唰哈！」他的劍出鞘一半。發現面前只是個女人時，他停止動作，但是目光上揚，在她身後的黑暗處尋找可能的同黨。

他面對她，手掌緊握自鎖甲護肩旁撒落的紅披肩中突出的長劍柄。藍鋼腿甲及輕頭盔反射昏暗的火光。他的眼中綻放出充滿威脅的藍焰。她一眼就看出他不是科斯人；一聽他開口就知道他不是海伯里亞人。他的打扮看起來是傭兵隊長，而那個凶險的職業組成分子來自四面八方，野蠻人和文明外國人都有。眼前這名戰士散發出一股野蠻人特有的狼性。他的眼神不屬於任何文明人所有，不管有多狂野或犯過多少罪，文明人眼中都不曾出現過那種火焰。他滿嘴酒氣，但走路不搖晃，說話也不結巴。

「他們把妳趕到街上？」他口操野蠻人口音的科斯話，朝她伸手。他手指輕輕握住她的手腕，但她覺得他隨手就能折斷她的骨頭。「我剛剛從最後一間還開著的紅酒館出來。伊絲塔詛咒那些關掉烈酒窖的白肝改革分子！『人應該睡覺，不該飲酒過量。』他們說——對，好讓他們在為主人工作和作戰時更加賣力！我說他們都是軟弱的閹人。在跟科林西亞傭兵共事時，我們會徹夜飲酒狂歡，然後打一整天仗——對，鮮血順著我們的劍刃流下。但妳是怎麼回事，女孩。脫掉那個天殺的面罩——」

她扭動輕盈的身軀，避開他的手掌，努力不表現出厭惡他的模樣。她知道自己身處險境，跟個喝醉了的野蠻人獨處。如果透露自己的身分，他或許會嘲笑她，或是掉頭就走。她不敢肯定他會不會割斷她的喉嚨。野蠻人辦事往往莫名其妙。她壓抑愈來愈甚的恐懼。

「不要在這裡，」她笑道。「跟我來——」

「去哪裡？」他熱血沸騰，但又像狼一樣謹慎。「妳要帶我去強盜的巢穴？」

「不、不，我發誓！」她邊說邊忙著閃避再度伸來撩她面紗的手掌。

「願魔鬼咬妳，蕩婦！」他語氣厭煩地吼道。「妳和妳那天殺的面紗就像希爾卡尼亞女人一樣討厭。好了——總之，讓我看看妳的長相。」

她還來不及阻擋，他已經扯下她的斗篷，而她聽見他齒間吸了一大口氣。他拿著斗篷，站在原地，上下打量她，彷彿她身上的華麗服飾讓他酒醒了些。她在他眼中看見懷疑的目光。

「妳他媽是什麼人？」他喃喃說道。「妳不是流落街頭的女人——除非妳有情人去國王的後宮幫妳偷衣服。」

「別管那個。」她鼓起勇氣伸出白皙手掌觸摸他硬得像鐵的手臂。「跟我離開街道。」

他遲疑，然後聳聳寬厚的肩膀。她知道他多半以爲自己是什麼貴婦，厭倦了彬彬有禮的情人，想要玩點不一樣的。他允許她再度披上斗篷，跟著她走。她透過眼角看他，一起穿街走巷。他的鎖甲無法掩飾猛虎般的肌肉線條。他整個人散發出猛虎般的氣勢，原始野性，難以馴服。對她而言，他宛如叢林般陌生，他跟她看習慣的那些和藹可親的朝臣大不相同。她怕他，告訴自己她厭惡那種粗野的蠻力和毫不掩飾的野性，但她心裡某種喘不過氣的冒險慾望又把自己推向他；潛伏在每個女人靈魂深處的原始心弦彈奏回應。她感覺到他堅硬的手掌握她的手，而她內心深處爲了那下接觸的回憶隱隱顫抖。曾有許多男人跪倒在雅絲梅拉面前。但她認爲眼前這個男人從不曾在任何人之前下跪。她覺得自己彷彿在領著一頭沒有束縛的老虎；她驚懼不定，但那股驚懼令她興奮不已。

她在王宮門外停步，手掌輕貼宮門。她偷看男人一眼，沒在他眼中看見懷疑的神色。

「王宮，呃？」他聲音洪亮。「所以妳是宮女？」

她發現自己懷抱奇特的妒意，懷疑有沒有宮女曾把這頭戰鷹帶回她的王宮。守衛在他們路過時沒有任何反應，但他看守衛的眼神就像凶猛的狗在打量陌生狗群一樣。她領他走過一扇有門簾的門廊，進入內室，他停下腳步，漫不經心地欣賞掛毯，直到他看見黑檀桌上的水晶酒壺。他在滿足的嘆息聲中拿起酒壺，直接就口要喝。瓦提莎從內房跑出來，邊喘邊叫：「喔我的公主——」

「公主！」

酒壺落地砸碎。傭兵以迅雷不及掩耳的速度扯下雅絲梅拉的面紗，瞪視著她。他咒罵一聲，後退一步，就看見藍光一閃，他的劍已經握在手中。他雙眼流露出受困猛虎的目光。空氣中瀰漫緊張氣息，宛如暴風前的寧靜。瓦提莎摔倒在地，嚇得說不出話，但雅絲梅拉卻毫不畏懼地面對氣沖沖的野蠻人。她知道自己此刻面臨生命危險：對方在懷疑和不理性的驚慌中情緒激動，只要稍受挑釁就可能會動手殺人。但這個危機卻給她帶來一股說不出的快感。

「不要怕，」她說。「我是雅絲梅拉，你沒有理由怕我。」

「妳爲何帶我來此？」他吼道，目光炯炯打量整個房間。「這是什麼陷阱？」

「不是陷阱。」她回答。「我帶你來此是因爲你能幫我。我向神禱告——向密特拉禱告——他要我走上街頭，請遇上的第一個人幫忙。」

這是屬於他能了解的事情。野蠻人相信神諭。他壓低劍，但沒還劍入鞘。

「好吧，如果妳是雅絲梅拉，妳就需要幫助。」他嘟噥道。「妳的國家一團糟。但我又能怎麼幫妳？如果妳要找殺手，當然——」

「坐下，」她要求。「瓦提莎，幫他拿酒來。」

他照做，而她注意到他刻意背對實心牆壁，坐在能將屋內景象盡收眼底的位置。他將裸劍橫放在鎖甲膝蓋上。她神色著迷地看著劍。昏暗的藍色光澤彷彿散發出殺戮和掠奪的故事；她懷疑自己有力氣舉起劍，但她知道這個傭兵可以輕易單手持劍，就像她舉起馬鞭一樣輕鬆。她留意他手掌的大小和力量；那可不是穴居人未開發的小爪子。她突然一驚，內心罪惡地發現她竟然在幻想那些強壯的手指掠過自己髮梢的感覺。

當她在對面的軟榻坐下時，他似乎放鬆了些。他摘下他的輕鋼盔，放在桌上，頭巾往後放，任由鎖甲蓋在寬厚的肩膀上。這時她完全看出他的長相跟海伯里亞人有多不同。傷疤滿布的黝黑臉孔透著陰鬱氣息；儘管沒有任何墮落或邪惡的痕跡，他的五官依然給人一股不祥之感，特別是那雙悶燒的藍眼。寬額頭上留著四方的凌亂黑髮，簡直跟渡鴉的翅膀一樣黑。

「你是誰？」她唐突問道。

「科南，我是傭兵部隊的長矛兵隊長。」他回答，一口喝光酒杯裡的紅酒，伸出酒杯要求加酒。「我出生在辛梅利亞。」

這個地名對她而言意義不大。她只依稀知道那是北方一片貧瘠丘陵地，遠比海伯里亞國家最後一座前哨站更遠，是一群喜怒無常的野蠻人的家園。她從未見過任何辛梅利亞人。

她以手掌頂著下巴，以曾虜獲許多顆心的深邃黑眼凝望他。

「辛梅利亞的科南，」她說。「你說我需要幫助。爲什麼？」

「這個，」他回答，「誰都看得出來。國王也就是妳哥哥被關在俄斐監獄裡；科斯計畫奴役你們；閃姆還有個掌握地獄火和毀滅力量的巫師——更糟糕的是，你們部隊每天都有逃兵。」

她沒有立刻回應；聽見有人講話如此坦白，沒有經過朝臣指點，對她而言是全新的體驗。

「我的士兵爲什麼要逃兵，科南。」她問。

「有些是被科斯雇用走了。」他回答，意猶未盡地拉過酒壺。「很多人都認定科拉加作爲獨立國家肯定會滅亡。納托克那隻狗的傳言也讓不少人害怕。」

「傭兵會留下來作戰嗎？」她焦慮地問。

「只要妳付好價錢。」他誠實回答。「我們不關心你們的政治問題。妳可以信任阿馬利克，我們的將軍，但剩下的傭兵就是喜歡戰利品的普通人。如果妳支付俄斐要求的贖金，妳就沒錢付給我們。那樣的話，我們就可能會去幫科斯王，雖然那個天殺的守財奴不是我朋友。我們也可能洗劫這座城市。內戰總是趁火打劫的好機會。」

「你們爲什麼不加入納托克的陣營？」她問。

「他能付什麼給我們？」他嗤之以鼻。「用他從閃姆掠奪來的肥肚子銅像？只要妳在對抗納托克，妳就能信任我們。」

「你的弟兄會追隨你嗎？」她突然問。

「什麼意思？」

「我的意思，」她語氣十分刻意，「我要任命你爲科拉加軍隊的指揮官！」

他停止動作，酒杯抵住嘴唇，嘴角揚起微笑。他眼中燃起全新的火焰。

「指揮官？克羅姆呀！妳那些擦香水的貴族會怎麼說？」

「他們會聽我號令！」她拍手傳喚奴隸。奴隸進房，深深鞠躬。「請瑟斯佩德斯伯爵立刻來見我，還有陶洛斯議長、阿馬利克將軍及蘇普拉斯阿迦。」

「我相信密特拉，」她說著轉頭看向科南，後者正在吃著微微發抖的瓦提莎端上來的食物。「你打過很多仗嗎？」

「我是在戰場上出生的。」他回答，強力的牙齒從大塊肉上咬下一小塊。「我聽到的第一個聲音就是長劍交擊和殺人的吼叫聲。我參加過血仇爭鬥、部落戰爭，還有帝國戰役。」

「你能率領部隊，安排陣形嗎？」

「這個，試試看。」他冷靜回應。「那不過就是持劍打鬥，不過規模更大。你引開敵人的防禦，然後刺，砍！要嘛就是他斷頭，不然就是你。」

奴隸回到房裡，宣告公主找的人都到了，於是雅絲梅拉走到外室，放下身後的絨布簾。貴族屈膝行禮，顯然沒料到她會在這種時候傳喚他們。

「我傳你們來，是爲了宣布我的決定。」雅絲梅拉說。「國家面臨危難——」

「一點也沒錯，我的公主。」說話的是瑟斯佩德斯伯爵——高個子，黑髮卷曲薰香。他伸出白手輕撫翹鬍子，另一手則拿著一頂絨布頭巾，上面有金夾子夾著紅羽飾。他的尖頭鞋是緞面的，身穿繡金圖樣的貼身絨布上衣。他的動作有點做作，不過上好服飾下的肌肉依然很結實。「最好還是付給俄斐更多錢，贖回妳高貴的哥哥。」

「我強烈反對。」陶洛斯議長插嘴，身穿貂穗長袍的長者，長年公職生涯在他臉上寫下歲月痕跡。「我們已經提出了會讓國家破產的贖金。提出更多只會助長俄斐的氣焰。我的公主，我的意見跟之前一樣：俄斐會等到我們跟入侵部落開戰後才採取行動。如果我們戰敗，他就把科索斯王交給科斯；如果我們贏了，他肯定就會接受贖金，交還國王陛下。」

「此時此刻，」阿馬利克插嘴，「每天都有士兵逃兵，傭兵則焦躁不安，想知道我們在拖延什麼。」他來自納米迪亞，是個擁有獅子般黃髮的壯漢。「我們必須盡快行動，如果有要——」

「我們明天發兵南進，」她回道。「部隊交由此人領導。」

她拉開絨布簾，戲劇性地指向科南。她選的時機或許不算太好。科南慵懶地癱坐在椅子上，雙腳翹在黑檀桌上，忙著啃手上那根牛大骨。他若無其事地看了震驚的貴族一眼，朝阿馬利克微微一笑，然後神情暢快地繼續咀嚼。

「密特拉保護我們！」阿馬利克大聲道。「那是北地人科南，我手下惡棍裡最暴力的傢伙！如果他不是打從鎖甲發明以來最強的劍士，我早就把他給吊死了——」

「公主閣下眞愛說笑話！」瑟斯佩德斯大叫，高貴的五官蒙上陰霾。「這傢伙是野蠻人——沒有文化、沒有血統的傢伙！要求紳士聽他號令簡直是侮辱！我——」

「瑟斯佩德斯伯爵，」雅絲梅拉說，「你的肩帶下有我的手套。請交還給我，然後離開。」

「離開？」他驚訝地喊道。「去哪裡？」

「科斯或黑帝斯！」她回道。「如果你不打算奉我號令，你就不用待下去了。」

「妳誤會了，公主，」他回話，彎腰鞠躬，表情受傷。「我不會遺棄妳的。爲了妳，我願意聽從這個野蠻人指揮。」

「你呢，阿馬利克將軍？」

阿馬利克低聲咒罵，然後微笑。不管遇上多意外的狀況，心裡有多氣憤，眞正的傭兵都不會手足無措。

「我會聽他指揮。人生苦短，及時行樂，我說——在割喉者科南的領導下，人生多半又短又歡樂。密特拉呀！如果這隻狗以前有指揮過超過一連惡棍，我就把他連帶護具吃光！」

「你呢，我的阿迦？」她轉向蘇普拉斯。

他認命地聳肩。他是典型的科斯南境人——高高瘦瘦，跟血統純正的沙漠表親相比，他五官明顯，貌似老鷹。

「伊絲塔賜福，公主。」他提出襲自祖先的宿命論。

「在這裡等。」她下令，瑟斯佩德斯怒氣沖沖，咬他的絨布斗篷、陶洛斯不耐煩地喃喃自語、阿馬利克來回踱步，拉扯黃鬍鬚，露出飢餓獅子般的笑容時，雅絲梅拉再度消失在布簾後，拍手召喚奴隸。

在她的命令下，奴隸取來護具，換掉科南的鎖子甲——頸甲、鋼靴、胸甲、肩甲、護腿、護腳、頭盔。當雅絲梅拉再度拉開布簾時，身穿閃亮鋼甲的科南站在眾人面前。他全副武裝，面罩掀開，盔頂的羽飾投射出的黑影遮蔽他的五官，呈現出一股就連瑟斯佩德斯也不得不承認的莊嚴氣勢。阿馬利克突然吞下嘴裡的笑話。

「密特拉為證，」他緩緩說道。「我沒見你穿過全套盔甲，但你穿起來人模人樣。我以指骨起誓，科南，你比我見過的幾個全副武裝的國王更有帝王的氣勢。」

科南一聲不吭。他心中浮現一絲宛如神諭般的陰影。數年之後，當夢想成為現實，他將會想起阿馬利克的話。

03

在黎明晨霧中，科拉加街道上擠滿群眾，看著部隊離開南城門。部隊終於行動了。他們看到身穿工藝精緻盔甲的騎士，明亮頭盔上羽飾飄揚。他們的座騎，披著絲布、亮漆皮革和金釦環，轉圈跳躍，在騎士的驅趕下快步前進。如同樹林般高舉的槍尖在晨曦下閃閃發光，槍頭上的三角旗隨風擺動。每名騎士都有攜帶女士的信物，手套、絲巾或玫瑰，綁在頭盔或劍帶上。他們是科拉加的騎士，總數五百，由瑟斯佩德斯伯爵指揮，據說他在追求雅絲梅拉本人。

走在騎士之後的是輕騎兵，座騎著重耐力。這些騎兵是典型的山丘人，臉長似鷹；他們頭戴尖頭鋼盔，飄逸長袍下穿著明亮的鎖子甲。他們主要的武器是可怕的閃姆弓，射程足足有五百步。輕騎兵共五千人，由蘇普拉斯領軍，尖頭盔下的瘦臉神色陰沉。

緊隨在後的是科拉加長矛兵，海伯里亞國家的長矛兵人數向來不多，因爲他們認爲騎兵是唯一榮譽的兵種。這些人，就跟騎士一樣，具有科斯血統——沒落家族的後裔、破產的人、沒錢的年輕人，無力購買馬匹和盔甲，總數五百。

傭兵殿後，一千名騎兵，兩千名長矛兵。這些騎兵的馬匹高大，看起來跟騎士一樣強壯野蠻；牠們沒有跳躍招搖。這些專業殺手散發出一股專業氣息，浴血戰場上的老兵。他們從頭到腳都包在鎖甲之中，在鎖甲頭巾外加戴沒有面罩的頭盔。他們的盾牌沒有雕飾，長槍也沒有三角旗。馬鞍上掛著戰斧或鋼錘，每個人腰間都有闊劍。長矛兵跟騎兵的武器差不多，不過攜帶步兵長矛，而非騎兵長槍。

他們是由許多種族和許多罪犯所組成。有高大的終北之國人，枯瘦、骨架大、說話慢、生性殘暴；來自西北山丘區域的黃髮剛德人；神氣活現的柯林斯叛徒；膚色黝黑的辛加拉人，短硬的小黑鬍子，脾氣暴躁；遙遠西方來的阿奎洛尼亞人。但除了辛加拉人外，他們都是海伯里亞人。

部隊後方有頭頂著華麗棚轎的駱駝，由一名騎著高大戰馬的騎士領路，四周則有精挑細選的宮廷守衛保護。棚轎的絲頂下坐著身材修長、身穿絲綢的女人，向來都在留意王族的群眾一看到她，立刻拋起皮帽，高聲歡呼。

辛梅利亞人科南，在盔甲下焦躁不安，不太認同地看著頂著棚轎的駱駝，對騎在他旁邊，身穿鑲金鎖甲、金色胸甲、頭戴馬毛羽盔的阿馬利克說話。

「公主要跟我們去。她是很靈活，但太柔弱了。無論如何，她不能穿絲袍上陣。」

阿馬利克轉轉他的黃鬍子，掩飾笑容。顯然科南以為雅絲梅拉打算掛把長劍、下場作戰，因為蠻族的女人也經常這麼幹。

「海伯里亞女人不會像你們辛梅利亞女人那樣上陣打仗，科南。」他說。「雅絲梅拉跟我們同行是為了觀戰。總之，」他在馬鞍上轉身，壓低音量說，「你知我知就好了，我猜公主不敢留在城裡。她在擔心——」

「平民造反？或許我們出兵前該吊死幾個平民——」

「不。我聽她一個宮女提過——說有怪物會在夜晚潛入王宮，嚇得雅絲梅拉六神無主。是納托克的邪惡法術，我毫不懷疑。科南，我們要對付的並非血肉之軀。」

「好吧，」辛梅利亞人嘟噥一聲，「主動出擊比枯等敵人好。」

他看向補給馬車和隨軍人員的隊伍，把轡繩握在掌心之中，隨口說出傭兵行軍時常說的話：「地獄或掠奪，弟兄們——出發！」

科拉加的笨重城門在長長的隊伍之後關閉。城垛上擠滿神色熱切的平民。大家都知道他們在目睹決定生死的部隊。如果部隊戰敗，科拉加的未來就會寫滿鮮血。對南方北上的蠻族而言，慈悲並非他們特質。

部隊行軍一整天，穿越青草滾滾的牧地，渡過幾條小河，地勢逐漸開始升高。他們前方是一片低矮山丘，由東到西宛如沒有缺口的城牆。當晚他們在山丘北側的坡地紮營，一群群來自山丘部落、目光銳利的鷹鉤鼻男人趕來蹲在營火旁，複述來自神祕沙漠中的消息。納托克的名字在那些傳言中宛如緩慢爬行的毒蛇。空氣中的惡魔會依照他的吩咐打雷颳風起大霧，地底下的魔鬼則會發出怒吼，撼動大地。他平空召喚火焰，吞噬圍牆城市的城門，把身穿護甲的人燒成黑骨。他的戰士人數多到擠滿沙漠，而斯堤及亞的反叛王子爲他帶來五千戰車兵。

科南沉著地聽著。戰爭是他的專長。打從出生開始，人生就是一場持續不斷的戰鬥，或一系列戰鬥。死亡向來是他的夥伴。它陰森森地跟在他身邊；在遊戲桌旁與他並肩而立；它以骷髏指頭敲打紅酒杯。當他躺下睡覺時，它會聳立在他面前，頭戴兜帽的高大黑影。他毫不在意死亡的存在，就像國王不會在乎斟酒人一樣。有朝一日，它將緊握骷髏手掌；然後一切就結束了。他能活到現在就很夠本了。

然而，其他人就不像他如此淡然看待恐懼了。科南從衛哨陣線回歸，在看見一條修長的斗篷身影伸手阻擋他時停步。

「公主！妳該待在營帳裡。」

「我睡不著。」她的黑眼在黑暗中隱現驚懼之意。「科南，我害怕。」

「部隊裡有人讓妳害怕？」他手握劍柄。

「不是人，」她發抖。「科南，你有害怕的東西嗎？」

他思考，摸下巴。「有，」他終於承認，「神的詛咒。」

她再度發抖。「我被詛咒了。一個來自深淵的惡魔標記了我。夜復一夜，他潛伏在黑暗中，對我低語恐怖的祕密。他要把我拖入地獄，當他的王后。我不敢入眠——他會像在宮裡一樣跑進我的營帳。科南，你很強壯，待在我身邊！我害怕！」

她不再是公主，而是個擔心受怕的女孩。她的高傲離體而去，留下赤裸的她毫不羞愧地面對他。她怕到極點，於是來找看起來最強的他。之前令她反感的蠻力如今深深吸引她。

科南的回應是脫下紅斗篷，粗魯地裹在她身上，彷彿他無法展現任何溫柔。他鐵般的手掌短暫放上她纖細的肩膀，而她再度顫抖，但不是出於恐懼。他輕輕一碰就在她體內掀起宛如電極的活力，好像他過剩的力量轉移到她體內。

「躺在這裡。」他指向搖曳的營火附近一塊乾淨的地面。他不覺得公主裹在戰士的斗篷中，直接躺在地上有什麼不對的。而她毫不質疑地照做。

他在她身旁的一塊石頭上坐下，闊劍橫放在膝蓋上。火光照耀他的藍鋼盔甲，讓他看來彷彿鋼鐵雕像——短暫靜止的強大動能；不是在休息，而是一時之間沒有動作，等待再度迅速展開行動的訊號。火光改變他的五官，讓他看起來像是用黑影般的物質打造，同時又硬如鋼鐵。他面無表情，但雙眼悶燒著強大的生命氣息。他不只是個野人；他是狂野的一部分，未馴服的生命元素；他的血管裡流著狼群的血；他的腦中潛伏著北地黑夜徘徊的深淵；他的心臟宛如森林大火般狂燒。

於是，雅絲梅拉就在半沉思、半作夢的情況下睡著了，裹在鮮美的安全感裡。不知爲何，她知道只要有這個強大的外地男子保護她，黑暗中不會有火眼黑影彎腰看她。但她還是再度醒來，於莫大恐懼下顫抖，但並不是因爲她看見了什麼。

驚醒她的是一陣輕聲細語。她睜開雙眼，看見營火沒有之前旺盛。空氣中瀰漫著一股黎明氣息。她隱約看出科南依然坐在那塊石頭上；她瞥見長劍刃上的藍色反光。他身後蹲著另外一人，垂死的火光在他身上照出昏暗光影。雅絲梅拉睡眼惺忪地看出一個鷹鉤鼻、發亮的眼珠，還有白頭巾。男人說話很快，是一種她聽不太懂得閃姆方言。

「讓貝爾吸乾我的手臂！我說的是眞話！以德凱托之名，科南，我是謊言王子，但我不會對老戰友說謊。我用我們一起在薩莫拉當賊的那段日子發誓，你還沒穿上鎖甲前的日子！

「我看到納托克；我跟其他人一起跪在他面前，聽他唸誦塞特的咒語。但我沒有跟其他人一樣把鼻子貼入沙地。我是舒米爾的盜賊，目光比黃鼠狼銳利。我瞇眼上瞄，偷看到他的面紗在風中飄揚。面紗吹向一邊，我看到了——我看到了——貝爾幫助我，科南，我說我看到了！我的血在血管中凍結，我毛骨悚然。我看到的景象宛如熱紅鐵般烙印我的靈魂。我一定要確認此事才能心安。」

「我前往庫斯奇梅斯的廢墟。象牙陵寢的門開了；門廊中躺了一條大蛇，身上插了把劍。陵寢中有具屍體，乾枯扭曲到我一開始還認不出來——是許瓦塔斯，薩莫拉人，我唯一承認當今世上技巧比我高超的賊。寶物都在原位，閃閃發光地躺在屍體四周。就這樣。」

「沒有骸骨——」科南開口。

「什麼都沒有！」對方激動地說著閃姆話。「沒有！只有一具屍體！」

兩人一陣沉默，雅絲梅拉在難以言喻的恐懼中縮身。

「然後納托克就出現了。」閃姆人顫抖說道。「在狂雲飛掠天際，遮蔽星空，呼嘯的風聲混雜荒原惡靈的尖叫，全世界渾然不知的夜晚出現在沙漠中。當晚吸血鬼外出獵食、女巫裸身奔走、狼人在原野上號叫。他騎著黑駱駝，宛如狂風襲捲，邪惡的火焰飄在身邊；駱駝的蹄印在黑暗中發光。當納托克在阿法卡綠洲的塞特神廟跳下駱駝時，駱駝遁入夜空，就此消失。有個部落的人發誓他親眼看見那頭駱駝長出巨大的翅膀，飛入雲端，拖曳出一道長長的火焰。那晚過後，再也沒人見過那隻駱駝，但黎明前有條黑色的人形怪物蹣跚步入納托克的帳篷，隱身黑暗對他說話。我告訴你，科南，納托克是——看吧，我給你看風吹開他面紗當天我在蘇宣看到的景象！」

雅絲梅拉看到閃姆人手中閃耀金光，兩個男人低頭看著某樣東西。她聽見科南嘟噥一聲；突然間黑暗來襲。人生中第一次，雅絲梅拉公主昏倒了。

04

部隊開拔時，黎明依然只是東方的一縷白光。部落民擁入營地，長途跋涉的座騎疲憊不堪，回報沙漠部隊在阿塔庫之井紮營。於是士兵加快腳步，翻越丘陵，補給車隊跟隨在後。雅絲梅拉跟著車隊；她魂不守舍。無名怪物化身爲更恐怖的形體，因爲她認出昨晚閃姆人手中的硬幣——墮落的祖吉特教徒祕密鑄造的硬幣，其上刻有一個死去三千年之人的面貌。

崎嶇的懸崖和荒涼的峭壁聳立在狹窄的溪谷兩旁。他們三不五時會路過村落，幾間石造小屋，以泥巴填補縫隙。部落民擁出來加入他們的表親，在他們通過丘陵前，部隊又增加了三千名野地弓箭手。

他們終於離開丘陵，在面對南方遼闊的平地時喘了口氣。丘陵南側高地落差很大，將科斯高地和南方沙漠明顯區分爲不同的地理區塊。丘陵乃是高地的邊境，形成一道幾乎無法攻陷的高牆。這裡貧瘠荒涼，只有薩西米部族居住於此，負責守護車隊商路。丘陵再過去的沙漠一片荒蕪、黃沙滾滾、了無生氣。但阿塔庫之井及納托克的部隊就在沙漠地平線外。

部隊俯瞰沙姆拉隘口，南方和北方的商品都會由此隘口流通，而科斯、科拉加、閃姆、突倫及斯堤及亞的部隊也都曾通過此地。該隘口就是這座天然防線的缺口。山丘延伸到沙漠中，形成荒涼的谷地，北端高低不平的峭壁封閉所有谷地，只有一條例外。而這條谷地就是沙姆拉隘口。它看起來很像從山丘伸出的大手掌；兩根撐開的手指形成的扇形谷地。手指的部分是由寬敞的山脊組成，外側幾近垂直，內側則是陡坡。隨著谷地收攏，地勢逐漸變高，最後來到高原，兩側都是峽谷陡坡。高原上有座水井，還有幾座石塔，由薩西米人把守。

科南停在那裡，跳下馬背。他已經把盔甲換成自己熟悉的鎖甲。瑟斯佩德斯騎馬過來，大聲問道：「停下來幹嘛？」

「我們在這裡等他們。」科南回答。

「出陣作戰才是騎士精神。」伯爵大聲道。

「他們人多勢眾。」辛梅利亞人說。「再說，下面沒水。我們在高原上紮營——」

「我的騎士和我要去山谷紮營。」瑟斯佩德斯氣沖沖地頂嘴。「我們是先鋒，而我們至少不怕一群衣衫破爛的沙漠游民。」

科南聳肩，憤怒的貴族騎馬離開。阿馬利克在他大聲下令時停止動作，看著光鮮亮麗的騎兵騎下山坡，進入峽谷。

「蠢才！他們的水壺很快就空了，然後他們就得騎回井邊，打水餵馬。」

「隨便他們。」科南回答。「聽我指揮對他們而言很不好受。吩咐狗弟兄收起裝備休息。大家行軍一天都很累了。餵馬喝水，埋鍋造飯。」

沒必要派遣斥候。沙漠一望無際，儘管此刻南方地平線上有團矮雲遮蔽視線。單調的沙漠上只有幾座石造廢墟，深入沙漠數里之外，據說是古代斯堤及亞神廟遺跡。科南命令弓箭手下馬，加上野地部落民，沿著山脊分配陣地。他要傭兵和科拉加長矛兵待在高原上的水井附近。雅絲梅拉的大帳位於更後方的山道與高原交會處。

視線範圍內沒有敵人，戰士全都安心休息。他們脫下頭盔，撩起頭巾披在鎖甲肩膀上，放鬆皮帶。他們大口吃肉，大口喝酒，比畫粗俗的手勢。山丘人安心待在坡地上，吃著棗子和橄欖。阿馬利克大步走到沒戴頭盔的科南所坐的大石頭旁。

「科南，你有聽部落民說起納托克的事嗎？他們說——密特拉呀，鬼扯到我都不想轉述了。你怎麼看？」

「種子在地下埋幾百年也不會腐爛，有時候。」科南回答。「但納托克肯定是人。」

「我不敢說。」阿馬利克嘟噥道。「無論如何，你安排部隊井井有條，不比經驗老到的將軍差。納托克的魔鬼肯定無法突襲我們。密特拉呀，好濃的霧。」

「我一開始以為是雲。」科南回道。「看那翻騰的模樣。」

之前那團雲如今化為濃霧，宛如不穩定的海洋般朝北移動，迅速遮蔽了大片沙漠。沒多久濃霧吞噬了斯堤及亞遺跡，然後繼續北進。部隊神色驚訝地看著。他們沒見過這種不自然又難以理解的景象。

科南愈來愈緊張地觀察濃霧變化，突然趴下耳朵貼地。他立刻爬起，罵句髒話。

「馬和戰車，數千輛！地面隨他們步伐震動！看，那裡！」他的喊聲震天，穿越山谷，警告懶洋洋的士兵。「穿戴護具、拿長矛，你們這些狗！列隊！」

命令一下，戰士紛紛起身列隊，衝忙穿戴頭盔，手臂插入盾牌繫帶。濃霧消失了，彷彿失去利用價值。霧不是像正常的霧般慢慢揚起飛散；而是突然間消失，宛如吹熄火焰。前一刻整片沙漠都隱藏在翻滾不休的霧氣裡，像高山般層層疊起；下一刻，陽光自萬里晴空灑落在赤裸的沙漠上——不再空無一人，而是充滿壯觀的戰爭景象。震耳欲聾的喊叫聲撼動山丘。

難以置信的旁觀者猛看還以爲底下是一片閃閃發光的銅金汪洋，鋼刃尖端的反光宛如繁星點點。濃霧消失後，入侵者當即停止前進，彷彿凍結成眾多密密麻麻的陣線，在陽光下如同烈焰。

最前線的是一長排戰車，拉車的是勇猛善戰的斯堤及亞馬，頭盔上有羽飾——隨著一絲不掛的戰車駕駛身體後傾，站穩腳步，蒙塵手臂隆起根根肌肉，馬匹紛紛噴吐鼻息，人立而起。戰車上的戰士身材高大，新月頭飾頂端頂著金球的銅盔凸顯出他們類似老鷹的五官。他們手持重弓。不是普通弓箭手，而是南方的貴族，爲了戰爭和狩獵而生，擅長以弓箭擊殺獅子。

戰車後方是龍蛇混雜的野人部隊，騎著半馴服的馬——庫許的戰士，斯堤及亞南方草原上第一個建立的黑人國度。他們擁有明亮的黑皮膚，靈活高瘦，裸身騎馬，不用馬鞍或轡頭。

他們後方是彷彿站滿整座沙漠的游牧民族。成千上萬、好勇鬥狠的閃姆之子：一排一排穿戴鱗甲和圓柱頭盔的騎士——尼泊、舒米爾、伊魯克及其姊妹城的阿蘇里戰士；白袍野人——游牧民族的部族。

敵軍開始推擠轉圈。戰車轉向一側，主力部隊顯得有點遲疑地前進。

谷地中的騎士已經上馬，瑟斯佩德斯伯爵騎馬上坡，來到科南面前。他沒有下馬，而是在馬鞍上粗魯地說。

「濃霧消失搞混了他們！現在是衝鋒的好時機！庫許人沒有弓箭，而他們負責掩護進攻。我的騎士衝鋒可以逼他們退入閃姆軍裡，打破他們的陣形。跟我來！我們只要一擊就能打贏此戰！」

科南搖頭：「如果對手是普通人，我同意。但敵陣混亂顯然是裝出來的，彷彿在引誘我們衝鋒。我怕是陷阱。」

「你拒絕行動？」瑟斯佩德斯大叫，神色陰沉激動。

「講講道理，」科南勸他。「我們占據地形優勢——」

瑟斯佩德斯怒吼一聲，掉頭衝向谷地，回歸不耐煩的騎士之間。

阿馬利克搖頭。「你不該讓他回去的，科南。我——你看！」

科南咒罵一聲，跳起身來。瑟斯佩德斯已經回到手下身邊。他們聽不清楚他神色不耐地下達什麼命令，不過指向逼進敵軍的手勢明白顯示他的意圖。轉眼之間，五百把長槍低垂，鋼甲部隊以雷霆萬鈞之勢衝出山谷。

雅絲梅拉大帳跑來一名年輕僕役，朝科南語氣興奮地大聲問道。「大人，公主問你爲什麼不跟去支援瑟斯佩德斯伯爵？」

「因爲我沒他那麼笨。」科南嘟噥道，坐回大石頭上，開始啃大牛骨。

「你指揮部隊的時候腦袋清醒多了。」阿馬利克說。「你從前很喜歡那種瘋狂的愚行。」

「對，因為我只要擔心自己的性命，」科南說。「現在──搞什麼鬼──」

敵軍停止前進。側翼最遠處衝出一輛戰車，裸體駕駛瘋狂驅趕馬匹；車上還有一個長袍隨風擺盪的高個子男人。他手裡拿著個大金碗，碗中灑出一道在陽光下閃閃發光的曳跡。戰車掠過敵軍整條前線，聲如雷鳴的車輪後拖曳一長條在沙地上發光的粉末，彷彿毒蛇般的鱗光軌跡。

「那是納托克！」阿馬利克罵道。「他在種什麼地獄種子？」

衝鋒的騎士完全沒有放慢速度。再過五十步，他們就會闖入歪七扭八的庫許軍陣線，而對方固守陣地，揚起長矛。如今最前方的騎士已經抵達在沙地上發光的軌跡。他們沒留意地面上的威脅。戰馬的鋼蹄踏上光跡，彷彿鋼鐵擊中燧石──不過引發更嚴重的後果。猛烈的爆炸撼動沙漠，如同一道白焰劃開兩軍陣線。

那一瞬間，火焰吞噬最前線的騎士，馬匹和鋼甲騎士宛如火中的昆蟲般在強光中萎縮。接下來，後排騎士撞上他們焦黑的屍體。在無法止住衝勢的情況下，騎士一排接著一排衝撞上去。轉眼之間，衝鋒行動一敗塗地，武裝騎士慘死在慘叫聲和撞爛的戰馬之間。

如今混亂的幻象消失了，敵軍集結成整齊的戰線。狂野的庫許人衝入死傷慘重的騎兵中，刺死傷者，用石頭和鐵錘打爆騎士的頭盔。一切結束得太快，在山坡上觀戰的人全都看呆了；敵軍再度前進，分道避開焦黑的屍體。山丘上有人大叫：「敵人不是人，是魔鬼！」

兩條山脊上的山丘人都動搖了。有人衝向高原，鬍鬚上滿是口沫。

「逃哇，逃哇！」他口沫橫飛。「誰能對抗納托克的魔法？」

科南怒吼一聲，跳起身來，朝他一牛骨捶了下去；他倒地，口鼻噴血。科南拔劍出鞘，眼中綻放藍焰。

「回歸崗位，」他立刻下令。「堅守陣地！今天沒有人或魔鬼能夠通過沙姆拉隘口！」

傭兵在高原通往山谷的山坡上扯緊腰帶，抓緊長矛。槍兵在他們後方備好座騎，科拉加長矛預備隊則等在一旁。雅絲梅拉站在營帳入口，臉色發白，啞口無言，在她眼中，己方跟一望無際的沙漠大軍相比人數少得可憐。

科南站在長矛兵之間。他知道入侵部隊不可能在弓箭手攻擊下嘗試戰車衝鋒闖入隘口，但他驚訝地發現騎馬的敵軍跳下馬背。這些野人沒有補給車隊。水壺和糧帶掛在馬鞍上。此刻他們喝光水袋的水，拋開水壺。

「這下可糟了，」他在對方徒步列隊時喃喃說道。「我寧願看到騎兵衝鋒；受傷的馬會亂跑，打亂他們的陣形。」

敵軍組成楔形陣勢，最前端是斯堤及亞人，主力是穿鎖甲的阿蘇里戰士，側翼是游牧民族。他們陣形緊密，高舉盾牌，展開推進，他們身後有輛靜止的戰車，車上有個高高的身影，揚起寬袍手臂，唸誦恐怖咒語。

敵軍進入寬敞的谷口，山丘人立刻放箭。儘管敵軍採取防禦陣形，一輪箭還是放倒好幾十人。斯堤及亞人拋下弓箭；低下戴頭盔的腦袋面對箭擊，雙眼在盾牌後閃閃發光，他們勢不可擋，踏著同伴的屍體前進。但閃姆人以弓箭反擊，箭雲遮蔽天空。科南凝視遼闊的矛海，懷疑巫師還會施展什麼可怕的法術。他有預感納托克跟他所有同類一樣，防禦時比攻擊可怕；主動攻擊他的部隊肯定會引來災難。

但驅使部隊迎向死亡的肯定是魔法。科南屏息看向逼近的敵軍。楔形陣的側翼似乎逐漸瓦解，山谷中已經屍橫遍野。但倖存者無懼死亡，瘋狂進攻。他們利用弓箭的數量優勢開始掃蕩懸崖上的弓箭手。箭雲飛天，把山丘人逼入掩體。敵方毫不動搖的進逼令他們驚慌失措，於是他們瘋狂放箭，宛如受困的野狼般瞪視敵方。

當敵軍逼近狹窄的隘口時，巨石滾落山坡，一次壓死數十人，但敵軍還是繼續衝鋒。科南的狼軍準備展開無可避免的交戰。緊密的陣形和上好的護甲讓他們不必害怕敵箭。科南擔心的是敵方的衝鋒有可能一舉擊潰他們薄弱的陣線。而他終於瞭解他們無力避免那場屠殺。他握住身旁一名薩西米人的肩膀。

「有辦法讓騎兵進入西脊後的盲谷嗎？」

「有，一條陡峭危險的祕密山道，隨時都有派人防守。但——」

科南把他拖向騎在高大戰馬上的阿馬利克面前。

「阿馬利克！」他喊道。「跟這位弟兄走！他會帶你進入外谷地。騎馬下去，繞過山脊，從後方攻擊敵軍。別多說，去就是了！我知道很瘋狂，但我們反正是死定了；我們趁死前多殺幾個敵人！快去！」

阿馬利克豎起小鬍子，露出凶殘的笑容，片刻過後，他的槍兵跟隨嚮導進入蜿蜒的山道，離開高原。科南持劍跑回長矛兵那邊。

他抵達的時機剛好。兩側山脊上蘇普拉斯指揮的山丘人認定此戰必敗，於是瘋狂射箭。谷地裡和山坡上的人宛如蒼蠅般死去——接著在戰吼聲和難以抵擋的向上衝勢中，斯堤及亞人撞上了傭兵陣線。

在風暴般的金鐵交擊聲中，戰線扭曲歪斜。勇猛善戰的貴族對上專業士兵。盾牌撞上盾牌，長矛插入盾牌縫隙，濺出大量鮮血。

科南在劍海另一邊看見庫塔穆王子高大的身影，但戰場人潮洶湧，黑暗的身影胸口貼著胸口，一邊喘息一邊砍劈。阿蘇里戰士在斯堤及亞人後方推擠叫囂。

兩側都有游牧民族爬上峭壁，跟他們的山地表親近身肉搏。山脊上的人全都殺紅了眼。用咬的，用抓的，在盲目信仰和遠古世仇驅使下，部落民瘋狂作戰，撕裂、屠殺、死亡。狂野的毛髮四濺，裸體的庫許人大吼大叫地加入戰團。

科南覺得自己汗濕的雙眼彷彿看見一片翻騰不休的鋼鐵汪洋，填滿山脊之間的谷地。戰鬥陷入血腥僵局。山丘人守住山脊，傭兵緊握滴血的長矛，雙腳踏穩血淋淋的地面，守住隘口。地形和護甲優勢拉平了敵軍的數量優勢。但這種情況撐不了多久。一波又一波憤怒面孔和閃亮長矛衝上山坡，阿蘇里戰士填補斯堤及亞部隊的缺口。

科南探頭確認阿馬利克的槍兵有沒有轉過西脊，但他們沒來，而長矛兵開始在衝殺中後退。於是科南放棄了所有勝利和活命的希望。他對氣喘吁吁的隊長下令，然後轉身衝往高原上激動顫抖、躍躍欲試的科拉加預備隊。他沒有看向雅絲梅拉的大帳。他把公主拋到腦後；他唯一的想法就是在死前多殺幾個人的狂野本能。

「今天你們是騎士！」他哈哈大笑，伸出滴血的劍指向山丘人停在附近的馬。「上馬，隨我衝向地獄！」

山丘馬不熟悉科斯盔甲的交擊聲響，紛紛人立而起，奮力掙扎，而科南的狂笑聲蓋過人馬騷亂，率領他們前往東脊跟高原的分界點。五百名步兵——沒落貴族、不是長子的人、敗家子——騎著半馴服的閃姆馬，奔下正常騎兵不敢衝鋒的陡坡，朝敵軍展開衝鋒。

他們勢若奔雷，通過激戰方酣的隘口，衝上屍橫遍野的山脊。他們馳下陡坡，約莫二十匹馬失足翻倒，在同伴的馬蹄間翻滾。下方的敵軍大吼大叫，高舉武器——奔雷般的衝鋒突破敵陣，彷彿雪崩貫穿幼苗樹林。在通過擁擠的人群時，科拉加人橫衝直撞，留下一片壓扁的屍毯。

接著，當敵軍團團亂轉時，阿馬利克的槍兵解決在山脊外遭遇的哨兵隊，繞過西脊末端，採取楔形陣隊，衝散敵軍主陣。來自後方的突襲重創敵軍的士氣。他們以爲遭受大量敵軍夾擊，深怕跟沙漠間的後路被截斷，於是大批游牧民族抱頭鼠竄，導致原先不受影響的同伴軍心開始浮動。那些人猶豫遲疑，慘遭騎士蹂躪。山脊上的沙漠戰士慌了，山丘人帶著全新的怒意撲向他們，把他們趕下山坡。

軍心渙散之下，敵軍還沒來得及看出突襲的只有一小隊槍兵就已潰不成軍。陣形一亂，就連魔法師也沒辦法重新集結部隊。科南手下發狂的部隊透過人頭和長矛汪洋看見阿馬利克的騎兵勢如破竹，戰斧和釘錘起起落落，勝利的狂喜充斥在所有人心裡，讓他們手臂硬如鋼鐵。

隘口的長矛兵雙腳踏入深及腳踝的血泥中，開始往前推進，重擊擠在他們前方的敵軍。斯堤及亞人撐住，但他們後面的阿蘇里部隊消失了；傭兵翻過爲了追隨一人而戰死的南方貴族，砍殺後方士氣全失的敵軍。

峭壁上，老蘇帕拉斯心臟中劍倒地；阿馬利克也倒下了，像海盜般破口大罵，一把長矛刺穿鎖甲大腿。科南所率領的步兵只剩下一百五十人還在馬上。但敵軍徹底潰散了。游牧民族和穿鎖甲的長矛兵跑了，逃向他們馬匹所在的營區，山丘人湧下山坡，從背後插死逃兵，割斷傷兵的喉嚨。

在翻騰的血色混亂之中，一條恐怖的身影突然出現在科南面前，把座騎嚇得人立而起。那是庫塔穆王子，身上除了纏腰布外一絲不掛，護具都被砍掉，頂飾頭盔凹陷，四肢染滿鮮血。他發出可怕的叫聲，高舉斷劍劍柄狠狠擊中科南的臉，隨即跳起身來，抓住戰馬的馬鞍。辛梅利亞人在馬鞍上搖晃，頭暈目眩，接著深色皮膚的巨人以蠻橫的力道把馬推起向後，直到馬站立不穩，摔倒在血沙和掙扎的屍體之間。

科南在馬倒地前翻身跳開，庫塔穆大喝一聲，撲到他身上。在那場瘋狂惡夢般的戰鬥中，野蠻人始終不清楚他是怎麼殺死對方的。他只知道斯堤及亞人拿石頭不斷敲打他的頭盔，令他眼前冒滿金星，科南則不斷把匕首插入對手體內，似乎沒對王子駭人的生命力造成多大影響。科南眼中的世界彷彿在游泳般，直到壓制他的身軀在一陣抖動中突然僵硬，然後癱倒。

科南站起身來，凹陷的頭盔下流落鮮血，科南頭昏眼花地看著眼前的毀滅景象。山脊之間屍橫遍野，宛如堵塞山谷的紅地毯。就像一片紅海，一排排屍體彷彿起伏不定的海浪。他們堵住了隘口，散落在山坡上。沙漠裡還在持續屠殺，敵軍的倖存者撐到馬前，散入荒漠之中，勝利者疲憊地追趕他們——科南難以相信竟然只剩下這麼點敵軍可供追趕。

接著可怕的尖叫聲劃破喧囂。山谷上有輛戰車疾駛而來，完全不受地上的屍體阻擋。拉車的不是馬，而是一隻看起來像駱駝的怪物。納托克站在馬車上，長袍飄擺；而握緊韁繩，瘋狂抽鞭的是個貌似猩猩的黑色人形怪物。

在一陣熱風之中，戰車衝過躺滿屍體的山坡，筆直衝向獨自站在大帳旁的雅絲梅拉，因爲她的守衛都丟下她跑去追擊敵軍了。科南僵在原地，聽見她被納托克一把抓上戰車時的驚恐尖叫。接著拉車的恐怖怪物調轉方向，從來時的路衝回山谷，沒人膽敢對他放箭或擲矛，以免傷到癱在納托克手中的雅絲梅拉。

科南發出不像出自人口的吼叫聲，撿起地上的劍，跳到急馳而來的恐怖戰車前。但他出劍同時，黑怪物的前腳宛如閃電般踢中他，當場飛出二十呎外，頭暈目眩，渾身瘀傷。戰車急馳而過，雅絲梅拉的叫聲竄入他麻痺的耳中。

科南嘴裡發出完全不屬於人類音色的叫聲，從血腥地面彈起，抓住迅速奔過他身邊的一匹無人馬的韁繩，毫不減速地順勢翻上馬鞍。他發狂般追趕迅速遠離的戰車。戰馬足不點地，宛如旋風般掠過閃姆營地。他衝入沙漠，路過幾隊他手下的騎兵，及策馬飛奔的沙漠騎師。

戰車急馳，科南猛追，不過他的馬已經開始搖擺。如今前方是一望無際的沙漠，沐浴在淒涼壯麗的火紅日落中。他面前出現了遠古遺跡，就聽見一下令科南血液凍結的尖叫聲，不是人的戰車車夫把納托克和女孩丟下車。他們在沙地翻滾，眼花撩亂的科南看見戰車及拉車的怪物出現可怕的變化。看起來完全不像駱駝的怪物背上冒出龐大的翅膀，高速衝向天空，其後拖曳著一道眩目火光，火光中有條黑色人影開心地說著令人不寒而慄的言語。它迅速掠過，彷彿夢魘般穿越一段駭人的夢境。

納托克跳起身來，朝神色猙獰的科南看了一眼，只見他毫不停歇地催馬趕來，長劍低垂，濺灑血滴；巫師抓起搖搖晃晃的女孩，拉著她一同跑入廢墟。

科南跳下馬背，緊追而上。他來到一個隱現邪光的房間，而外面的天色迅速變暗。雅絲梅拉赤身裸體躺在一座黑玉聖壇上，詭異的光線令其肌膚好似象牙般雪白。她的衣服丟在地上，似乎是匆忙間撕扯下來的。納托克面對辛梅利亞人——高瘦到不像人，身穿閃亮的綠絲袍。他撩起面紗，科南看著曾在祖吉特硬幣上見過的容顏。

「對，臉色發白吧，狗！」他的聲音宛如嘶嘶作響的大蛇。「我是索葛拉．可坦！我躺在陵寢中多年，等著甦醒獲釋的那天到來。許久前在野蠻人手中解救我的魔法同時也囚禁了我，但我知道有人會及時趕到──而他出現了，達成他的使命，嚐到三千年來無人嚐過的死法！」

「蠢蛋，你以爲只因爲我的人落荒而逃就算獲勝了嗎？因爲我被我所奴役的惡魔背叛遺棄嗎？我是索葛拉．可坦，要在你們那些微不足道的神前統治世界的巫師！沙漠裡充滿我的子民；大地的惡魔會服從我的命令，就像地底下的爬蟲會服從我。對女人的慾望削弱了我的魔力。如今那個女人是我的了，吞噬她的靈魂，我將所向無敵！退開，蠢蛋！你並未征服索葛拉．可坦！」

他拋出木杖，落在科南腳邊，科南忍不住大叫跳開。因爲木杖落地的同時出現恐怖的變化；它的輪廓溶解扭動，一條眼鏡蛇豎立而起，在辛梅利亞人面前嘶嘶吐信。科南怒吼一聲，展開攻擊，將可怕的蛇一劍兩斷。他腳邊掉落斷成兩截的黑檀木。索葛拉．可坦發出難聽的笑聲，轉身，在蒙塵的地板上抓起令人作嘔的東西。

有樣活物在他伸長的手掌上扭動垂涎。這次不是光影把戲。索葛拉．可坦的手中有隻黑蠍子，超過一呎長，沙漠中最致命的生物，讓它的尾刺刺中會立刻斃命。索葛拉．可坦冷酷宛如骷髏般的臉上露出木乃伊般的笑容。科南遲疑；接著他毫無預警地拋出他的劍。

索葛拉．可坦沒料到這招，根本沒時間閃躲。劍尖擊中他心臟下方，從肩膀後破出一呎。他摔倒在地，壓扁手中的毒物。

科南大步走向聖壇，把雅絲梅拉抱在染血的手臂上。她皓臂顫抖地摟著他鎖甲保護的脖子，不由自主地啜泣，說什麼也不肯放手。

「克羅姆的魔鬼呀，女人！」他嘟噥道。「放開我！今天死了五萬人，我還有事要處理——」

「不！」她喘道，力氣忽大忽小地抱緊他，那一瞬間在恐懼和慾望的驅使下表現出和他一樣的野性。「我不讓你走！我是你的，以火、鋼、血爲證！你是我的！在外面，我是其他人的——只有在這裡才是我自己的——是你的！你不要走！」

他遲疑，他自己也讓強烈的情慾沖昏了頭。陰暗的石室中依然籠罩在那道非自然的紅光中，陰森地照亮索葛拉・可坦那張死人臉，彷佛得意洋洋、若有深意地嘲笑他們。外面的沙漠上，屍海中的山丘間，有人在垂死掙扎，出於重傷、飢渴及瘋狂而哭號，王國岌岌可危。接著一切都讓科南靈魂中的紅色浪潮一掃而空，迫不及待地撲倒抱在鋼鐵護臂中那條白皙苗條，彷佛瘋狂女巫之火般微微發光的嬌軀。

〈黑巨像〉完

爬行的黑影

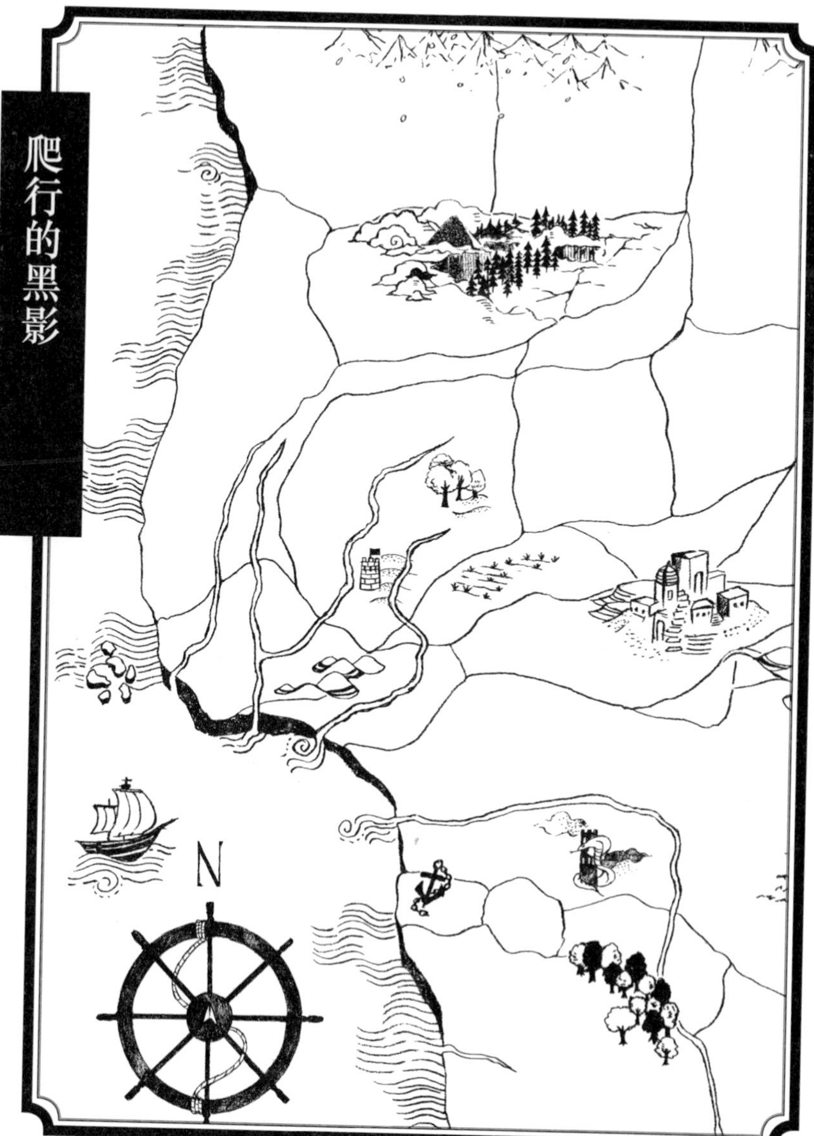

首次刊登於一九三三年九月號《怪譚》雜誌，霍華的原名是〈日暮楚格城〉(*Xuthal of the Dusk*)。本篇算是中期的科南故事：當時這個角色已經頗有人氣，霍華寫來得心應手；此外，由於美國正值經濟大蕭條，他爲了賺錢，便按照讀者喜好「量產」套路化的作品。〈爬行的黑影〉描寫科南帶著女奴在沙漠中長途跋涉，來到一座沉睡中的詭異城市，發現無可名狀的恐怖怪物。是的，霍華在本篇中運用了大量的克蘇魯元素，也展現出他和洛夫克拉夫特面對恐懼時最大的差異。洛氏筆下的主角往往精神崩潰而瘋狂，科南則是揮劍砍殺，直到怪物死絕。霍華一直著迷的「文明崩解」和「種族退化」主題首度出現在科南故事中，之後還會在傑作〈喋血紅釘〉裡登場。

——編者

01

沙漠在熱浪下隱隱發光。辛梅利亞人科南凝望眼前的荒蕪景象，不禁揚起強健的手背抵住曬黑的嘴唇。他宛如銅像站在沙漠中，毫無動搖地站在炙烈陽光下，儘管身上只穿了條纏腰布，外加一條上面掛了馬刀和寬刃匕首的寬金釦環腰帶。赤裸四肢上布滿尚未痊癒的傷痕。

他腳邊有個女孩，皓臂緊抱他的膝蓋，滿頭金髮垂在他腳邊。她白皙的肌膚跟他堅硬的古銅色四肢形成對比；她的絲質短衫，低領無袖，加上腰帶，不加掩飾地凸顯出她柔軟的身軀。

科南搖頭眨眼。耀眼的陽光令他難以視物。他從腰帶上取下一個小水壺來搖，皺眉聽著幾乎細不可聞的濺水聲。

女孩神色疲憊，低聲啜泣。

「喔，科南，我們會死在這裡！我好渴！」

辛梅利亞人低吼一聲，神色凶狠地瞪視周遭的荒漠，下頷前挺，藍眼在蓬亂的黑髮下炙烈悶燒，彷彿沙漠是個有形體的敵人。

他彎腰將水壺拿到女孩嘴前。

「喝到我叫妳停，娜塔拉。」他命令道。

她邊喘邊喝，他也沒制止她。一直到水壺乾了，她才知道他是故意讓她把水喝光的，雖然也沒多少。

她目光泛淚。「喔，科南，」她嗚咽，雙掌互擰，「你爲什麼全給我喝？我不知道——現在你沒水喝了！」

「閉嘴。」他吼。「不要浪費力氣哭泣。」

他站直，丟掉水壺。

「爲什麼丟掉水壺？」她輕聲問。

他沒回答，一動不動地站著，手指緩緩握起刀柄。他沒看女孩；他銳利的目光投向遠方的神祕紫霧。

野蠻人天生熱愛生命，具有強大的求生本能，但辛梅利亞人科南還是很清楚自己已經走到生命的盡頭。他的體力還沒撐到極限，但他知道在殘酷的陽光和缺乏水源的荒原上再過一天，他就完蛋了。至於這個女孩，她受的苦已經夠多了。毫無痛苦的死在刀下總比他要面對的悲慘命運強。她暫時不渴了；但那只是虛假的慈悲，在神智錯亂和死亡帶來解脫前讓她承受更多苦難。他慢慢拔出馬刀。

他突然停止動作，肢體僵硬。沙漠南方很遠的地方，熱浪中隱隱浮現閃光。

一開始他以爲是幻影，在是那座天殺的沙漠中嘲弄他、逼瘋他的眾多海市蜃樓之一。他遮住眩目的陽光，看出塔樓和尖塔，及明亮的城牆。他冷冷看著它，等它褪色消失。娜塔拉不哭了；她奮力跪起，順著他的目光看。

「是城市嗎，科南？」她低聲問，不敢抱持希望。「抑或只是陰影？」

辛梅利亞人一時沒有回應。他閉眼睜眼好幾回；他偏開頭，然後轉回來。城市還在一開始看到的位置。

「只有魔鬼知道，」他嘟噥道。「不過值得過去看看。」

他將馬刀插回劍鞘，彎下腰去，強壯的手臂抱小嬰兒般抱起娜塔拉。她無力地掙扎。

「別浪費力氣抱我，科南。」她懇求。「我能走。」

「這裡地勢崎嶇。」他回答。「妳的鞋子會壞掉。」他看著她的綠軟鞋說。「再說，想要抵達那座城市，我們就得盡快，而我抱妳走比較快。」

生存的契機在辛梅利亞人鋼鐵般的肌肉中灌注全新的活力與韌性。他彷彿剛剛展開旅程，大步穿越沙漠荒原。他是野蠻人中的野蠻人，擁有野性的活力和耐力，讓他能在文明人無法生存的處境中存活下去。

據他所知，他和那個女孩就是阿姆利克王子擊敗科斯叛變王子，宛如毀滅性的沙塵暴襲捲閃姆大地，讓斯堤及亞邊境染滿鮮血的的瘋狂大雜燴部隊中僅存的倖存者。在斯堤及亞軍隊的追擊下，部隊殺入黑人國度庫許境內，在南方沙漠邊境慘遭殲滅。科南內心將其比做一條大河，在激流南下的過程中逐漸縮小，最後於赤裸沙漠的沙地中乾枯消失。部隊的骨幹——傭兵、放逐者、潦倒的人、法外之徒——從科斯高地一路死到荒原沙丘上。

在最後那場屠殺裡，斯堤及亞人和庫許人夾擊受困的殘餘部隊時，科南殺出一條血路，帶著女孩騎駱駝逃走。他們身後的土地上擠滿敵人；唯一能跑的方向就是南方的沙漠。他們筆直闖入凶險的環境中。

女孩是不列桑尼亞人，是科南在攻陷一座閃姆城市時於奴隸市場中搶來的。她沒有選擇的餘地，但身為海伯里亞女人，跟著他遠比落入閃姆人的後宮要幸運得多，於是她心懷感激地接受這樣的命運。之後她就跟隨阿姆利克天殺的部隊展開冒險。

在沙漠中逃亡數日，終於擺脫斯堤及亞追兵後，他們已經深入沙漠到不敢回頭。他們繼續前進，尋找水源，直到駱駝死去。然後他們徒步前進。過去幾日，他們苦不堪言。科南盡可能保護娜塔拉，而隨軍的艱苦生涯也讓她練出超越一般女子的耐力和力量；儘管如此，她還是面臨崩潰邊緣。

陽光凶猛地照射科南凌亂的黑髮。暈眩和噁心感陣陣湧入腦中，但他咬緊牙關，毫不動搖地前進。他堅信那座城市確實存在，並非幻象。他不知道他們會在那裡遇到什麼。那裡的居民可能不懷好意。無論如何，那都是活命的機會，而他也只求這樣一點機會。

他們在太陽快下山時抵達巨大的城門前，對城門投射的陰影心存感激。科南放下娜塔拉，伸展痠痛的手臂。城牆高三十呎，由散發玻璃光澤的綠色光滑物質組成。科南掃視胸牆，期待有人出面詢問來人意圖，但始終無人出現。他不耐煩地大喊，用刀柄敲打城門，只有空洞的回音嘲弄他。娜塔拉緊跟在他身旁，此地安靜得令她害怕。科南動手推門，然後在門無聲開啓時後退，拔出馬刀。娜塔拉壓抑驚呼的衝動。

「喔，看呀，科南！」

城門裡躺著一具人類屍體。科南瞇眼凝視屍體，然後看向屍體後方。他看見寬敞的空地，類似庭院，四周有許多跟城牆同樣綠色材質的房屋拱門。這些房屋高大雄偉，氣勢恢宏，有著明亮的圓頂及尖塔。沒有任何生命跡象。庭院中央有座方方正正的井欄，立刻吸引嘴唇乾裂的科南目光。他握住娜塔拉的手腕，拉著她穿越城門，反身關上。

「他死了嗎？」她低聲問，神色畏縮地指著躺在城門前的男人。屍體身材高壯，處於人生頂峰；皮膚偏黃，眼角傾斜；除此之外，看起來跟海伯里亞人差不多。他穿著綁腿涼鞋和銀絲上衣，腰帶上掛著金布劍鞘的短劍。科南伸手摸他。觸手冰涼。了無生氣。

「他身上沒傷。」辛梅利亞人嘟噥道，「但他跟身中四十支斯堤及亞箭的阿姆利克一樣死透了。以克羅姆之名，我們去看看那口井吧！如果裡面有水，我們就喝，不管有沒有死人。」

井裡有水，但他們沒喝。水面距離井口足足有五十呎深，沒有工具可以打水。科南怒罵幾句，明明有水卻喝不到令他發狂，於是四下尋找能夠取水的東西。接著他在娜塔拉的尖叫聲中迅速轉身。

理應死亡的男人對他撲來，雙眼綻放無庸置疑的生命氣息，手中握著明晃晃的短劍。科南難以置信地大罵髒話，但毫不浪費時間揣測。他揮出馬刀，劃過攻擊者的血肉和骨頭。對方的頭顱跌落地板；身體搖晃，鮮血噴出斷頭；隨即重重倒地。

科南低頭凝望，輕聲咒罵。

「這傢伙現在也沒有死得比幾分鐘前徹底。我們到底跑到什麼瘋狂屋裡？」

伸手遮眼的娜塔拉透過指縫偷看，害怕得搖頭。

「喔，科南，這座城裡的人會不會爲此要殺我們？」

「這個嘛，」他吼道，「我要是不把這傢伙腦袋砍下來，他就會殺了我們。」

他轉向綠牆上那些空蕩蕩的拱門。他沒看見任何動靜，也沒聽到任何聲響。

「我想沒人看到我們，」他喃喃道。「我來湮滅證據——」

他一手抓住劍帶提起屍體，另一手拉起頭顱上的長髮，半抬半拖地把可怕的屍體拉到井口。

「既然我們不能喝這口井裡的水，」他語氣惡毒，「那大家都別喝了。總之，我詛咒這口井！」他把屍體翻過井欄，推下水井，然後把頭也丟了下去。井裡深處隱隱傳來濺水聲。

「地上有血。」娜塔拉輕聲說。

「除非盡快找到水，不然還會有更多血。」辛梅利亞人吼道，他僅存不多的耐性即將耗盡。女孩害怕到幾乎忘記飢渴，但科南記得。

「我們挑一扇門進去。」他說。「要不了多久肯定會遇上人。」

「喔，科南！」她哭著擠到他身邊。「我好怕。這是鬼魂和死人的城市！我們回沙漠去吧！我寧願死在外面，也不要面對這些恐怖的東西！」

「等他們把我們丟出城牆，我們才回沙漠。」他吼道。「這座城裡有水，我會找出來，就算殺光城裡所有人也在所不惜。」

「但萬一他們死而復生呢？」她輕聲問。

「那就殺到他們不復生爲止！」他大聲道。「來吧！這扇門就可以了！待在我身後，我沒叫妳跑不要跑。」

她小聲表示同意，幾乎是貼著腳跟跟著他，弄得他心煩意亂。天色已晚，怪城市裡隨處可見紫色的陰影。他們走入打開的拱門，發現身處寬敞石室，牆上掛著絨布掛毯，繡著奇特圖案。地板、牆壁和天花板都是綠玻璃石塊所建，牆上有著黃金雕飾。地板上擺有許多毛皮和綢墊。幾扇拱門通往其他房間。他們通過拱門，穿越好幾個房間，看起來都跟第一間差不多。他們沒見到人，但辛梅利亞人懷疑地哼了一聲。

「不久前這裡還有人。這張床上還有人體的餘溫。那個絲墊上有屁股印。空氣中瀰漫淡淡的香水味。」

整個地方蒙上一層不眞實的詭異感。走在這座陰暗寂靜的宮殿裡感覺像是一場鴉片夢。有些房間沒有燈火，他們避開那些房間。其他房間則沐浴在柔和的光線中，發自牆壁上一組組造型奇特的寶石。突然間，當他們通過其中一間有光的房間時，娜塔拉大叫一聲，緊握夥伴的手臂。他咒罵轉身，尋找敵蹤，在發現沒有敵人時感到困惑。

「怎麼了？」他喝問。「再敢抓我拿劍的手，我就剝了妳的皮。妳要我喉嚨被人劃開嗎？妳到底在叫什麼？」

「看那裡。」她邊抖邊指。

科南嘟噥一聲。光亮的黑檀桌上擺著幾個金容器，顯然裡面有裝食物和酒。房間裡沒人。

「好了，不管東西是給誰準備的，」他叫道。「他今晚得去其他地方找東西吃了。」

「我們眞的敢吃嗎，科南？」女孩緊張兮兮地問。「這裡的人有可能會攻擊我們，而——」

「李爾恩馬拿朗麥克李拉，」他罵道，一把抓住她的喉嚨，粗魯地塞到桌子對面的鍍金椅上。「我們快餓死了還挑！給我吃！」

他坐在對面的椅子上，抓起一支翡翠酒杯，一飲而盡。杯裡的是氣味獨特的紅酒，他沒喝過，但對他乾枯的咽喉而言宛如瓊漿玉液。口渴得到紓解了，他開始狼吞虎嚥吃起面前的食物。味道一樣很奇特：異國水果和沒見過的肉。容器做工精美，搭配金色的刀叉。科南沒理會餐具，徒手夾肉，用牙齒撕肉。辛梅利亞人的餐桌禮儀無論何時都是狼吞虎嚥。他的文明夥伴吃相稍微優雅點，不過一樣是狼吞虎嚥。科南有想過食物或許有毒，但這個想法沒有影響食慾；他寧願中毒死也不要餓死。

滿足口腹之慾後，他往後靠，長嘆一聲。新鮮食物表示這座死寂城市中有人，搞不好每個陰暗角落裡都躲著敵人。但他並不擔心那個，因爲他對自己的戰鬥技巧極具信心。他開始覺得睏了，考慮躺上旁邊的床上打個盹。

娜塔拉可不那麼想。她不渴不餓了，但卻一點也不想睡。她美麗的雙眼撐得老大，膽怯地偷看門廊，未知的分界點。這個怪地方的死寂及神祕令她不安。這個房間似乎比她第一次看到時大，桌子也比較長，而冷酷的守護者彷彿也離自己愈來愈遠了。她立刻起身，繞過桌子，坐在他膝蓋上，緊張兮兮地盯著拱門看。有些門後有光，有些沒有，她的目光往往會在沒光的門後多做停留。

「我們吃過，喝過，休息過了。」她催促，「我們離開這裡吧，科南。這裡很邪惡，我感覺得出來。」

「這個嘛，我們目前為止還沒受傷，」他開口，接著在聽見一陣不祥的沙沙聲時瞬間反應。他把女孩推下膝蓋，宛如獵豹般彈身而起，拔出馬刀，面對發出聲響的門廊。他沒再聽見聲響，於是偷偷上前，娜塔拉緊跟在後，心臟幾乎跳到口中。她知道他察覺危機。他的頭沉入寬厚的肩膀中央，他矮身前進，宛如跟蹤獵物的老虎。他發出的聲響不比老虎大聲。

他在門廊前停步，娜塔拉神色恐懼地自他身後偷看。那個房間裡沒有光線，但他們身後的光稍微照亮一點房內的景象，隱約看見對面還有個房間。而眼前的房間裡有個男人躺在一座台座上。他沐浴在微光下，看起來就跟科南在城門口殺的那個人一模一樣，只不過他的穿著比較華麗，還佩戴在詭異光線下閃閃發光的首飾。他是死了，還是在沉睡？再一次，他們聽見不祥的聲音，彷彿有人推開一面壁掛。科南後退，帶著貼在身上的娜塔拉一起退。他及時出手摀住她嘴巴，阻止她尖叫。

他們此刻所站的位置看不見那台座，但他們能看見投射在台座後方牆壁上的陰影。如今有另外一道黑影掠過牆壁：一大團形體不定的黑影。科南眼睜睜看著，感到毛骨悚然。黑影歪七扭八，科南覺得自己從未見過任何人或動物投射出這種影子。他好奇心大作，但本能迫使他保持在原位。他聽見娜塔拉急促的喘息聲，瞳孔放大盯著影子看。沒有其他聲音打擾緊張的死寂。那團黑影吞噬了台座上的東西。很長一段時間，平滑的牆壁上只有那一塊大黑影。接著黑影緩緩消退，再一次台座的影子清清楚楚映在牆上。但沉睡之人已經不在了。

娜塔拉的咽喉中發出歇斯底里的汩汩聲，科南警告式地搖搖她。他察覺自己血管中的寒意。他不怕人；任何可以理解的生物，不管有多可怕，都不會令他心生畏懼。但眼前的怪物超越他的理解範圍。

然而，片刻過後，他的好奇心戰勝了不安，於是再度步入陰暗房間，準備應付任何狀況。他打量這個房間，裡面空無一人。台座還在原地，不過上面沒有衣著華麗的男人。台座的絲毯上只有一滴血，宛如一顆紅寶石。娜塔拉看見了，忍不住低呼一聲，科南沒有責怪她。他再度感到恐懼的冰手。本來台座上躺著個男人；但有東西潛入那個房間，把人搬走了。科南不知道那是什麼東西，但陰暗的房間中瀰漫著一股不自然的恐懼氣息。

他準備要走了。牽起娜塔拉的手，他轉身，然後遲疑。他們之前經過的那些房間傳來腳步聲。人的腳掌，赤腳或軟鞋，發出的聲音，而謹慎如狼的科南立刻轉向其他方向。他相信他能避開腳步聲傳來的房間，回到外面的庭院去。

但他們還沒通過新路線的第一個房間，就讓絲壁掛掀動的沙沙聲嚇得停下腳步。一個男人站在有門簾的壁龕中凝視他們。

他長得跟之前遇上的男人一模一樣：高個子，體格壯健，身穿紫色服裝，繫著珠寶腰帶。

他琥珀色的眼睛裡沒有透露驚訝或敵意。宛如食蓮者的眼睛般夢幻迷離。他沒有拔出身側的短劍。緊張的片刻過後，他開口了，以一種遙不可及、毫無感情的語氣說著對方聽不懂得語言。

科南決定賭一把，用斯堤及亞語回應，陌生人以同樣的語言說道：「你們是什麼人？」

「我是科南，辛梅利亞人。」野蠻人回答。「她是娜塔拉，來自不列桑尼亞。這是哪座城？」

對方沒有立刻回答。他夢幻迷離的目光停留在娜塔拉身上，拖長語調道：「我見過各式各樣的幻影，這次最奇特了！喔，金髮女孩，來自哪個遙遠的夢幻國度？安達拉、托斯拉、還是星環帶的庫斯？」

「你在說什麼瘋話？」辛梅利亞人厲聲問道，不喜歡對方的言語或態度。

對方沒理會他。

「我夢見過更美麗的女人，」他自言自語：「體態輕盈的黑髮女人，雙眼漆黑，深邃難明。但妳的肌膚白如奶，妳的雙眼彷彿黎明般清澈，散發出一股清新優雅的特質，像蜂蜜一樣誘人。上我的床吧，夢幻女孩。」

他上前朝她伸手，科南用足以打斷他手臂的力道拍開他的手掌。男人退後，捂著麻痺的手臂，神色陰沉。

「哪裡來的叛逆鬼魂？」他喃喃說道。「野蠻人，我命令你——滾！消失！變煙！消失！不見！」

「我讓你的頭從肩膀上變不見！」辛梅利亞人大怒，甩動明晃晃的馬刀。「你就這樣歡迎陌生人的嗎？看在克羅姆的份上，我要血濺掛毯啦！」

對方的夢幻神情消失，露出了迷惘的神色。

「索格啊！」他大喊。「你們是真的！你們打哪兒來的？你們是誰？來楚索做什麼？」

「我們從沙漠來。」科南吼道。「我們黃昏時進城，飢腸轆轆。我們找到一桌準備好的酒菜，吃光了。我沒錢付賬。在我的國家，沒人會拒絕給飢餓之人食物，但你們文明人一定會要求補償——如果你跟我從前遇見過的文明人一樣的話。我們沒有傷人，而我們正要離開。看在克羅姆的份上，我不喜歡這地方，死人會復生，睡覺的人會消失在黑影的肚子裡！」

最後一句話讓男人嚇一大跳，整張黃臉色如死灰。

「你說什麼？黑影？黑影的肚子裡？」

「這個，」辛梅利亞人謹慎回應，「天知道是什麼玩意兒把在台座上睡覺的人帶走，只剩下一塊血跡。」

「你看到了？你看到了？」男人抖得像片樹葉；他的嗓音變尖。

「只看到了一個男人睡在一個台座上，有道影子吞噬了他。」科南回答。

這話對男人造成可怕的反應。他發出驚恐的叫聲，轉身逃出房間。他驚慌失措，撞上門邊，站好身子，然後逃進隔壁房間，依然尖聲怪叫。科南神色訝異地看著他，女孩則抱著壯漢的手臂發抖。他們已經看不見逃離現場的身影，但還是能聽見他驚恐的叫聲逐漸遠去，在拱起的圓頂掀起回音。突然間叫聲變得比之前更加洪亮，隨即剎然而止，化爲一片死寂。

「克羅姆哇！」

科南伸出微微顫抖的手掌，擦去額頭上的汗水。

「這裡肯定是瘋子之城！趁還沒遇上其他瘋子前，我們快走吧！」

「一切都是場惡夢！」娜塔拉嗚咽道。「我們死了，受詛咒了！我們死在沙漠裡，此刻身處地獄！我們是沒有身體的鬼魂——噢！」最後這聲噢伴隨科南打她屁股的聲響。

「打屁股會叫就不是鬼，」他經常在不恰當的時刻展現黑色幽默。「我們還活著，不過繼續待在這個鬧鬼的地方未必還能活多久。來！」

他們才穿越一個房間就又停下來了。有人或有東西在接近他們。他們面對發出聲響的門廊，等著天知道是什麼東西出現。科南撐大鼻孔，瞇起雙眼。他聞到稍早曾經聞過的香水味。一條身影出現在門廊中央；娜塔拉張開紅唇。

一個女人神色驚奇地站在那裡看著他們。她高挑輕盈，擁有女神般的身材；身上繫著一條珠寶細腰帶。烏黑亮麗的秀髮凸顯出她白皙如象牙般的肌膚。她的黑眼睛，長長的睫毛撒落眼影，看來深邃而又神祕。她美得令科南屏住呼吸，娜塔拉則瞳孔放大看著她。辛梅利亞人不曾見過這樣的女人；她五官輪廓類似斯堤及亞人，但膚色卻不似斯堤及亞女人深；她的肢體宛如雪花石般潔白。

但當她開口時，嗓音低沉渾厚，宛如天籟，說得卻是斯堤及亞語。

「你是誰？來楚索幹嘛？那個女孩又是誰？」

「妳是誰？」科南直接反問她，因爲他已經厭倦一直回答問題。

「我是斯堤及亞人莎莉絲，」她回答。「你們是瘋了嗎，居然跑來這裡？」

「我在想我肯定瘋了。」他低吼道。「看在克羅姆的份上，如果我沒瘋，我就不屬於這裡，因爲這裡的人都是瘋子。我們是從沙漠誤闖進來的，因爲我們飢渴到快死了，而我們遇上了一個企圖從背後殺我的死人。我們進入了一座華麗的宮殿，但顯然沒人。我們發現了一桌食物，沒人在吃。然後我們看到一團黑影吞噬了一個在睡覺的人——」他仔細觀察她，發現她臉色微變。「怎樣？」

「什麼怎樣？」她問，顯然恢復了自制力。

「我只是在等妳拔腿就跑，像野女人一樣大吼大叫。」他回答。「剛剛聽我說起黑影的男人就是這樣。」

她聳聳纖瘦的象牙肩膀。「所以我聽到的是那個叫聲。好了，所有人都有要面對的命運，而叫得好像受困老鼠是很愚蠢的行爲。如果索格想要我，他就會來找我。」

「索格是誰？」科南語氣懷疑地問。

她打量他一段時間，娜塔拉恢復了些血色，開始輕咬自己的小紅唇。

「在那張軟榻上坐下，我會告訴你。」她說。「但首先，告訴我你們的名字。」

「我是科南，辛梅利亞人，這位是娜塔拉，不列桑尼亞人。」他回答。「我們是在庫許邊境遭受殲滅的部隊殘存的活口。但我並不想坐在可能會有黑影從後方偷襲的地方。」

她笑聲宛如音樂，坐下，刻意伸展柔軟的四肢。

「放輕鬆，」她建議。「如果索格想要你，他就會來找你，不管你在哪裡。你提到的那個男人，尖叫逃走的那個——你沒聽到他最後大叫一聲，然後就沒聲音了嗎？他驚慌失措，肯定是直接奔向他想逃離的地方。沒人能躲過命運。」

科南嘟囔幾句，但還是在一張軟榻邊坐下，馬刀橫放在膝蓋上，目光懷疑地四下張望。娜塔拉依偎在他身旁，有點吃醋地抱著他，雙腳縮在屁股下。她神色懷疑又厭惡地打量陌生女子。在如此耀眼動人的美女之前，她感覺自己渺小、污穢、微不足道，而她絕不會認錯對方那雙黑眼欣賞古銅壯漢強健體魄的眼神。

「這是什麼地方，那些是什麼人？」科南問。

「這是楚索城；非常古老。楚索城的建立者在沙漠中遊蕩時發現了一座綠洲，就在綠洲上建城。

「他們來自東方，年代久遠，就連他們的後裔也不記得。」

「他們人數肯定不多；這些宮殿看來都沒人。」

「不多；但還是比你想像中多。這整座城就是一座大宮殿，城牆內所有建築都緊密相連。你有可能在這些房間裡走上好幾個小時都遇不到人。有時候又會遇上好幾百個居民。」

「怎麼可能？」科南不安詢問；他越聽越覺得跟巫術脫不了關係。

「這些人大部分時間都在沉睡。他們睡夢中的生活跟現實一樣重要——對他們而言也一樣眞實。你聽說過黑蓮花嗎？這座城中某些地洞裡長有黑蓮花。多年以來他們細心培育黑蓮花，直到蓮花汁液不會導致死亡，而是引發夢境，美麗奇幻的夢境。他們大部分時間都花在那些夢境裡。他們的人生虛無，毫無計畫。他們作夢、甦醒、飲酒、愛、吃、然後再度作夢。他們鮮少完成任何起頭的事，每件事都做到一半，然後又沉入黑蓮花的夢境裡。你們找到的食物——肯定是有人醒了，感覺飢餓，準備餐點，然後拋到腦後，又跑去作夢了。」

「他們的食物是哪裡來的？」科南插嘴。「我沒在城外看到田地或葡萄園。他們在城牆內種植果樹，豢養牲口嗎？」

她搖頭。「他們用原始元素製造食物。沒受到作夢花的影響時，他們是高明的科學家。他們的祖先是心靈巨人，在沙漠中建造如此壯觀的城市，儘管全城的人都淪爲他們好奇心的奴隸，從前的神奇知識還是有些流傳下來。你不奇怪這些光是哪裡來的嗎？它們是鑲鐳的寶石。只要用手指摩擦，他們就會發光，再摩擦一次就會產生相反的效果，熄滅燈火。那只是他們科學知識的一個範例。但他們遺忘了很多知識。他們對醒來的世界沒多大興趣，選擇把大部分時間花在宛如死亡的沉睡中。」

「那城門口的死人——」科南開口。

「肯定是在睡覺。蓮花沉睡者就跟死人一樣。所有動作顯然都停止了。旁人無法察覺任何生命跡象。他們的靈魂離體，跑去其他異世界遊蕩。城門口的人就是這些傢伙有多不負責任的好例子。他應該要守衛城門的，依照習俗，城門應該要放哨才對，儘管從來沒有敵人穿越沙漠而來。你可以在城內其他地方發現其他守衛，基本上都跟城門那個一樣在睡覺。」

科南思索此事一段時間。

「現在人都在哪裡？」

「散落在城內各地；躺在沙發上、絲床上、放座墊的壁龕裡、鋪毛皮的台座上；全都裹在夢境的明亮面紗中。」

科南感覺厚實肩膀中央的皮膚在抽動。好幾百人動也不動地躺在掛滿掛毯的宮殿裡，空洞雙眼冷冷瞪視上方的感覺讓人很不舒服。他想起了另外一件事。

「溜進房間帶走台座上男人的又是什麼東西？」

象牙般白皙的身軀微微顫抖。

「那是索格，古神，楚索之神，住在本城中央地下圓頂建築中。它一直以來都住在楚索。至於是隨建城之人來的，還是建城時就已經在這裡了，沒人知道。但楚索的人民崇拜它。它大部分時候都在城市地底沉睡，但偶爾當它飢餓時，它就會偷偷走過密道和陰暗的房間，尋找獵物。那種時刻沒人安全。」

娜塔拉嚇得嗚咽一聲，抱緊科南的粗脖子，彷彿抗拒一股在把她扯離守護者身邊的力量。

「克羅姆呀！」他驚呼。「妳是說這些人就這麼在惡魔四下遊蕩時躺著睡覺？」

「他很少會餓。」她重複。「有神就要有祭品。我童年在斯堤及亞，大家都活在祭司的陰影下。沒人知道什麼時候會被拖上祭壇。祭司把人獻給神和神自己跑來找祭品又有什麼差別呢？」

「我的族人沒有這種習俗。」科南大聲說，「娜塔拉的也沒有。海伯里亞人不會把活人獻祭給他們的神，密特拉，至於我的族人——看在克羅姆的份上，我很想見識見識祭司把辛梅利亞人拖上祭壇的樣子！肯定會見血，但跟祭司想得不同。」

「你是野蠻人，」莎莉絲笑道，但明眸之中隱現光芒。「索格非常古老，非常恐怖。」

「這裡的人不是笨蛋就是英雄，」科南嘟囔道，「就這麼躺著作他們愚蠢的夢，心知自己有可能醒在它肚子裡。」

她笑。「他們不知道還有其他選擇。無數世代以來，索格一直在獵食他們。它乃是導致他們人數從數千人減少到數百人的原因之一。再過幾個世代，他們就會死絕，到時候索格就得進入人間尋找新獵物，或是回歸許久以前來自的地底世界。」

「他們知道將會面臨終極末日，但他們是宿命論者，無法抵抗或逃離。這個世代沒有一個人見過城牆外的景色。南方一日路程外就有一座綠洲——我在他們祖先的羊皮紙地圖上見過——但楚索城已經有三個世代沒人去過那裡了，更別說探索地圖上再過去一天路程的肥沃綠地。他們是在急速消失的民族，沉溺在蓮花夢中，甦醒時就飲用夠治療傷口、延年益壽、滿足貪得無厭浪蕩子的黃金酒來刺激自己。」

「而他們依然把握生命，恐懼他們崇拜的神。你看到那個傢伙一聽說索格出沒就發瘋了。我曾見過全城的人同時尖叫、撕扯自己的頭髮、發狂似地跑出城門，躲在城牆外，抽籤決定要把誰綁起來丟入拱門，滿足索格的飢渴與淫慾。要不是他們此刻全都在沉睡，索格出沒的消息會讓他們再度胡言亂語，尖叫出城。」

「喔，科南！」娜塔拉歇斯底里地哀求。「我們逃吧！」

「還不到時候，」科南喃喃說道，雙眼火熱地看著莎莉絲白皙的肌膚。「那妳一個斯堤及亞女人又在這裡幹什麼？」

「我是小時候來的。」她回答，體態慵懶地躺上絨布床，纖細的食指交錯，抵在滿頭黑髮後。「我是國王的女兒，並非平民百姓，從我的膚色就能看出這點，就跟你的金髮小女孩一樣白。我被叛變的王子綁架，他率領庫許弓兵南下深入荒野，尋找能夠自立為王的土地。他和所有戰士都死在沙漠裡，只剩下一個人，而那個人死前把我放上駱駝，牽著駱駝走，直到他倒地身亡。駱駝繼續遊蕩，而我終於飢渴到失去意識，在這座城裡醒來。他們說黎明時分在城牆上看到我，昏倒在一頭死駱駝旁。他們出城帶我進來，用他們奇妙的金酒救醒我。只有看到女人才能讓他們離開城牆那麼遠。

「他們自然對我很感興趣，特別是男人。由於我不會說他們的語言，他們就學我的語言。他們學得又快又好；在我學會他們的語言前，他們早就學會了我的語言。但他們對我的興趣遠大於我的語言。我一直是，現在仍是，他們的男人願意暫時離開蓮花夢境的唯一原因。」

她笑聲怨毒，目光無畏，若有深意地看著科南。

「他們的女人當然嫉妒我，」她繼續平淡地說。「以黃皮膚人種來說，她們夠美了，但她們跟男人一樣虛無地活在夢裡，而那些男人之所以喜歡我不光是爲了我的美貌，還爲了我的眞實。我不是夢！儘管我也做過蓮花夢，我依然是正常女人，擁有塵世的情緒和慾望。這讓那些月亮眼的黃種女人無法相提並論。」

「這就是你最好拿馬刀割斷那個女孩喉嚨的原因，趁楚索男人還沒醒來抓她之前。他們會讓她經歷難以想像的苦難。她太柔弱，不可能承受我所承受的那些鬼事。我乃魯克瑟之女，十五歲前就進入陰鬱女神德凱托的神廟，準備步入神話之中。我剛到楚索的幾年過得並不愉快。楚索人遺忘得東西遠比德凱托女祭師想像得多。他們的存在就是爲了享受歡愉。不論是睡是醒，他們的人生充滿異國狂喜，超越正常人的理解範圍。」

「自甘墮落的傢伙！」科南吼道。

「那就要看你怎麼想了。」莎莉絲慵懶笑道。

「好吧，」他決定，「我們只是在浪費時間。我看得出來這裡不是正常人該來的地方。我們會在妳的白痴醒來前離開，或索格跑來吞噬我們前。我認爲沙漠還比這裡好。」

娜塔拉被莎莉絲的話嚇得血液凝結，連忙表示認同。她只能說一點斯堤及亞語，但大概都聽得懂。科南站起身來，順手也拉起她。

「如果妳能告訴我們最近的城門在哪裡，」他嘟噥道，「我們這就離開。」但他的目光停留在斯堤及亞人光滑的四肢和雪白的酥胸上。

她沒有錯過他的目光，神祕一笑，宛如大懶貓般體態慵懶地起身。

「跟我來，」她伸手一指，領頭前進，清楚知道科南的雙眼在凝視她柔軟的嬌軀和完美的體態。她不是走他們來時的路，但在科南起疑之前，她於一間寬敞的象牙房前停步，指向象牙地板中央的小水池。

「你不想洗把臉嗎，孩子？」她問娜塔拉。「臉上都是塵土，頭髮裡也有。」

斯堤及亞女人若有似無的嘲弄語氣讓娜塔拉不太高興，但她還是去洗臉了，眞不知道沙漠的烈日和風沙對她的膚色造成多大影響——她這個人種的女人很有理由在意自己的膚色。她跪在水池旁，撩起頭髮，把上衣褪到腰間，開始清洗她的臉及白皙的手臂和肩膀。

「看在克羅姆的份上！」科南抱怨。「女人就算被魔鬼追也要顧慮容顏。快點，女孩；我們還沒脫離這座城市的視線範圍，妳就會又全身是沙了。莎莉絲，請妳好心幫我們準備點食物和飲水。」

莎莉絲的回應是湊到他身上，雪白的手臂搭上他古銅色的肩膀。她光滑赤裸的脅腹緊貼他的大腿，鬈髮中的香氣滲入他鼻孔中。

「爲什麼要去沙漠冒險？」她語氣急迫。「留下來！我教你楚索之道。我會保護你。我會愛你！你是眞男人：我受夠那些只會嘆氣、作夢、甦醒、然後繼續作夢的傻瓜了。我渴望凡塵大地的男人實在純淨的激情。你的眼中充滿活力，綻放火焰，讓我的心在胸口狂跳，你硬如鋼鐵的手臂令我瘋狂。

「留下來！我會讓你成爲楚索之王！我讓你見識所有古老的祕密，異國的歡愉！我——」她雙臂環繞科南頸部，踮起腳尖，美艷的身軀靠著他顫抖。他透過她雪白的肩膀看見娜塔拉，甩開潮濕的亂髮，僵在原地，瞪大美麗的雙眼，紅唇張開成震驚的嘴形。科南嘟噥一聲，尷尬地掙脫莎莉絲雙手，以強壯的手臂把她提到旁邊。她偷看不列桑尼亞女孩一眼，神祕地笑了笑，若有深意地輕點美麗的頭。

娜塔拉站起身來，拉起上衣，眼泛怒火，噘起嘴唇。科南輕聲咒罵。他跟一般傭兵一樣沒有單一配偶的觀念，但正直的天性驅使他保護娜塔拉。

莎莉絲沒有進一步動作。她伸出纖細的手指示他們跟上，轉身走過那個房間。她在有掛毯的牆壁旁突然停步。科南看著她，心想她是不是聽見了無名怪物溜過午夜房間的聲響，頓時感到毛骨悚然。

「妳聽見什麼？」他問。

「看好那道門廊。」她邊指邊說。

他轉身，手持馬刀。眼前只有空蕩蕩的拱門。接著他身後傳來細微的扭打聲及剎然而止的喘息聲。他又轉身。莎莉絲和娜塔拉不見了。掛毯垂回原位，彷彿剛剛被人掀開過。他神情困惑地喘氣，隨即聽見掛毯牆後傳來不列桑尼亞女孩含糊不清的叫聲。

02

當科南在莎莉絲要求下轉身看向對面的門廊時，娜塔拉站在他身後，斯堤及亞女孩身旁。辛梅利亞人一背對她，莎莉絲立刻以迅雷不及掩耳的速度捂住娜塔拉的嘴，阻止她尖叫。同時斯堤及亞女人另一條手臂掠過金髮女孩的纖腰，後退貼向牆壁，牆則在莎莉絲肩膀頂上去時移動。一塊牆壁往內開啓，莎莉絲帶著俘虜穿過牆上的縫隙，科南則在此時轉回身來。

密門再度關閉，密道中一片漆黑。莎莉絲停步伸手摸索，門閂拴著。當她放開娜塔拉的嘴時，不列桑尼亞女孩使盡吃奶的力氣尖叫。莎莉絲的笑聲在黑暗中聽來宛如有毒的蜂蜜。

「喜歡叫就叫，小笨蛋。那只會讓妳死得更快。」

一聽這話，娜塔拉立刻閉嘴，嚇得渾身發抖。

「妳爲什麼這麼做？」她哀求。「妳想幹什麼？」

「我會帶妳沿著這條走廊走一段路，」莎莉絲回答，「把妳留給遲早會來找妳的傢伙。」

「喔喔喔！」娜塔拉嚇得直啜泣。「妳爲什麼要害我？我從來沒傷害過妳！」

「我要妳的戰士。妳礙到我了。他想要我——我看得懂他的眼神。但爲了妳，他願意留在這裡，當我的王。一旦除掉妳，他就會追隨我。」

「他會割斷妳的喉嚨，」娜塔拉語氣肯定，因爲她比莎莉絲熟悉科南。

「走著瞧，」斯堤及亞人冷冷回應，自信來自她控制男人的力量。「無論如何，妳都不會知道他是會殺我還是吻我，因爲妳會成爲徘徊在黑暗中的神的新娘。來！」

娜塔拉嚇得發怒，宛如野生動物般掙扎，但是徒勞無功。她難以想像女人能有莎莉絲那種力氣，居然把她像小孩一樣扛起來，走過漆黑的走道。娜塔拉想起斯堤及亞女人可怕的言語，沒有再度放聲大叫；黑暗中只聽見她絕望的喘息和莎莉絲淫蕩的輕笑聲。接著不列桑尼亞女孩抖動的手掌握住黑暗中某樣東西——插在莎莉絲珠寶腰帶上的珠寶匕首刀柄。娜塔拉拔出匕首，使盡嬌柔的力量盲目刺出。

莎莉絲驚聲尖叫，宛如痛苦憤怒的貓科動物。她轉身，娜塔拉在她鬆手時摔落地面，於平滑的石板地上撞瘀柔軟的四肢。她爬起身來，手忙腳亂衝向牆邊，站在原地喘氣發抖，背部貼緊石牆。她看不見莎莉絲，但聽得見她的聲音。斯堤及亞女人肯定還沒死。她口吐一連串髒話，致命的怒氣濃到讓娜塔拉覺得自己的骨要融化成蠟，血要凝結成冰。

「妳這個小惡魔到底在哪裡？」莎莉絲喘道。「要再落入我的手中，我就——」聽著莎莉絲描述要加諸在她身上的酷刑，娜塔拉感到噁心異常。斯堤及亞人選用的字彙能讓阿奎洛尼亞的頂尖妓女自嘆不如。

娜塔拉聽見她在黑暗中摸索，接著眼前一亮。顯然對潛伏黑暗中怪物的恐懼已經淹沒在莎莉絲的盛怒之下。光線發自裝飾楚索牆壁的鐳寶石。莎莉絲摩擦寶石，沐浴在紅光中：跟其他寶石的光芒不同。她一手壓緊身側，鮮血滲出指間。但她看來並不虛弱，傷勢不重，而她的目光充滿惡意。眼看斯堤及亞女人站在詭異的光線中，美麗的臉龐於地獄般的盛怒下扭曲變形，娜塔拉僅存的勇氣當場離體而去。她宛如獵豹般逼近，手掌離開傷口，不耐煩地甩開手指上的血。娜塔拉看出自己沒對對手造成多大的傷害。刀刃擦過莎莉絲腰帶上的寶石，劃破一道很淺的傷口，只足以激起斯堤及亞女人心中無盡的怒火。

「把匕首給我，笨蛋！」她咬牙切齒，大步走向膽怯的女孩。

娜塔拉知道該趁有機會時反抗，但她就是缺乏那股勇氣。她向來不是戰士，黑暗、暴力、恐懼的經驗消磨了她的鬥志，身心皆然。莎莉絲從她鬆開的指間搶走匕首，輕蔑地丟到一旁。

「小蕩婦！」她咬牙道，雙手各甩她一巴掌。「在把妳拖去餵索格前，我要先讓妳灑點血！妳竟敢用匕首刺我——好吧，我要妳為此愚行付出代價！」

莎莉絲抓住她的頭髮，沿走廊拖行一段距離，來到光圈的邊緣。牆上有個金屬環，約莫在男人頭上的高度。鐵環上有條絲繩。娜塔拉彷彿身處惡夢，感覺自己的上衣被人扯下，然後莎莉絲拉起她的手腕，綁上鐵環，讓她赤身裸體掛在那裡，就像出生當天一樣，腳掌勉強接觸地面。娜塔拉轉頭看見莎莉絲從牆下取下一把寶石握柄的鞭子。鞭體是由七條絲繩交纏而成，比皮鞭堅固，不過更柔軟。

莎莉絲發出心滿意足的復仇嘶吼，高舉手臂，娜塔拉在鞭子抽打纖腰時尖聲慘叫。遭受折磨的女孩在綁住手腕的布條下痛苦地扭曲蠕動。她忘記了自己的叫聲可能引來的危機，顯然莎莉絲也一樣。每一鞭都伴隨著痛苦尖叫。娜塔拉在閃姆奴隸市場承受的鞭打完全不能跟此刻相提並論。她從未想過絲繩鞭竟有如此大的懲戒威力。它們的愛撫遠遠超過樺條鞭或皮鞭所帶來的強烈痛楚。它們在空氣中發出恐怖的呼嘯聲。

接著，當娜塔拉淚流滿面地轉頭求饒時，她看見的景象令其叫聲剎然而止。她眼中的痛苦被強烈的恐懼取代。

莎莉絲看見她的表情，停下舉起的手，像貓一樣迅速轉身。太遲了！她在高舉雙手後退的同時發出淒厲的叫聲。娜塔拉在那瞬間瞥見聳立在她面前一團巨大的無形黑影吞噬了驚懼不已的白皙身影；接著雪白的雙腳離地，黑影帶著她退走，昏暗的光圈中就只剩下娜塔拉掛在牆上，害怕得幾欲暈去。

黑暗中傳來聲響，聽不出端倪，令人血液凝結。她聽見莎莉絲拚命討饒，但沒有聲音回應她。除了斯堤及亞人喘息說話外，沒有其他聲音，而她突然痛苦慘叫，跟著又變成歇斯底里的笑聲，混雜啜泣聲。沒多久轉為間歇性的喘氣，片刻後喘息聲也沒了，密道陷入一片恐怖的死寂。

娜塔拉噁心想吐，轉過身去，神色恐懼，鼓起勇氣看向黑影帶走莎莉絲的方向。她什麼都沒看見，但感應到一股看不見的危機，超越她所能理解範圍。她壓抑著歇斯底里的衝動。在這股隱約感到對肉體和靈魂都造成威脅的危機之前，她完全忘記了自己瘀青的手腕和劇痛的身軀。

她瞇起雙眼，凝視昏暗光圈外的黑暗，對自己即將看見的景象膽顫心驚。她忍不住哽咽一聲。黑暗逐漸凝聚形體。龐然大物於虛空中滋長而出。她看見一顆畸形大頭探入光線照耀範圍。至少她認為那是頭，雖然它顯然不是任何理性正常的動物的頭。她看見類似蟾蜍的大臉，五官就跟惡夢中的大鏡子裡看見的鬼魂般縹緲陰森。可能是眼睛的大光圈朝她眨動，而她在眼中綻放出的淫慾目光前顫抖。她看不清怪物的身體。它的輪廓搖擺不定，在她的眼前緩緩改變；但它顯然擁有實體。它並不具有迷霧或鬼魂的特徵。

在怪物逼近時，她看不出它是用走、用扭的、用飛的、還是用爬的。它行動的方式超越她的理解範圍。當它步出陰影時，她還是無法確定它的本質。鐳寶石的光無法像照亮正常生物般照亮它。儘管難以想像，那怪物似乎不受光線影響。它身上的細節依然模糊不清，即使當它近在眼前，幾乎碰到她緊繃的肌膚。唯一能辨識的細節就是那張在眨眼的蟾蜍臉。怪物宛如殘影，一團正常光源無法驅散或照亮的黑影。

她認爲自己瘋了，因爲她無法判斷對方是在抬頭還是低頭看她。她看不出那張噁心黑臉是從腳邊的陰影中對她眨眼，還是從高處低頭看她。但如果她的視覺能認定任何怪物反覆無常的特質的話，就是它確實擁有實體，而她的感覺進一步肯定了這個事實。一條類似觸角的黑暗肢體滑過她身邊，她在那東西碰到自己裸露的肌膚時放聲尖叫。那條觸角不冷不熱，不粗糙也不光滑；觸感跟她之前接觸過的東西都不一樣，但它的愛撫讓她感到前所未有的恐懼和羞愧。深不可測的生命糞坑中噴出一切淫穢猥褻的感覺將她淹沒在遼闊的穢物之海中。那一瞬間，她知道不管這傢伙代表什麼樣的生命形式，總之它都不是野獸。

她開始難以克制地尖叫；怪物拉扯她，彷彿要以蠻力把她扯下鐵環；接著密道頂突然坍落，一條身影墜落在石板地上。

03

當科南轉身看見掛毯垂回原位，聽見娜塔拉悶聲呼喊時，他怒吼一聲，撲去撞牆。他被足以撞碎普通人骨頭的力道反彈回來，隨即扯下掛毯，露出看來平淡無奇的牆壁。盛怒之下，他舉起馬刀，意圖砍穿大理石，隨即在突如其來的聲響中迅速轉身，目光銳利地打量四周。

約莫二十個人面對著他，身穿紫衫的黃種男性，手裡拿著短劍。他轉身的同時，他們發出充滿敵意的吼叫聲，一擁而上。他完全不打算安撫他們。他的女人失蹤了，他氣到恢復野蠻人的天性。

他迎上前去，公牛般的喉嚨中發出嗜血的滿足吼叫，第一名攻擊者短劍的攻擊範圍不及呼嘯而來的馬刀，頭顱劃開，腦漿噴灑。科南如貓般迴身，眼角瞥見有隻手腕下沉，握短劍的手掌當場騰空而起，鮮血四濺。但科南沒有停手或遲疑。他如豹般扭腰，移動身體避開兩名黃種劍士的攻擊，其中一人的劍錯過目標，插入另外一人的胸口。

這起不幸事件引起一陣驚叫，科南忍不住輕笑一聲，閃過一劍，矮身砍中另外一個楚索人。鮮血隨著他的劍勢而走，男人慘叫倒地，肚破腸流。

楚索戰士宛如瘋狼般號叫。他們不擅長戰鬥，在動作快如殘影，鋼鐵肌肉搭配完美的戰鬥腦袋，宛如惡虎般的野蠻人面前，他們動作緩慢笨拙到幾近荒謬的地步。他們手忙腳亂，人多反而礙手礙腳；他們出手太快太急，只能砍到空氣。他隨時都在移動，絕不在同一個位置停留；轉身、側步、迴旋、扭腰，他是毫不停歇的目標，而他手中的馬刀在他們耳邊高唱死亡之歌。

但不管楚索人戰技多爛，他們都不缺乏勇氣。他們前仆後繼，吼叫劈砍，還有更多人被異常聲響吵醒，穿越拱門趕來。

科南腦側受傷失血，使勁揮出濺血的馬刀，拉開一點距離，迅速打量四周，尋找脫身之道。那一瞬間，他看見一面牆上的掛毯被人撩開，露出一道狹窄階梯。階梯上站著一名身穿華服的男人，目光朦朧，不住眨眼，彷彿他才剛睡醒，還沒清空腦中的睡意。科南看到哪裡，人就到哪裡。

一下猛虎跳躍讓他安安穩穩穿越劍圈，在眾人破口大罵下彈向階梯。三個人在大理石階梯下攻擊他，他在震耳欲聾的刀劍交擊聲裡與他們交戰。激鬥中爆出宛如夏日閃電般的火光；接著三人倒地，科南衝上階梯。追上來的敵人被地上三條扭動的身體絆倒：其中一人顏面朝下，癱在血泊及腦漿之中；另一人伸手撐起自己，喉嚨傷口噴出黑血；最後一人抱著手臂斷口，叫聲宛如垂死的狗。

科南衝上大理石階梯時，階梯上的人終於清醒過來，拔出在鐳光下發出冷光的劍。他在野蠻人衝上來時向下出劍。但就在劍尖即將刺中咽喉前，科南猛然矮身。那把劍劃破他背上的皮膚，科南隨即挺身，馬刀以強壯肩膀的力量為後盾朝上疾刺，好像對方手裡的是把奶油刀一樣。

他的衝勢猛烈到馬刀完全插入敵人肚子都沒有停步。他撞上那個可憐人，把他撞到旁邊。衝擊的力道讓科南摔到牆上；另外那傢伙被馬刀刺穿，摔下樓梯，腰部、背脊、胸骨全部劃開。內臟血肉伴隨屍體摔在衝上樓的追兵身上，阻擋他們的衝勢。

科南頭昏眼花，靠在牆上休息片刻，低頭瞪向他們；接著，他甩甩馬刀上的鮮血，繼續往樓上衝。

他進入樓上的房間，停步片刻，確認房內沒人。身後的敵人發出恐懼又憤怒的吼叫，讓他知道剛剛在樓梯間殺了什麼重要人物，搞不好是這座夢幻之城的國王。

他隨機挑路，毫無計畫。他不顧一切地想要找回肯定極需救助的娜塔拉；但在遭受楚索全城戰士追殺的情況下，他只能繼續逃命，期待好運能幫他擺脫他們，並找到她。在漆黑和昏暗的上層房間中，他很快就迷失方向，所以當他終於闖入一個擠滿敵人的房間時也沒什麼好奇怪的。

他們復仇心切，大吼大叫地衝向他，他神色厭惡地吼了一聲，轉身往來時路跑。至少他以為那是他來的路。但沒多久，當他跑進一個特別華麗的房間，他就知道自己弄錯了。他上樓後經過的房間全都空無一人。這個房間裡有人，在他闖入時大叫起身。

科南看見一個黃皮膚女人，戴著許多珠寶首飾，但是沒穿衣服，瞪大雙眼看著他。他眼睜睜看著她伸手拉扯牆上的絲繩。接著他腳下的地板坍落，超強的反應力也沒辦法阻止他墜入腳下的黑暗深淵。

他沒有下墜多深，不過深到足以摔斷體內沒有鐵彈簧和鯨魚骨之人的腿骨。

他宛如貓咪般雙腳單手落地，本能性地緊握馬刀刀柄。他好似山貓彈起身來，耳邊響起熟悉的叫聲。科南透過蓬亂的頭髮看見娜塔拉雪白的裸體，在一道只可能出自地獄迷失深淵裡的漆黑夢魘淫慾愛撫下扭身蠕動。

如果只看到那道恐怖黑影的話，辛梅利亞人搞不好會嚇得動彈不得。但怪物跟他的女人交纏的畫面在科南腦中掀起一股殺戮慾望的紅色浪潮。一片紅霧中，他攻擊怪物。

怪物放下女孩，轉向攻擊它的人，只見辛梅利亞人的馬刀破空砍來，乾淨俐落地劈開黏稠的黑色軀體，擊中石板地，激盪出藍火花。科南怒砍之下，跪倒在地；刀鋒並沒有如預期般砍中實體。他跳起身時，怪物已經撲上來。

對方宛如一朵黑雲般聳立在他面前。它彷彿液體浪潮流過他身邊，包覆他，吞噬他。他瘋狂出刀，一砍再砍，匕首連劈帶刺；他渾身濺滿黏液，肯定是對方的濃稠的血。但它的憤怒絲毫沒有減弱的跡象。

他無法分辨砍斷的是它的肢體還是軀幹，總之只要刀刃通過，黑影就會再度密合。他在那場暴力衝突中撞得東倒西歪，感覺自己的對手不只一個，而是一群致命怪物。對方似乎同時狂咬、猛抓、擠壓、毆打他。他感覺到利齒和爪子撕裂他的皮膚；硬如鋼鐵的蜿蜒觸角纏住他的手腳和軀體，最糟的是，某樣類似蠍鞭的東西一再鞭打他的肩膀、背和胸口，撕裂皮膚，在血管中灌注宛如液態火焰般的毒液。

他們滾到光圈範圍外，辛梅利亞人在伸手不見五指的黑暗中戰鬥。他像野獸對著敵人柔軟的身體一口咬下，那玩意兒宛如活橡膠般在他的鐵顎間扭動，感覺十分噁心。

混戰之中，他們滾來滾去，越滾越遠。科南的傷令他頭昏眼花。喘得上氣不接下氣。他看見上方有顆蟾蜍般的大頭，彷彿自體綻放出一股詭異的幽光。他邊喘邊吼，咬牙咒罵，向上猛撲，鼓起僅存的力量一刀刺去。馬刀直沒入柄，插進恐怖的大臉下，裹住辛梅利亞人的龐大身軀開始劇烈顫抖。它收縮膨脹，宛如火山爆發，隨即向後摔倒，以極快的速度往走廊另一端滾走。科南跟了上去，渾身瘀青、傷痕累累、所向無敵，像頭鬥犬般緊握他拔不出來的馬刀刀柄，以左手的匕首不停砍刺對方抖動的身體，劃成碎片。

如今怪物渾身綻放一股奇特的磷光，刺眼奪目，照得科南看不清楚，突然間驚濤駭浪般的軀體極速下墜，擺脫科南緊握不放的馬刀。握刀的手和手臂垂在深淵旁，他看見發光的怪物在下方很遠的地方宛如流星般下墜。頭暈目眩的科南發現自己趴在一座大圓井旁，圓井的邊緣是覆蓋黏液的石頭。他趴在那裡，看著下墜的光點愈來愈小，愈來愈小，最後消失在彷彿升起來接它的微光地面上。有一瞬間，漆黑深淵中閃出黯淡的幽光；接著光消失了，科南趴著凝視終極深淵裡的黑暗，沒有聽見底下傳來任何聲響。

04

娜塔拉徒勞無功地拉扯陷入手腕中的絲繩，凝視光圈外的黑暗。她的舌頭彷彿凍結在嘴裡。她在黑暗中看見科南消失，跟實體不明的惡魔近身肉搏，而她拉長耳朵也只聽見野蠻人的喘息聲、肢體掙扎撞擊聲、殘暴鬥毆的聲響。那些聲音都消失了，娜塔拉在束縛中搖晃擺動，半暈半醒。

已經嚇到習以爲常的她讓一陣腳步聲驚醒，結果是科南從黑暗中走來。一看到科南，她忍不住尖叫，在拱頂密道中掀起回音。科南身上的傷慘不忍睹。他每踏出一步都在滴血。他臉上皮開肉綻，彷彿被大棒子扁過。他嘴唇稀爛，頭皮上的傷導致滿臉鮮血。他大腿、小腿、前臂上都有很深的割傷，四肢和軀幹被石板地撞得瘀青處處。但他的肩膀、背部還有前胸肌肉受傷最嚴重。瘀血腫大撕裂，皮膚垂成一條條的，彷彿讓有刺的鞭子抽過。

「喔，科南！」她哭道。「你怎麼了？」

他沒力氣說話，但血肉模糊的嘴唇揚起難看的笑容，慢慢走向她。他毛茸茸的胸口反射血汗的光澤，隨著喘息起伏。他緩慢吃力地舉手割斷她的繩索，然後靠在牆上休息，雙腳顫抖，撐得很開。她連忙從摔落的地方爬起，一把抱上去扶持他，歇斯底里般啜泣。

「喔，科南，你傷重得快死了！喔，我們該怎麼辦？」

「這個嘛，」他喘道，「跟地獄來的魔鬼打架不可能毫髮無傷！」

「它在哪裡？」她低聲問。「你殺了它？」

「我不知道。它掉到洞裡去了。它渾身是傷，但我不知道鋼鐵殺不殺得了它。」

「喔，你的背好慘！」她哭著說，擰扭雙手。

「它用觸角抽打我，」他神情吃痛，邊罵邊移動。「刺痛灼燒。但眞正難受的是它天殺的狂擠猛壓。比蟒蛇還可怕。如果沒弄錯的話，我體內有半數內臟都不在原位了。」

「我們怎麼辦？」她啜泣問道。

他抬頭，密門關上了。上方了無聲息。

「我們不能走密門回去。」他喃喃說道。「那個房間裡都是死人，肯定還有戰士站哨。他們八成以爲我摔下來時就摔死了，不然就是他們不敢跟來這條密道。──把牆上那顆鐳寶石拔下來。──我剛剛走密道回來時，感覺有通往其他通道的拱門。我們遇到第一條就轉進去。有可能通往另一個地洞，也可能通往室外。我們必須冒險。我們不能待在這裡腐爛。」

娜塔拉照他說的做，科南左手拿著發光的寶石，右手拿著血淋淋的馬刀，開始沿密道走。他緩慢前進，動作僵硬，全靠動物般的強大活力苦苦支撐。充血的雙眼目光空洞，娜塔拉發現他三不五時會不由自主地舔他殘破的嘴唇。她知道他痛得厲害，但在荒野中鍛鍊出的忍耐力讓他吭都不吭一聲。

沒多久，黯淡的光線照亮一道漆黑拱門，科南轉向走入。娜塔拉擔心門後有什麼恐怖的景象，不過只看到一條跟之前差不多的通道。

她不知道他們走了多遠，最後他們踏上一道長階梯，來到一扇以金門閂扣住的石門前。

她遲疑地偷看科南。野蠻人搖搖晃晃，手中的寶石在顫抖中於牆面上投射搖曳不定的巨大陰影。

「開門，女孩，」他聲音沙啞地說。「楚索人在等我們，而我不打算讓他們失望。看在克羅姆的份上，這座城市從未見過我將提供的祭品！」

她知道他已神智不清。那扇門後一片死寂。她從他染血的手中接過鑪寶石，打開門閂，拉開門板。她面前是張金布掛毯的內面，她推開掛毯，偷看外面，心臟當場跳到嘴裡。她看到一個空蕩蕩的房間，中央有座水池發出悅耳的流水聲。

科南一把握住她裸露的香肩。

「退開，女孩。」他嘟噥道。「要開打了。」

「房間裡沒人。」她回道。「但是有水——」

「我聽見了。」他舔舔發黑的嘴唇。「我們死前先喝點水。」

他似乎瞎了。她牽起他滿是血跡的手，領著他穿越石板地。她踮腳走路，隨時期待會有黃種人闖入拱門。

「喝水，我放哨。」他喃喃說道。

「不，我不渴。躺在水池旁，我幫你清洗傷口。」

「楚索的戰士怎麼辦？」他繼續伸手擦拭雙眼，彷彿在清理模糊的視線。

「我沒聽見有人。一點聲音都沒有。」

他一邊摸索一邊坐下，把臉湊到晶瑩剔透的噴泉中，狼吞虎嚥般地喝水。當他抬起頭來，血紅的眼中浮現理智，依照她的指示，攤開粗壯的四肢躺在大理石地板上，不過馬刀擺在手旁，目光始終在拱門四周徘徊。她清洗他傷痕累累的皮膚，從絲簾上撕布條下來包紮傷口。他背部的慘狀令她顫抖；皮膚整個變色，沒有皮開肉綻的地方充滿黑斑、藍斑，還有噁心的黃斑。她一邊處理傷口，一邊思索脫身的對策。如果待在原地，遲早會被發現。她無從得知楚索人民還有沒有在宮殿中搜捕他們，或已回去作夢了。

包紮完畢後，她僵住了。她在一張遮蔽壁龕的掛毯後看見一塊手掌大小的黃皮膚。

她沒告訴科南，而是起身去拿他的匕首，躡手躡腳地穿越房間。她心跳劇烈到幾乎窒息，小心翼翼地拉開掛毯。壁龕後的台座上躺著一名年輕的黃種女性，赤身裸體，毫無生氣。她手裡有一個盛滿黃金色液體的玉壺。娜塔拉認爲那就是莎莉絲口中的靈藥，爲墮落的楚索人提供精力與活力。她湊到躺在台座上的女人身上，拿起玉壺，匕首抵著女孩的胸口。女孩沒有醒來。

拿到玉壺後，娜塔拉遲疑了，因爲她發現安全的作法是奪走沉睡女孩甦醒的能力，避免她警告其他人。但她沒辦法讓自己把辛梅利亞匕首插入毫無動靜的胸口，於是她最後放下掛毯，回到躺在原地、神智不清的科南身邊。

她彎腰，把玉壺放到他嘴前。他喝了，一開始是本能反應，接著突然大口喝了起來。她驚訝地看著他坐起，拿走她手中的玉壺。當他抬起頭來，目光清澈正常。淒慘憔悴的神情不見了，說起話來不再像之前那樣胡言亂語。

「克羅姆呀！這玩意兒哪裡來的？」

她伸手一比。「那個壁龕，有個黃女人在睡覺。」

他又喝了一口黃金液體。

「看在克羅姆的份上，」他說著長嘆一聲，「全新的生命和力量宛如野火竄入我的血管。這肯定就是生命靈藥！」

「我們最好回到密道裡去。」娜塔拉緊張兮兮地說。「在這裡待太久會被人發現的。我們可以在密道裡躲到你的傷痊癒為止——」

「我不要，」他嘟噥道。「我們不是躲在陰溝裡的老鼠。我們現在就離開這座魔鬼之城，誰也不能阻止我們。」

「但你的傷！」她喊道。

「沒感覺。」他回答。「靈藥或許只是提供虛假的力量，但我發誓我一點也不覺得痛或虛弱。」

他突然神色堅定地走向她之前沒留意到的窗口。她透過他的肩膀看向窗外。一陣涼風吹拂她淩亂的頭髮。上方是漆黑的天幕，群星閃閃發光。星空之下是一望無際的沙漠。

「莎莉絲說這座城市就是一座龐大的宮殿。」科南說。「顯然有些房間像是城牆上的塔樓。這間就是。我們運氣不錯。」

「什麼意思？」她問，神色擔憂地回頭看了一眼。

「象牙桌上有個水晶壺，」他回道。「在我撕爛這張掛毯時拿去裝水，撕那塊布簾綁在壺口當提把。」

她毫不質疑地照做，忙碌間轉頭看到科南在把長長的堅固絲布條綁成繩索，其中一端綁在大象牙桌的桌腳上。

「我們去沙漠裡賭一賭，」他說。「莎莉絲提到往南一天的路程就有綠洲，再過去還有草原。如果找到綠洲，我們就可以在那裡休養到我的傷痊癒。這酒的效果就跟巫術一樣。不久前我還虛弱的像個死人；如今我可以面對任何情況。剩下的絲布拿去當衣服穿。」

娜塔拉都忘記自己沒穿衣服。她並不在乎裸體，但她得在沙漠烈日下保護嬌弱的皮膚。她把絲布纏在苗條的身體上，科南則轉向窗口，漫不在乎地扯下保護窗口的軟金欄杆。接著，他把絲繩綁在娜塔拉的腰上，要她雙手緊握繩子，把她抱出窗外，垂落三十餘呎下的地面。她解開絲繩，讓他收回去，然後他綁起水壺和酒壺，垂下去給她。他隨著容器，一手接著一手，迅速爬下去。

當他抵達她身邊時，娜塔拉鬆了口氣。他們孤零零地站在高牆牆角，天上是明亮的星星，四周是赤裸的沙漠。她不知道面前還有多少危難，但她的心在歌唱，因為他們已經離開了那座超脫現實的恐怖城市。

「他們有可能會找到繩索。」科南喃喃說道，將兩支寶貴的壺甩到肩膀後掛好，在壺與淒慘的皮膚接觸時皺起眉頭。「甚至會來追殺我們，但根據莎莉絲的說法，我懷疑。那裡是南方，」一條古銅色的強壯胳臂指出他們的路；「綠洲往那邊。來！」

科南難得體貼地牽起她的手，跨步邁上沙地，配合夥伴較短的步伐。他沒有回頭去看死寂的城市，如夢似幻，陰森森地待在他們身後。

「科南，」娜塔拉終於開口，「你跟那個怪物對抗時，還有後來，你沿密道回來時，你有看到——莎莉絲的殘骸嗎？」

他搖頭：「密道裡很黑；但是空無一物。」

她發抖。「她折磨我——但我同情她。」

「那座天殺的城市十分熱烈的歡迎我們，」他吼道。然後又開始他的黑色幽默。「好吧，他們短時間內不會忘記我們來訪，我敢打賭。大理石地板上有腦漿、內臟和鮮血要清理，如果他們的神還活著，它受的傷比我還重。說到底，我們算是輕鬆脫險：我們有酒有水，還有機會抵達有人煙的地方，儘管我一副進過絞肉機的模樣，而妳身上——」

「都是你的錯，」她插嘴。「要不是你一直色迷迷的盯著那隻斯堤及亞貓看——」

「克羅姆和他的魔鬼呀！」他罵道。「就算大海即將吞沒世界，女人還是能擠出時間嫉妒。願魔鬼奪走她們誇張的幻想！我有叫那個斯堤及亞人愛上我嗎？她畢竟只是個凡人嘛！」

〈爬行的黑影〉完

黑神之池
N

刊登於一九三三年十月號《怪譚》雜誌，也是比較公式化的科南故事，不過這次霍華採取了「海盜冒險尋寶」的形式。故事主要劇情發生在一座遙遠的神祕小島，霍華和「浪子號」船員來到島上，結果被一群巨大的黑色類人生物所捕捉，俘虜被扔進神祕池水，縮小變成雕像，最後的超自然魔物設定則融合了恐怖和科幻元素。現在看來，這類「黑人都是壞蛋」的描寫很有問題，不過在一九三〇年代的美國（尤其是南方）是很普遍的觀點。

——編者

01

來到西方，人跡罕至
之處，
天地初開以來，船隻
已然啓航。
有膽，就讀
史克羅斯的文章，
死手摸索
絲外套；
跟隨船隻
穿越風浪吹襲的
殘骸
跟隨船隻
永不回頭。

珊佳，柯達瓦人，慵懶地打個呵欠，滿足地伸展修長的四肢，在艉艛甲板上的貂穗絲毯上換個更舒服的姿勢。她很清楚船腰和艄樓的船員慾火中燒地盯著她看，就像她很清楚自己的短絲裙根本無法掩飾性感惹火的身材。爲此她露出自傲的笑容，打算在剛自海面上探出頭來的太陽遮蔽視線前再多讓幾個人對她眨眼。

但就在那一瞬間，她聽見了不像木板嘎嘎作響、繩索拉扯和海浪拍打的聲音。她坐起身，目光轉向船欄，驚訝地發現有個濕淋淋的男人爬上船來。她瞪大黑眼，唇形訝異。她沒見過這個爬上船的人。海水宛如小河般自他寬厚的肩膀沿著粗壯手臂流下。他身上唯一的衣物——一件亮紅色的絲馬褲——完全濕透，金釦環寬腰帶和掛在上面的劍也一樣。他站上船欄，在黎明晨曦映照下宛如高大的銅像。他手指掠過不停滴水的黑髮，看到眼前的女孩，藍眼登時一亮。

「你是誰？」她問。「你是哪裡來的？」

他往大海比了比，涵蓋四分之三的海域，目光始終停留在她的嬌軀上。

「你是人魚嗎，從海底來？」她問，被他坦率的目光困惑，雖然她早已習慣男人眼中的仰慕之情。

他尚未答話，甲板上傳來急促的腳步聲，武裝商船船長瞪著陌生人，手指朝劍柄抽動。

「你他媽是什麼人，小子？」這傢伙語氣不善地問。

「我叫科南，」對方冷靜回應。珊佳豎起耳朵；她沒聽過陌生人這種口音的辛加拉語。

「你是怎麼上我的船的？」對方語氣懷疑。

「游泳。」

「游泳！」船長怒喝。「你這隻狗，開我玩笑？附近根本沒有陸地。你從哪裡來的？」

科南伸出粗壯的褐色手臂指向東方，東升旭日把那條手臂照得金光閃閃。

「巴拉洽群島。」

「喔！」船長饒富興味地打量他。黑眉毛揪在瞇瞇眼上，薄唇微揚，笑容不善。

「所以你是巴拉洽狗。」

科南嘴角微微上揚。

「你知道我是誰嗎？」質問他的人大聲問道。

「這艘船是浪子號；所以你一定是查波拉沃。」

「對！」對方聽過他的名號讓船長深感得意。他個子很高，跟科南一樣高，不過稍微瘦點。高頂盔下的臉顯得陰暗，神情憂鬱，貌似老鷹，所以他的綽號就叫老鷹。他的盔甲和服飾看來高貴華麗，順應辛加拉貴族的時尚風格。他的手掌始終待在劍柄附近。

他看科南的眼神並不十分認同。辛加拉叛徒跟辛加拉南岸外海巴拉洽群島的法外之徒彼此間沒多少好感。這些人大部分都是阿果斯的水手，參雜一些其他國家的人。他們打劫商船，騷擾辛加拉海岸城鎮，就跟辛加拉海盜一樣，不過這群人自稱自由掠奪者，說巴拉洽人才是海盜。他們不是第一群，也不會是最後一群美化盜賊行為的人。

這些想法在查波拉沃一邊把玩劍柄，一邊皺眉看著不速之客時掠過他心頭。科南絲毫沒有透露自己的想法。他雙手抱胸，冷靜站著，彷彿身處自己的甲板上；他嘴角微笑，神態自若。

「你來這裡做什麼？」自由掠奪者突然問道。

「我昨晚認爲有必要在月升前離開托塔吉的會合點。」科南回答。「我乘坐漏水的小船，一整個晚上都在划船和舀水。黎明時分，我看見你們的頂帆，於是任由那艘小船沉沒，游泳過來比較快。」

「這片水域裡有鯊魚。」查波拉沃大聲道，而對方聳聳肩回應的模樣讓他有點不爽。他往船腰看了一眼，發現許多水手神情迫切地看著他們。只要一聲令下，他們就會跳上艉艛，化身爲足以對付這個看起來很能打的陌生人的刀劍風暴。

「我有什麼理由要管大海帶來的無名流浪漢？」查波拉沃喝問，他的表情和姿態都比言語更加無禮。

「船上多個好水手總是無傷大雅。」對方毫無怨懟地回應。查波拉沃臉色一沉，心知這是實話。他遲疑，而此舉導致他失去了他的船、指揮權、他的女人和他的性命。但當然他沒辦法預見未來，對他而言，科南就是另一個浪子，照他的說法，是大海帶來的。他不喜歡這傢伙；但這傢伙並沒有挑釁他。他不算傲慢無禮，但就是自信滿到讓查波拉沃不開心。

「想待在船上就要工作，」老鷹吼道。「離開艉艛。記住，這裡唯一的法律就是我說了算。」

科南薄唇上的笑容似乎擴大了。他毫不遲疑，但也不匆忙地轉身走下船腰。他沒有多看珊佳一眼，而在那段簡短交談間，珊佳始終神情熱切地聽著，全神貫注地看著。

來到船腰時，水手圍了上去；辛加拉人，全部都是，半身赤膊，俗氣的絲衫上沾滿了焦油，耳環和匕首柄上的寶石閃閃發光。他們急著想來點歷久不衰的活動，欺負陌生人。他會在這裡接受測試，決定之後在船員之間的地位。艉樓上的查波拉沃顯然已經把陌生人拋到腦後，但珊佳深感興趣地看著。這種場面她已經很熟了，知道欺負的手段會很暴力，搞不好會見血。

但她對這種場面的熟悉程度遠遠不及科南。他面露微笑，走到船腰，眼看神色不善的水手爭先恐後擠過來。他停步，高深莫測地打量人群，絲毫不為所動。這種事要講規矩的。如果他攻擊船長，全船的水手都會對他動手，但如今他們會給他機會跟挑選出來的人單挑。

獲選之人迎上前去——結實的壯漢，頭上綁了條紅頭巾。他挺出瘦下巴，布滿疤痕的臉邪惡到超乎想像。他每一道目光，每一個動作都是在冒犯他。他欺負新人的法門就跟他的外表一樣原始、直接、殘暴。

「巴拉洽，呃？」他語調輕蔑。「那是幫男人養狗的地方。我們兄弟會的人唾棄他們——就像這樣！」

他一口啐在科南臉上，抓向自己的劍。

巴拉洽人的動作快到肉眼難察。錘頭般的拳頭狠狠擊中對方下頷，辛加拉人騰空而起，摔在船欄旁縮成一團。

科南轉向其他人。除了目光微微閃爍外，好像什麼都沒發生。欺負新人來得突然，結束得也快。水手抬起他們夥伴；他的下巴鬆弛，腦袋不自然地垂落。

「密特拉呀，他的脖子斷了！」一個黑鬍子海盜罵道。

「你們自由掠奪者太脆弱啦，」海盜哈哈大笑。「在巴拉洽群島，那一拳才不打死人呢。好了，有人要比劍嗎，有沒有？沒？無所謂，這表示我們是朋友了，呃？」

大家連忙保證他說得一點也沒錯。結實的手臂把死人丟下船欄，十來道魚鰭在他沉沒時破水而來。科南大笑，像隻大貓般伸展粗壯的手臂，目光飄向上方甲板。珊佳靠在欄杆旁，紅唇微張，黑眼綻放饒富興味的目光。她身後的太陽照射出她姣好的身軀，透光的薄裙就像透明的一樣。接著她全身籠罩在查波拉沃陰沉的黑影中，大手搭上她纖細的肩膀，宣告所有權。他看向船腰上的男人的目光透露出威脅意味；科南笑著回應，彷彿說了個除了他之外沒人聽得懂的笑話。

查波拉沃犯了許多獨裁者都犯過的錯；他不可一世地站在艉艛上，低估了站在底下的男人。他有機會殺科南，但他錯過了，深陷在他心裡陰沉的想法中。他不認爲手下會對他構成威脅。他待在高處太久，踩扁太多敵人，下意識地認定自己不可能敗在比他低賤之人手中。

科南的確沒有挑釁他。他混在水手中，跟他們一樣開心度日。他證明自己是個經驗老到的水手，也是所有人見過最強壯的男人。他一個人幹三個人的活兒，總是自高奮勇去做需要勞力或危險的工作。他的同伴開始依賴他。他不跟他們爭吵，他們也很小心不去惹他。他跟他們賭博，會把腰帶跟劍鞘當賭注，贏走他們的錢和武器，然後笑著還回去。船員本能性地把他當成艏樓的領導人。他沒跟任何人提過當初爲什麼逃出巴拉洽群島，但知道他有能力幹出殘暴到足以被那群野人放逐的事情，只有增添這群凶殘的自由掠奪者對他的敬意。他永遠以彬彬有禮的態度面對查波拉沃和船員，從來不曾傲慢無禮或卑躬屈膝。

就連最遲鈍的人也會拿他和嚴厲陰森、沉默寡言的船長做比較，科南笑口常開，會用十幾種語言唱淫歌，像酒鬼一樣豪飲麥酒，而且——很顯然地——從不思考明天的事。

如果查波拉沃知道手下在拿他跟桅杆前的男人做比較，就算只是下意識知道，他都會氣到說不出話來。但他沉浸在自己隨著歲月逐漸黑暗猙獰的憂鬱裡，還有那個華而不實的夢想中；以及擁有女人所帶來的苦澀歡愉，就跟他所有歡愉一樣。

她愈來愈常偷看不論是工作或玩樂都在水手中鶴立雞群的黑髮巨人。他從未對她說話，但他坦率的眼神不會撒謊。她沒有誤會，而她懷疑自己有沒有膽子採取主動。

她離開柯達瓦王宮並沒有多久，但自從查波拉沃把她在尖叫聲中從燃燒的輕帆船上搶過來後，她的世界就出現天翻地覆的變化。她本是柯達瓦公爵嬌生慣養的女兒，如今成爲海盜的玩物，而由於她處世圓滑，不像其他女人那麼容易崩潰，所以她存活下來，又因爲她年輕充滿活力，所以能在這種環境下找到樂趣。

這種生活未知無常，如夢似幻，伴隨戰鬥、掠奪、謀殺、逃亡等強烈對比。查波拉沃的血紅願景讓他們的生活比一般自由掠奪者更加未知無常。沒人知道他接下來的計畫。如今他們離開了已知海域，深入一般海員會刻意避開的危險地區，打從天地初開，所有進入這片海域的船隻都再也沒有回去過。所有已知的土地都被拋到腦後，日復一日，他們觸目所及都是一片海藍。這裡沒有財物可供掠奪——沒有城鎮摧殘，沒有船隻焚毀。船員開始議論紛紛，但他們沒讓固執的船長聽見他們的怨言，而船長則日以繼夜在艉艛上陰沉威嚴地踱步，或凝視著遠古航海圖和泛黃的地圖，閱讀被蟲蛀得破破爛爛的羊皮紙書。他有時會跟珊佳講起她認為是在胡言亂語的事情，像是消失的大陸、無名海灣水藍泡沫中的神奇的島嶼、長角的龍守護著遠古國王很久很久以前收集的寶藏。

珊佳默默聽著，也不費心理解，抱著她的小膝蓋，思緒經常會從陰沉的夥伴飄到體態優美的古銅色巨人身上，聽著他三不五時發出宛如海風、渾然天成的笑聲。

於是，經歷過幾週枯燥乏味的日子，他們在西方發現陸地，黎明時分於淺灣中下錨，看著宛如一條白帶攤在大片青翠緩坡邊界的白沙灘，綠樹遮蔽山坡。風中帶有新鮮蔬菜和香料的氣味，珊佳開心鼓掌，準備迎接岸上的冒險。但她的期待迅速落空，因為查波拉沃命令她待在船上，直到他派人來接她為止。他從不解釋他的命令；所以她從不知道他的理由，除了深藏在他心裡的惡魔，時常毫無來由地逼迫他傷害她。

於是她悶悶不樂地躺在艉艛上，看著船員划船穿越在晨曦中宛如液態翡翠般的平靜水面，往岸上前進。她看見他們聚集在沙灘上，神色懷疑，拿好武器，派幾名斥候進入沙灘後的樹林中查探。她發現科南也是斥候之一。她不會認錯他棕色的高大身影和輕快步伐。有人說他根本不是文明人，而是辛梅利亞人，居住在遙遠北方灰暗山丘的野蠻部族，經常掠奪他們南方的鄰居。至少，她知道他與眾不同，某種強大的生命力或野蠻氣息讓他跟其他粗暴的船員有所區別。

沙灘上傳來人聲的回音，寂靜令海盜欣慰。他們分散開來，沿著海灘搜尋水果。她看見他們爬樹摘果，美麗的小嘴開始流口水。她踱踱小腳，罵了一連串從這群瀆神的夥伴身上學到的髒話。

海灘上的人確實找到水果，開始大快朵頤，發現其中一種沒見過的金皮水果特別甜美多汁。但查波拉沃沒在找水果或吃水果。他的斥候沒在附近發現人類或野獸的蹤跡，於是他站在原地，凝視內地，望向翠綠山坡的稜線交會處。接著，他說了句話，調整劍帶，大步走入樹林。他的手下建議他不要一個人去，結果嘴上吃了一拳。查波拉沃有他一個人去的理由。他想知道這座島是否就是史克羅斯那本神祕典籍中提到的島，無名賢者堅稱有奇特怪物守護裝滿刻有象形文字黃金的地下墓穴。另外，基於他個人的黑暗理由，如果這裡就是那座島，他並不想跟任何人分享這個祕密，特別是他的船員。

珊佳在艉艛上專注凝視，發現他消失在茂密的樹林中。沒多久她就看到科南，巴拉洽人，轉身看了看分散在沙灘上的船員一眼；接著海盜迅速走向查波拉沃離去的方向，同樣也消失在樹林中。

珊佳好奇心大作。她等著他們再度出現，但他們沒有現身。船員依然在海灘上漫無目的的遊走，有些人往內地晃去。不少人躺在樹蔭下睡覺。時間緩緩過去，她坐立難安。儘管艉艛上有遮蔭，陽光還是愈來愈烈。這裡溫暖寧靜、無聊透頂；數碼之外，穿越一道藍色淺灘，陰涼清爽的神祕樹林沙灘和樹林點綴的牧地都在向她招手。更有甚者，查波拉沃和科南的祕密也在誘惑她。

她很清楚違背冷酷無情的主人命令會有什麼懲罰，於是她忍了一段時間，不安地難以抉擇。終於她決定溜下船去值得她挨一頓鞭打，於是不再猶豫，踢掉軟皮涼鞋，脫下她的絲裙，宛如夏娃般一絲不掛地站在甲板上。她翻過船欄，沿鎖鏈滑入水中，游上岸去。

她在沙灘上站了一會兒，習慣小腳趾踏在沙上的痲癢感，四下尋找船員。她只看見幾個人，散布在沙灘各地。很多人都在樹下沉睡；手上依然抓著金水果的果肉。她不知道他們怎麼會一大早就睡得如此香甜。

她穿越白色沙灘，進入林地的樹蔭，沿途沒人向她打招呼。她發現那些樹都是小片樹林群聚，這些小樹林散布在起伏不定的草原山坡上。她順著查坡拉沃走的方向往內陸前進，對眼前一望無際的綠地深深著迷，一座一座平緩的山坡，鋪上綠意昂然的草皮，綴以一片一片樹林。山坡之間的地形更加平緩，同樣也長滿青草。這片景色彷彿相互融化，或是一片風景融入另一片中；那景色十分獨特，同時給人遼闊又受限的感覺。整個畫面籠罩在一片宛如魔法的夢幻死寂中。

接著她突然來到一座山丘頂的平地，四周圍繞一圈高樹，當她看見那片踐踏染紅的草地上躺著什麼時，如夢似幻的氣氛當場煙消雲散。珊佳忍不住驚呼，後退一步，接著瞪大雙眼，四肢顫抖，緩緩前進。

躺在草地上的是查波拉沃，雙眼無神地直視天空，胸口有條大傷口。他的劍躺在無力的手掌旁。老鷹最後一趟飛行已經結束了。

倒不是說珊佳看到主人屍體時完全沒有情緒。她沒有愛他的理由，但她至少有感覺到正常女孩在看見擁有自己的男人屍體時該有的感覺。她沒有哭泣或感到哭泣的需求，但她渾身顫抖，血液彷彿凝結片刻，而她抗拒一股歇斯底里的衝動。

她左顧右盼，尋找期待中會看到的男人。除了一圈枝葉茂密的大樹及其後的青色山坡外，什麼也沒看到。難道殺死自由掠奪者的凶手在重傷下離開了嗎？沒有看到遠離屍體的血跡。

她困惑，掃視周遭樹木，隨即僵在原地，發現翠綠的樹葉中傳來一陣不像是風吹出來的抖動。她走向那些樹，凝視枝葉茂密的深處。

「科南？」她高聲詢問；她的聲音在突然緊繃的死寂中顯得陌生又渺小。

她膝蓋開始顫抖，無名恐慌來襲。

「科南！」她語氣絕望。「是我——珊佳！你在哪裡？拜託，科南——」

她的聲音愈來愈小聲。棕眼的瞳孔在難以想像的恐懼中放大。她張開紅唇，口齒不清地大叫。她四肢麻痺；儘管心中有股拚命想要逃跑的需求，她就是動彈不得。她只能放聲尖叫。

02

看見查波瓦沃獨自進入樹林時，科南認爲他等候許久的時機到了。他沒吃水果，沒跟其他船員一起玩樂；他全副精神都集中在海盜船長身上。查波拉沃的手下都很清楚他的脾氣，毫不訝異船長會選擇獨自探索危機潛伏的未知島嶼。他們自己找樂子，沒發現科南宛如獵豹般跟蹤船長而去。

科南沒有低估自己對船員的影響力。但他尚未透過戰鬥和掠奪贏得向船長挑戰的權力。在這片空曠的大海上，他沒有機會根據自由掠奪者的規矩證明自己的實力。如果公開挑戰船長，船員絕對會跟他對立。但他知道只要能神不知鬼不覺地幹掉查波拉沃，失去船長的船員不太可能對死人效忠。在這種狼群裡，只有活人才有意義。

於是他帶著長劍，躍躍欲試地跟蹤查波拉沃，當他來到位於樹圈中央的平坦坡頂，透過樹幹看見翠綠的山坡景色融入遠方的青藍。空地中央的查波瓦沃察覺有人跟蹤，轉身手握劍柄。

海盜咒罵一聲。

「狗，爲什麼跟蹤我？」

「這還要問，你瘋了嗎？」科南大笑，順勢衝向他的前船長。他嘴唇上揚，藍眼綻放狂野的目光。

查波拉沃罵句髒話，拔劍出鞘，在巴拉洽人不顧一切猛力揮砍，劍刃於頭上畫出一輪藍焰時擋下他的攻擊。

查波拉沃是個在海上和陸上身經百戰的勇士。世界上沒有人對劍道的知識比他更全面更豐富。但他從未遭遇過來自文明世界邊境外蠻荒野地的對手。他高強的劍技對上了肉眼難察的速度和文明人難以匹敵的力量。科南並不採取正統的戰鬥技巧，而是出自大灰狼般的本能與天性。繁複的劍技在原始怒氣之下就跟人類拳師的拳法遇上獵豹一樣毫無用處。

查波拉沃施展渾身解數，耗盡全副心神隔擋腦側快如閃電的劍擊，情急之下以接近劍柄的部位接下此劍，整條手臂當場在恐怖的撞擊力道下麻痺。對方立刻展開追擊，以強大的力量狠狠刺下，劍尖彷彿把鎖甲和肋骨當成紙張般刺穿，插入其下的心臟。查波拉沃的嘴唇痛苦扭曲，但他到死都要擺酷，完全沒有吭聲。他倒地前便已死去，身體壓扁青草，血滴在陽光下宛如紅寶石碎片般閃閃發光。

科南甩掉劍上的血滴，神色歡愉，宛如大貓般伸展四肢——隨即渾身僵硬，臉上的滿足神情讓困惑的目光取代。他彷彿雕像般站在原地，長劍指地。

他的目光自敵人屍體上移，默默停留在周遭的樹木及其後的景色之間。他看見了一幅如夢似幻的畫面——難以想像、難以理解。遠方一座渾圓的翠綠緩坡上有條高高黑黑的裸體身影，肩膀上扛著一條同樣裸體的白色身影。那景象來得快、消失得也快，留下科南在原地目瞪口呆。

海盜環顧四周，神色不定地看著來時的方向，隨即咒罵一聲。他不知所措——有點心慌，如果這個形容詞適用在他這種鋼鐵男子身上的話。在當前的情況下，奇特的環境中，出現一個來自幻想和惡夢的虛幻身影。科南並不懷疑他的視力或理智。他很清楚自己看見奇怪詭異的東西；一條黑身影帶著白皮膚的俘虜穿越山丘本身就很怪了，偏偏那條黑影又高得極不尋常。

科南遲疑地搖了搖頭，朝看見怪事的方向前進。他不質疑此舉是否明智；對方激起了他的好奇心，除了跟去查看外，沒有其他選擇。

他翻過一座又一座山丘，每座都有草原和樹林。整體地勢是上揚的，雖然他反反覆覆上坡下坡。永無止盡的弧狀上坡和淺溝令人心生困惑。但他終於抵達了他認爲是島上最高峰的丘頂，停下腳步，看著眼前的明亮綠牆和塔樓，而在他來到此刻所處的位置前，那些建築都彷彿隱形般完美融入翠綠的環境中，即使目光銳利如他也沒發現。

他遲疑了，手指放上劍柄，然後在好奇蟲的啃蝕下繼續前進。他接近弧形牆面上的高聳拱廊時並沒有看見任何人。拱廊裡沒有門。他小心翼翼地偷看，其後有一座寬敞的室外庭院，大片草皮，四周是半透明材質的環狀綠牆。牆面上有很多拱廊。他躡手躡腳前進，手持長劍，隨機挑選一道拱廊，進入另一座類似的庭院。他在內牆後看見奇形怪狀的塔狀建築。其中一座塔樓位於，或說延伸到他此刻身處的庭院中，順著牆面有道寬敞的樓梯通往該塔。他踏上樓梯，懷疑這一切是否眞實存在，還是說他此刻陷入黑蓮花的夢境之中。

上了樓梯，他來到一座有圍牆的壁架，或是陽台，他不確定是哪個。如今他看出塔樓的更多細節，但在他眼中毫無意義。他不安地發現普通人絕不可能建造出這種建築。這些建築、格局具有某種對稱性，不過是種瘋狂的對稱，一種人類理智無法理解的格局。對於這整座城鎮、城堡或天知道是什麼玩意兒，他能看懂的部分就是有很多庭院，大部分都是圓形的，每座庭院都有獨立的圍牆，由開放式的拱廊連接，而所有庭院顯然是環繞中央的奇特塔樓而建。

他自塔樓前轉身，隨即大吃一驚，立刻伏低身子，躲在陽台的胸牆後，震驚得瞪大雙眼。陽台或壁架比對面的牆高，他看見得是那座牆後的庭院。那座庭院的內牆跟其他院牆不同，表面並不光滑，布滿長條型的線條或壁架，上面有很多小型物體，完全看不出是什麼。

然而他當時並沒有留意院牆。他的注意力集中於蹲在該庭院中央深綠色水池旁的那群生物上。那些生物都是黑色的，赤身裸體，外形像人，但裡面最矮的一員站起來都比高大的海盜高出一整個頭和肩膀。他們身材高瘦，並不壯健，但體型完美，沒有殘缺或反常之處，除了他們的身高有點反常。但即使在這種距離下，科南還是可以察覺他們身上散發出的邪惡氣息。

他們之間有個神色畏縮的裸體男子，科南認出是浪子號上最年輕的水手。他就是海盜之前看見被黑影扛著穿越山丘的俘虜。科南沒聽見掙扎的聲音——沒在那群巨人黝黑光滑的手腳上看見血跡或傷口。顯然那小子跟夥伴分開，自己跑去內陸遊蕩，結果遭受黑人伏擊。科南心裡將那種生物稱爲黑人，因爲他想不到更好的稱呼；根據他對「人」這個名詞的理解，他的本能認定這些黑色的生物不是人。

他沒聽見聲音。黑人對彼此點頭，比畫手勢，但似乎不會說話——至少不靠口語溝通。其中之一，彎腰駝背蹲在畏縮的男孩面前，手裡拿著一把類似笛子的東西。他把笛子放在嘴前，顯然吹了口氣，雖然科南沒有聽見聲音。不過辛加拉年輕人有聽見或有感覺到，當即縮了縮身。他彷彿十分痛苦地扭曲顫抖；四肢抽搐得愈來愈明顯，愈來愈有節奏。接著抽搐變成劇烈抖動，抖動變成規律的動作。年輕人開始跳舞，就像眼鏡蛇隨著托缽僧的橫笛不由自主舞動般。舞蹈中沒有任何熱情與歡愉的氣息。反而給人一種很不舒服的感覺，一點也不好看。那感覺就像是無聲笛音透過猥褻的手指抓住了男孩靈魂最深處，以殘暴的折磨手段擰絞出所有私密的慾念。那是一種淫穢的抽搐，猥褻的痙攣——被迫滲出的祕密飢渴：缺乏歡愉的慾望，與痛苦交歡的淫蕩。那感覺有如眼看靈魂被剝光衣物，裸露出所有不足爲外人道的黑暗祕密。

科南僵在原地，神色厭惡，噁心顫抖。儘管他本身就像大灰狼般原始純淨，他還沒天眞到不了解腐敗文明所帶來的墮落祕密。他去薩莫拉城混過，玩過沙迪薩的墮落女子。但他在此地感應到一股超越人類墮落極限的無比邪惡——生命之樹上的腐敗樹枝，順著人類理解範圍外的線條滋長茁壯。令他震驚的不是男孩痛苦扭曲的表情和奇特的姿勢，而是這群怪物竟然有辦法將沉睡在人類靈魂深處最黑暗的祕密拉到陽光下來，厚顏無恥地在這些即使是不得安寧的惡夢中也不該提及的事物中獲得樂趣。

突然黑色虐待者放下笛子，站起身來，聳立在扭動的白色身軀前。他粗魯地抓起男孩的脖子，彎下腰去，把他頭下腳上塞入綠池中。黑巨人將俘虜深深壓入水面下，科南在綠水裡看見他白色的身軀。接著其他黑人開始躁動，科南迅速躲到陽台後，不敢抬頭，以免暴露行蹤。

一段時間後，他按捺不住好奇心，只好小心翼翼地探頭偷看。黑人排成一排，通過一道拱廊，前往另外一座庭院。其中之一正在把某樣東西放上牆邊壁架，科南看出他就是剛剛在折磨男孩的那個傢伙。他比其他黑人高，戴了條寶石頭巾。他沒看見辛加拉男孩。

巨人跟著同伴離開，不久後科南就看到他們從自己剛剛進入這座恐怖城堡的拱廊離開，排成一排穿越翠綠山坡，朝他來時的方向前進。他們沒帶武器，但他認為他們打算繼續侵犯自由掠奪者。

不過在趕去警告毫無所覺的海盜前，他打算先弄清楚那個男孩的命運。四周一片死寂。海盜相信這些塔樓和庭院裡只剩下他一個人。

他迅速跑下樓梯，穿越庭院，經過拱廊，來到黑人剛剛離開的庭院。現在他看清楚牆壁上的條紋是什麼了。牆上有一道道狹窄的壁架，顯然是直接從岩石雕刻而成，而這些壁架或貨架上放了數以千記的小雕像，大部分都是灰色的。這些不比手掌長的雕像看起來像人，而且鉅細靡遺到讓科南認出不同人種的特徵，典型的辛加拉人、阿果斯人、俄斐人和庫許海盜。庫許海盜雕像是黑色的，就像眞正的庫許人也是黑色的一樣。科南看著這些沉默不語的雕像，隱約感到一陣不安。雕像維妙維肖到了詭異的地步。他輕輕撫摸雕像，難以肯定它們的材質。感覺像是石化的骨頭；但這種地方的化石怎麼可能多到讓人這樣用？

他發現他所熟悉的人種雕像都被擺在上層壁架。底層壁架的雕像長相看起來比較陌生。要嘛就是出於雕塑家的想像，不然就是消失許久，世人早已遺忘的人種。

科南不耐煩地搖頭，轉身走向水池。圓形的庭院沒有地方藏身；既然沒看到男孩的屍體，屍體肯定已經沉入池底。

他走到平靜的圓形綠池塘旁，凝視著反光的水面。那感覺彷彿在看一塊厚重的綠玻璃，清晰透徹，偏偏又迷幻朦朧。水池不大，像水井一樣呈圓形的，外緣有一圈翡翠。他低下頭，看見圓形的池底——他難以判斷究竟有多深。不過水池看起來深不可測——他一低頭立刻感到頭暈，彷彿在看什麼無底深淵。他不了解自己爲什麼看得見池底；但池底位於視線範圍內，遠到難以想像，宛如幻覺、朦朧黯淡，但看得見。有時候他依稀看見綠池深處出現微弱的光源，但他無法肯定。只能肯定池裡除了明亮的池水外空無一物。

看在克羅姆的份上，他親眼目睹被溺斃在水池裡的男孩究竟何在？科南站起身來，手指摸向他的劍，再度環顧四周。他的目光停留在高層壁架上的一點。剛剛高個子黑人在那裡擺了樣東西——科南的棕色皮膚上突然冒出冷汗。

海盜內心猶豫，但又像被磁鐵吸引般走向明亮的牆壁。他心中的懷疑駭人聽聞到無法言喻，抬頭凝視那層壁架上最後一個雕像。果不其然，雕像的五官異常熟悉。石化、動彈不得、比之前小，但絕不會錯，在壁架上兩眼無神凝望他的正是那個辛加拉男孩。

科南後退，打從靈魂深處顫抖起來。他手掌僵硬，長劍指地，目瞪口呆，讓這個駭人聽聞的事實震驚到動彈不得。

但事實擺在眼前；小雕像的眞相昭然若揭，但那個眞相之後蘊含了關於它們存在更黑暗更神祕的祕密。

03

科南不知道自己呆立了多久。一陣人聲令他回過神來，愈來愈響亮的女人尖叫聲，彷彿叫聲的主人被人越抬越近。科南認得那個嗓音，動彈不得的四肢立刻恢復活力。

他輕輕一跳，落在狹窄的壁架上，踢開雕像找尋落腳處。他再度彈起，連跳帶爬，抓住牆緣，探頭偷看。那是最外圍的圍牆；他眼前是城堡周圍的綠草地。

一個黑巨人大步穿越草地而來，一手夾著拚命掙扎的俘虜，就像夾著不乖的小孩一樣。是珊佳，一頭凌亂的黑髮彷彿漣漪潮浪般垂落，橄欖色的肌膚跟抓他的人黑到發亮的身體形成強烈對比。他直奔外拱廊，毫不理會她的哭鬧掙扎。

當他消失在拱廊內時，科南立刻跳下圍牆，衝到通往內庭的拱廊裡。他伏低身子，看見巨人帶著掙扎的俘虜進入綠池庭院。如今他總算看清對方的長相。

完美對稱的身體和四肢在近距離看來更加顯眼。黑皮膚下修長圓潤的肌肉起伏，科南毫不懷疑那怪物可以徒手撕裂普通人。他的指甲是武器，長度宛如野獸的利爪。他的臉彷彿黑檀木雕刻出來的面具。眼睛是黃褐色的，綻放明亮的金光。五官毫無人性；每條線條，每個特徵都充滿邪惡氣息——超越人類邪惡的邪惡。那怪物不是人——不可能是人；那是從瀆神創造物的深淵中爬出來的東西——自然演化中的錯誤。

巨人把珊佳放在草地上，她縮身蜷伏，於痛楚和恐懼中哭泣。他左顧右盼，似乎察覺不太對勁，瞇起黃眼盯著從牆上掉下來的雕像。接著他彎腰，抓起俘虜的頸部和胯下，神色堅決地走向綠池。

科南溜出拱廊，化身死亡之風衝過草地。

巨人猛然轉身，雙眼精光大作，看著朝他衝來的棕色復仇者。在那震驚瞬間，他鬆開殘酷的雙手，珊佳身體扭動，摔上草地。黑人攤開利爪般的手掌狠狠抓落，但科南矮身閃過，一劍刺穿巨人胯下。黑人宛如砍倒的樹木般倒地，鮮血狂噴，跟著珊佳跳起身來，在恐懼和歇斯底里的寬慰中撲到科南身上抱住他。

他咒罵一聲，向後退開，不過他的敵人已經死去；黃眼呆瞪，修長的黑色肢體不再抽動。

「喔，科南，」珊佳一邊哭泣，一邊使勁抱住他，「我們會怎麼樣？這些是什麼怪物？喔，這裡肯定是地獄，那些都是魔鬼——」

「那地獄就需要新魔鬼。」巴拉洽人冷冷一笑。「但妳怎麼會落入他手中？他們攻下我們的船了？」

「我不知道。」她想擦眼淚，伸手去抓裙襬，這才想起自己一絲不掛。「我游泳上岸。看到你跟蹤查波拉沃，我就跟蹤你們兩個。我看到查波拉沃——是——是你把他——」

「還能是誰？」他嘟噥道。「後來呢？」

「我發現樹林裡有動靜，」她發抖。「我以爲是你。我叫你——然後就看到那——那個黑色的東西像猩猩一樣蹲在樹枝上，斜眼看著我。我彷彿置身惡夢；完全動彈不得。我唯一能做的就是尖叫。然後它從樹上跳下來，抓住我——喔，喔，喔！」她把臉埋在掌心裡，想起當時的景況忍不住又抖了起來。

「好了，我們得離開這裡。」他大聲道，握住她的手腕。「來吧；我們去找其他船員——」

「我進入樹林時，大部分船員都在睡覺。」她說。

「睡覺？」他語氣不悅。「看在地獄火和詛咒的七名魔鬼——」

「聽！」她渾身僵硬，臉色發白。

「我聽到了！」他說。「呻吟聲！等著！」

他再度跳上壁架，偷看牆外，怒罵一聲，嚇得珊佳倒抽一口涼氣。黑人回來了，但他們不是空手而回。每個黑人都抱了個軟癱的男人；有些還扛兩個。他們的俘虜都是自由掠奪者；他們軟綿綿地夾在黑人手臂中，要不是偶爾有人抽動一、兩下，科南還以爲他們都死了。他們被繳械，但沒有剝光衣服；其中一個黑人抱著一大堆武器，都是他們插在劍鞘裡的劍。每隔一段時間就會有船員虛弱地呻吟一聲，就像是酒鬼在睡夢中夢囈。

科南宛如受困的野狼般打量四周。綠池庭院有三道拱廊。黑人是從東側的拱廊離開的，多半會從那裡回來。他是從南側拱廊進來的。剛剛他藏身的是西側拱廊，沒時間留意拱廊後的景象。儘管不清楚城堡的格局，他還是必須迅速做出決定。

他跳下圍牆，以極快的速度放好雕像，把屍體拖到池邊，推進去。屍體立刻下沉，跟著他清清楚楚地看到屍體出現恐怖的收縮——變小，硬化。他連忙轉身，微微發抖。然後他握住同伴的手臂，帶她快步衝向南側拱廊，她則哀求他解釋到底是怎麼回事。

「他們抓了船員，」他簡短解釋。「我沒有計畫，先找地方躲起來，靜觀其變。如果他們沒往池裡看，或許不會懷疑我們來過。」

「但他們會看到草地上的血跡！」

「或許他們會以為是他們自己的夥伴灑的。」他回答。「無論如何，我們都得賭賭看。」

他們來到剛剛偷看男孩受苦的庭院，他迅速帶她爬上南面牆上的階梯，強迫她伏身躲在陽台的欄杆後；算不上什麼好藏身處，但他們別無選擇。

他們才剛躲好，黑人已經魚貫進入庭院。階梯底端傳來噹啷聲響，科南渾身緊繃，握緊他的劍。但見那些黑人穿越西南側的一道拱廊，接著是一陣撞擊和哀鳴聲。巨人把俘虜丟在草地上。珊佳嘴中傳來歇斯底里的笑聲，科南立刻摀住她的嘴，在敵人聽見之前阻止她出聲。

片刻過後，他們聽見下方的草地上傳來許多腳步聲，然後就是一片死寂。科南偷看牆後。庭院裡空無一人。黑人再度聚集在隔壁庭院，蹲在水池旁。他們似乎毫不在乎草地上和水池邊的血跡。顯然血跡並不是什麼罕見的景象。他們專注在某種難以理解的祕密集會上；高個子黑人再度吹奏金笛，他的同伴宛如黑色雕像般聆聽。

科南牽起珊佳的手，溜下階梯，伏低身子，避免他的頭露出牆外。膽怯的女孩乖乖跟上，神色恐懼地看著通往綠池的拱廊，不過從那個角度看不見拱廊後的水池和可怕的人群。階梯底下放著辛加拉人的劍。他們聽見的噹啷聲就是丟下這些武器的聲音。

科南帶著珊佳走向西南拱廊，他們躡手躡腳穿越草地，進入其後的庭院。自由掠奪者躺滿一地，小鬍子微微抽動，耳環閃閃發光。偶爾會有人動一動，或是焦躁呻吟。科南彎下腰去，珊佳跪倒在他身旁，身體前傾，雙手放在大腿上。

「這股甜膩的味道是什麼？」她緊張兮兮地問。「他們嘴裡散發出來的。」

「他們吃的那種天殺的水果。」他輕聲回應。「我記得那股味道。那玩意肯定跟黑蓮花一樣，會讓人沉睡。克羅姆呀，他們開始甦醒了——但他們沒有武器，而我敢說那些黑魔鬼很快就會來對他們施展魔法。這些水手手無寸鐵、神智不清，能有多少勝算？」

他沉思片刻，眉頭深鎖；接著他握住珊佳橄欖色的肩膀，力道大得令她神色吃痛。

「聽著！我把那些黑豬玀引去城堡其他地方，讓他們忙一段時間。妳就趁機搖醒這些傢伙，把劍拿給他們——讓他們有機會反抗。妳可以嗎？」

「我——我——不知道！」她說話結巴，怕得發抖，根本不清楚自己說了什麼。

科南咒罵一聲，抓她頭髮，用力搖晃，直到她眼中的圍牆彷彿在飛舞。

「妳非做不可！」他斷聲道。「那是我們唯一的生機！」

「我盡力！」她喘道，科南離開前稱讚她一句，拍她的背以示鼓勵，差點把她拍倒。

片刻過後，他伏身在通往水池庭院的拱廊中，凝視他的敵人。他們依然坐在水池旁，但已經流露出不耐煩的邪惡神情。隔壁庭院中逐漸甦醒的海盜越呻越大聲，開始夾雜斷斷續續的髒話。他繃緊肌肉，放鬆呼吸。

戴寶石頭巾的巨人起身，笛子離開嘴唇——就在那一瞬間，科南宛如猛虎出閘般跳到大驚失色的黑人之間。而就跟老虎衝出去就會攻擊獵物一樣，科南也在縱躍之間展開攻擊：在黑人有機會抬手防禦前，科南已經出了三劍；接著他跳出戰團，衝過草地。他身後躺了三條黑色身影，全都頭破血流。

儘管他毫無徵兆的突襲打得巨人措手不及，剩下的巨人還是很快就從震驚中恢復過來。他們緊追而上，穿越西側拱廊，長腳以飛快的速度掠過草地。然而，他對自己的速度深具信心；但他的目的並非甩開追兵。他打算展開一段漫長的追逐，好給珊佳時間叫醒並武裝辛加拉人。

衝入西側拱廊後的庭院時，他忍不住咒罵一聲。這座庭院跟之前見過的不同。它不是圓形，而是八角形的，他進入的拱廊就是唯一出入口。

他連忙轉身，看見所有巨人都跟了進來；一群巨人守在拱廊前，剩下的排成一條陣線，朝他逼近。他面對他們，緩緩退向北牆。陣線收攏成半圓，散開來圍住他。他繼續後退，但越退越慢，注意到追兵彼此間的距離愈來愈大。他們擔心他會從包圍網側面逃脫，所以拉開距離避免這種情況。

他冷眼凝望，宛如野狼般冷靜警覺，而當他動手時，感覺就像閃電，毫無預警，威力驚人——攻向半圓陣線的中央。擋路的巨人胸骨塌陷，摔倒在地，左右兩翼的巨人趕來支援前，海盜已經衝出他們的包圍網。拱廊前的巨人全神備戰，但科南沒有衝向他們。他轉過身去，看著獵殺他的巨人，面無表情，當然也不害怕。

這一次他們沒有分散成單薄的陣線。他們已經知道面對這種狂暴憤怒的實體化身，分散力量乃是致命的錯誤。他們擠成一團，不慌不忙地朝他逼近，維持他們的陣形。

科南知道貿然闖入那團由利爪、肌肉和堅骨組成的陣形中只會有一個結果。要是被他們撲倒在地，進入利爪和體重優勢的攻擊範圍，他那原始殘暴的蠻力將毫無用武之地。他看向圍牆，發現西側的角落有道類似壁架的突出部。他不知道那是什麼，但是派得上用場。他開始朝那個角落後退，巨人則加速逼近。他們顯然自以爲是在把他趕入死角，而科南趁這點空檔思索，認爲他們八成把他當成什麼低賤的生物，智力上遠遠不及他們。這樣很好。低估對手是最要不得的錯誤。

眼看再過幾碼就會撞上圍牆，黑人開始加速逼近，顯然打算在他發現受困之前制伏他。守住拱廊的黑人離開崗位，急著加入他們的夥伴。眾巨人蓄勢待發，眼中綻放金色的地獄火光，牙齒也白得發亮，彷彿抵擋攻擊般舉起雙爪。他們以爲獵物會拚死一搏，結果卻出乎意料。

科南舉起劍，朝他們跨出一步，然後轉身衝向圍牆。就看他微微縮身，透過鋼鐵般的肌肉猛彈，高高躍入空中，伸長手臂勾住突起部。緊接著就是一陣碎裂聲響，突起的壁架折斷，海盜重重摔回庭院。

他背部著地，要不是有草地墊底，只怕所有堅韌的肌腱都要斷光，接著他宛如大貓般彈身而起，面對他的敵人。他眼中莽撞的神色消失。目光宛如藍色焚火；他頭髮豎起，呲牙咧嘴。

轉眼之前，情況就從冒險一搏轉為生死交戰，科南的蠻族天性以狂風中的盛怒回應。

出人意表的發展讓黑人驚呆片刻，隨即一擁而上，將他撲倒。但那瞬間卻有一聲吶喊打破寂靜。巨人連忙轉身，看見一群模樣狼狽的人擠在拱廊前。海盜東倒西歪，聽不出來在罵什麼；他們頭昏眼花，神色困惑，但是緊握他們的劍，即使搞不清楚狀況依然蜂擁而上。

趁著黑人目瞪口呆，科南大吼一聲，化身閃電利刃展開攻擊。在他的劍下，他們彷彿成熟穀物般倒地，辛加拉人混亂怒吼，搖頭晃腦地穿越庭院，狂暴嗜血地攻擊他們高大的敵人。他們依然昏昏沉沉，在藥性影響下神智不清，他們感覺到珊佳瘋狂搖晃他們，還把武器塞到他們手裡，依稀聽見她催促他們展開行動。他們沒聽懂她的話，但光是看到陌生人和鮮血，對他們而言就夠了。

轉眼之間，庭院變成戰場，沒多久又變成屠宰場。辛加拉人站立不穩，但狂劈猛砍，滿嘴髒話，完全不在乎身上的傷，除了立即致命的重傷。他們人數遠比黑人多，但這些黑人可不好打發。巨人聳立在敵人面前，張牙舞爪地攻擊對方，撕裂喉嚨，打爛頭顱。在近身肉搏的混戰中，海盜沒辦法盡情發揮動作靈活的優勢，很多人還在半夢半醒之間，沒能躲開瞄準他們的攻擊。他們純粹以野獸本能作戰，專注在殺死敵人上，毫不在乎閃躲攻擊。長劍砍劈的聲響宛如屠夫的屠刀，尖叫、吶喊和咒罵聲聽來十分恐怖。

珊佳縮在拱廊中，被砍殺聲和暴力景象嚇得動彈不得；她眼花撩亂地看著混亂的戰場，只見長劍劈砍，手臂亂揮，猙獰的面孔出現消失，緊繃的軀體撞擊、彈開，在瘋狂的魔鬼之舞中交扣糾纏。

有些畫面特別顯眼，彷彿在鮮血背景中刻蝕出的黑色圖案。她看見一名辛加拉水手，被自己一塊脫落的頭皮遮蔽雙眼，跨開腳步一劍插入黑人的肚子，直沒入柄。她清楚聽見那個海盜攻擊時哼了一聲，看見黑人的黃眼在劇痛中上翻；鮮血和內臟噴灑在劍上。垂死的黑人出手抓劍，水手盲目又愚蠢地奮力拔劍；接著一條黑手臂勾住辛加拉人的腦袋，黑膝蓋猛力頂中他的背心。他的頭後仰到很可怕的角度，骨碎聲蓋過所有打鬥，彷彿折斷粗樹枝。勝利者抛下受害者的屍體——這麼做的同時，某樣類似藍光的東西從後方由右至左閃過他肩膀。他搖晃兩下，腦袋向前垂向胸口，接著恐怖駭人地墜落地面。

珊佳感到噁心。她不停作嘔，非常想吐。她徒勞無功地企圖逃離屠殺現場，但雙腳不聽使喚。她也無法閉上雙眼。事實上，她撐大雙眼。她厭惡反感、噁心想吐，但還是感受到每當面對血腥畫面就會感到的莫名快感。只不過這場惡鬥遠比她在掠奪港口或海戰時見過的人類爭鬥血腥。接著她看見科南。

科南跟夥伴間隔著所有敵人，處於黑手臂和身軀的浪潮之中，被人撲倒在地。本來他們可以把他圍毆至死的，但他倒地時拉了一個黑人下來，而對方的軀體保護了位於其下的海盜。他們拳打腳踢，拉扯奮力掙扎的同伴，但科南狠狠咬著對方的喉嚨，死也不肯放開這面保命盾牌。

辛加拉人的攻擊削弱了他們的攻勢，科南抛開屍體，爬起身來，渾身鮮血，模樣駭人。巨人宛如大片黑影聳立在他面前，出手亂抓，猛力揮拳。但他就像發狂的獵豹，很難打中，很難抓到，而他每出一劍都會見血。他身上的傷足以殺死三個普通人，但卻絲毫不減他如同公牛般的活力。

他的戰呼蓋過打鬥的喧囂，困惑但怒極的辛加拉人精神一振，攻勢加倍，直到砍肉和骨碎聲蓋過痛苦和憤怒的喊叫聲。

黑人動搖了，衝向拱廊，珊佳一看他們跑來，連忙在尖叫聲中讓道一旁。他們卡在狹窄的拱廊中，辛加拉人哈哈大笑，朝他們緊繃的背上連刺帶砍。拱廊內慘不忍睹，倖存者闖出拱廊，作鳥獸散，各自逃命。

他們展開追殺。巨人穿越草地庭院，奔上明亮的階梯，翻過奇幻高塔的傾斜屋頂，甚至沿著寬敞的圍牆牆頂逃命，每一步都在滴血，無情的追兵宛如惡狼般緊追不捨。有些黑人作困獸之鬥，殺了些海盜。但最終結果都一樣——殘破的黑人屍體躺在草地上抽動，或是掙扎中被人從胸牆和塔頂上推落。

珊佳躲在水池庭院中，縮成一團，害怕發抖。外面傳來一聲吶喊，踐踏草地的腳步聲，接著一個血淋淋的黑人穿越拱廊而來。是戴寶石頭巾的傢伙。有個人矮身緊追而來，黑人轉身，在絕境中撿起某個垂死水手掉落的劍，當辛加拉人莽撞地衝過去時，他揮出不熟悉的武器。海盜頭破血流，摔倒在地，但由於黑人出手手法拙劣，劍刃在他手中不停抖動。

他把劍柄拋向闖入拱廊的追兵，轉身衝向水池，表情糾結成一張怨恨的面具。

科南擠出人群，腳踏草皮，直衝而上。

但巨人攤開雙臂，張嘴發出非人的吼叫——整場衝突中唯一由黑人發出的聲音。他朝天吼出恐怖的恨意；彷彿來自地獄的叫聲。這聲音令辛加拉人遲疑動搖。但科南毫不停步。他無聲無息，殺氣騰騰地奔向站在水池邊的黑色身影。

但當他染血的劍刃在空中拖曳弧光時，黑人突然轉身，高高躍起。有那麼一瞬間，他們看著他停留在水池上方；接著於撼動大地的吼叫聲中，綠水向上噴起，宛如綠火山噴發般吞沒了他。

科南即時停步，沒有一頭栽入池中，他向後跳起，揮開強壯的手臂，推回緊跟而來的同伴。如今綠池變成噴泉，水聲震耳欲聾，越噴越高，頂端如同開花般形成泡沫王冠。

科南驅趕手下衝向拱廊，逼他們跑在前面，用刃面打他們；噴泉轟隆隆的水聲彷彿剝奪了他們的行動能力。他看到珊佳呆立原地，神色恐懼地凝望翻騰的水柱，連忙朝她大吼一聲，蓋過雷鳴般的水聲，嚇得她回過神來。她奔向他，伸出雙手，他一手抱起她，迅速離開庭院。

倖存者集中在最外層的庭院裡，疲倦憔悴，形容狼狽，傷痕累累，鮮血淋漓，目瞪口呆地看著高聳於藍天前的搖晃水柱。綠色的主體外噴灑著白色泡沫；冒泡的頂冠直徑超過本體三倍。一時之間，看起來彷彿會爆發開來，吞沒四周的一切，但水柱還是持續往上噴。

科南目光掃向血淋淋的赤裸海盜，發現只剩下二十人時忍不住咒罵一聲。他在壓力下扣住一名海盜脖子，用力搖晃到對方的傷口把附近噴得到處是血。

「剩下的人呢？」他在可憐人耳邊喝問。

「只剩下這些了！」對方以蓋過噴泉聲響的音量吼回去。「其他人都被那些黑——」

「好了，快走！」科南大吼，用力一推，把對方跌跌撞撞地推向外拱廊。「那座噴泉就要爆了——」

「我們會溺死！」一個自由掠奪者叫道，一拐一拐走向拱廊。

「溺死個屁！」科南吼。「我們會變成化石！出去，可惡！」

他跑向最外側的拱廊，一眼始終保持在聳立在他們面前的恐怖綠塔，另一眼則留意脫隊的海盜。有些辛加拉人在嗜血的情緒、戰鬥、和震耳欲聾的聲響影響下恍恍惚惚地亂走。科南催促他們；方法很簡單。他抓起那些人的後頸，粗暴地把人推出拱廊，又在屁股上加踢一腳，順便還以辛辣的言語問候對方祖先來刺激他們。珊佳顯然想要待在他身邊，但他掙脫她的手臂，破口大罵，在她屁股上狠狠拍了一下，逼她加快動作，匆忙跑上高原。

科南一直待在拱廊裡，確認所有還活著的海盜都已離開城堡，朝平坦的草原前進。接著他又看一眼高聳天際，蓋過所有塔樓的水柱，隨即也逃離這座恐怖駭人的無名城堡。

辛加拉人越過高原邊界，開始往下坡走。珊佳在邊界外第一座坡頂等他，他在那裡停步片刻，回頭看向城堡。那景象宛如巨大的綠樹幹和白花聳立在高塔之上搖晃；噴水聲如雷貫耳。接著翠綠雪白的水柱在撕天裂地的巨響中潰散，圍牆和塔樓全部淹沒在大水之中。

科南握住女人的手，拔腿就跑。一座一座斜坡在他們眼前起伏，後方則傳來洪水激流聲。他透過繃緊的肩膀往後看，只見一道寬敞的綠緞帶沿著斜坡起起伏伏。水勢沒有分散消退；宛如一條巨蛇般流過窪地，繞過坡頂。大水沿著既定的方向前進——追趕他們。

這個事實在科南體內激起更強大的耐力。珊佳絆了一跤，在絕望和疲累的呻吟聲中跪倒。科南拉她起身，甩到自己寬厚的肩膀上，然後繼續狂奔。他胸口起伏，膝蓋顫抖；他咬緊牙關，呼吸急促。他步伐蹣跚。他看到前面有水手在恐懼的驅使下拚命前進。

大海突然映入眼簾，浪子號毫無損傷地漂在模糊的視線中。水手手忙腳亂地爬上小船。珊佳摔在船底，縮成一團。科南，儘管血液在其耳中鼓動，眼中的世界一片血紅，依然從上氣不接下氣的水手手中接過船槳。

他們在累到心臟都要爆裂的情況下划向浪子號。綠河衝出樹林。那些樹彷彿樹幹被砍斷般倒落，沉入翠綠的洪水中，就此消失。洪水流入大海，衝擊海洋，海水的顏色加深，變成令人不安的綠色。

海盜被不理性的本能恐懼虜獲，將痛苦的身體和混亂的腦袋逼到極限；他們不知道自己在怕什麼，但他們知道那條邪惡平靜的綠緞帶會對肉體和靈魂造成威脅。科南知道這一點，於是當他看見寬敞的綠水融入海浪，貫穿海水朝他們竄來，完全沒有改變外形或方向時，連忙激起全身最後一絲力量奮力一划，終於把手中的船槳給划斷。

但他們的船首撞上了浪子號，水手東倒西歪地爬上鎖鏈，把小船留在海裡漂蕩。珊佳像具屍體般掛在科南肩膀上船，頗不優雅地給丟在甲板上，接著巴拉洽人上前掌舵，對僅存的船員下達命令。他從頭到尾都在發號司令，沒人質疑，大家都很直覺地奉命行事。他們宛如醉漢般搖搖晃晃，熟練地操作繩索和支架。船錨鎖鏈解開，垂在水中濺灑浪花，船帆揚起，吃飽海風。浪子號搖晃抖動，莊嚴雄偉地航向大海。科南往岸上看去；一條緞帶宛如綠焰的火舌般徒勞無功地竄入大海，只差一根船槳的距離就要碰到浪子號的龍骨。它沒有繼續前進。自水舌末端，他看見一條柔和明亮的綠河貫穿白沙灘，翻越層層山坡，消失在藍色的遠方。

巴拉洽人鬆了口氣，笑著看向氣喘吁吁的船員。珊佳站在他身邊，臉上掛著兩道歐斯底里的淚水。科南的馬褲變成染血的破爛布條；他的腰帶和劍鞘都掉了，他的劍插在旁邊的甲板上，凹痕處處，血塊斑斑。他的黑髮上黏了厚厚的血塊，有隻耳朵被扯下一半。他的手、腳、胸口和肩膀彷彿被一群獵豹抓過咬過。但他笑著站穩強壯的雙腿，渾身是勁，活力十足地轉動舵輪。

「接下來要幹嘛？」女孩微微顫抖地問。

「掠奪大海！」他笑道。「船員過少，傷痕累累，但足以操作這艘船，而我們永遠可以找到更多船員。過來，女孩，親我。」

「親你？」她叫得歇斯底里。「這種時候你還會去想親嘴這種事？」

他的笑聲蓋過船帆受風繃緊的聲響，伸出一條粗壯的手臂把她抱離地面，神情享受地對她的紅唇大聲親了一口。

「我是在想活著的事！」他大聲道。「逝者已矣，過去的就過去了！我有一艘船、擅長戰鬥的船員，還有一個紅唇如酒的女人，我一生所求不過如此。舔傷口吧，你們這些惡霸，開一桶麥酒。你們要把這艘船操到極致。一邊唱歌跳舞一邊努力工作，可惡！我受夠這片無人海域了！我們要去海港油水豐富的地方，掠奪滿載財物的商船！」

〈黑神之池〉完

惡徒臨門

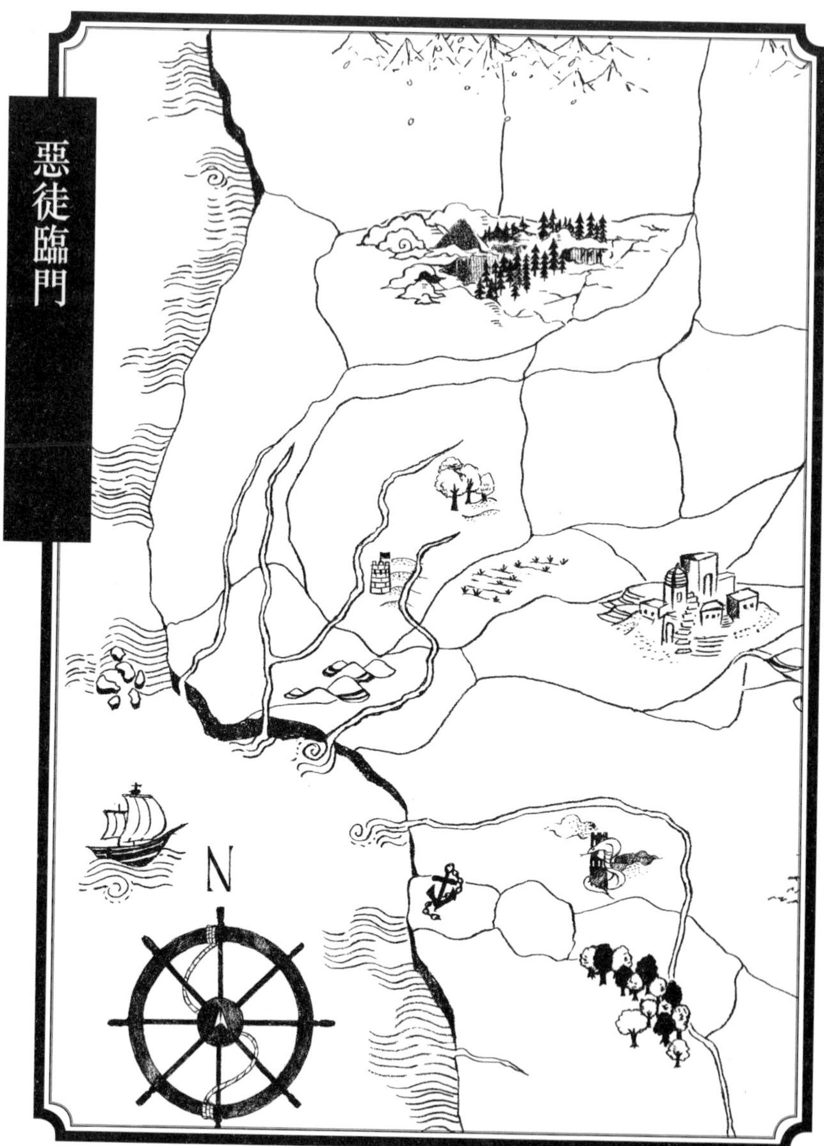

發表於一九三四年一月號《怪譚》雜誌，是中期科南故事最具代表性的一篇。霍華只寫了一稿就完工，還在給朋友的信中說：「我眞希望寫每一篇作品都這麼順。」故事一開始有點政治鬥爭的味道，年輕貴族暗中勾結敵國，被掌權的紅祭司發現，貴族決定先發制人，於是從獄中救出鬧事被捕的科南，要他殺了祭司，眞正的好戲就在祭司的大宅裡上演。

——編者

01

宮廷宴會上，納邦尼德斯，紅祭司，該城眞正的統治者，彬彬有禮地輕觸年輕貴族穆利羅的手臂。穆利羅轉身面對祭司高深莫測的目光，思索隱藏其中的意義。兩人沒有交談，但納邦尼德斯鞠躬，交給穆利羅一個小金桶。年輕貴族深知納邦尼德斯做任何事都有理由，於是逮到機會立刻離開宴會，盡快回到自己房間。他在房裡打開金桶，裡面有隻人耳，而他認得那隻耳朵上的疤痕。他汗如雨下，不再懷疑紅祭司那道目光所代表的意義。

但儘管穆利羅是個會在黑色鬈髮上灑香水，打扮時髦的紈褲子弟，他畢竟不是任人宰割的懦夫。他不知道納邦尼德斯只是在玩弄他，還是給他機會自願放逐，但他既然還沒死，又可以自由活動，表示對方至少給了他幾小時的時間，或許是讓他好好想想。然而，他不需要考慮就能做出決定；他需要的是工具。而命運提供了那把工具，當年輕貴族待在紫色大理石巨型雕像和上流社會的象牙王宮中時，命運就在貧民區的低級酒館和妓院裡雕琢工具。

當時有個安努祭司，其位於貧民窟邊境的神廟並非只是敬神場所。該祭司腦滿腸肥，專營買賣贓物，同時也是警備隊的線民。他黑白通吃，因爲跟貧民窟交接的區域是迷宮區，由一大堆泥濘蜿蜒的巷道和骯髒房舍組成，國內稍微有點勇氣的盜賊都常在那裡混。其中膽量最大的乃是某傭兵團的剛德逃兵和一個辛梅利亞野蠻人。因爲該安努祭司的關係，剛德人被抓去吊死在市集廣場上。但辛梅利亞人跑了，而在得知該祭司陰險狡詐的背叛之後，他就趁夜溜入神廟，砍下祭司的腦袋。此事在城裡引起軒然大波，不過警備隊一直找不到凶手，直到有個女人背叛野蠻人，帶領警備隊長和他的隊員前往醉醺醺的野蠻人藏身的密室。

當他們抓住他時，他昏昏沉沉卻又活力十足地醒來，把隊長開膛剖肚，殺開一條血路，要不是依然醉眼朦朧的話，本來有機會逃脫的。他東倒西歪，視線不清，沒對準打開的房門，而是一頭撞上石牆，力道大到當場撞昏過去。醒來時，他已經淪落到城內最堅固的地牢裡，用就連他的野蠻肌肉也掙脫不了的鎖鏈鎖住。

穆利羅來到這座地牢，頭戴面具，裹著寬敞黑斗篷。辛梅利亞人神色好奇地打量他，以爲他是要來行刑的劊子手。穆利羅要他坐正，同樣饒富興味地打量他。即使在地牢黯淡的光線下，手腳鎖著鐐銬，他身上還是散發出強大的原始氣勢。他高大的身軀和粗壯的肢體彷彿結合了灰熊的力量和獵豹的速度。亂髮下的藍眼中難掩兩道野蠻的目光。

「想活命嗎？」穆利羅問。野蠻人嘟噥一聲，眼神顯然更感興趣。

「如果我安排你逃獄，你願意幫我個忙嗎？」貴族問。

辛梅利亞人沒有說話，以熱切目光代爲作答。

「我要你幫我殺個人。」

「誰？」

穆利羅輕聲低語。「納邦尼德斯，國王的祭司！」

辛梅利亞人沒有流露驚訝或不安的神色。他心裡沒有文明人習以爲常那種對有權有勢之人感到恐懼或敬畏的觀念。國王或乞丐，在他眼中一視同仁。他也沒問穆利羅爲什麼來找他，雖然地牢外的街道上充滿亡命之徒。

「我什麼時候逃獄？」他問。

「一小時內。晚上地牢這區只有一個守衛。我可以賄賂他；我已經賄賂他了。看，我這裡有鐐銬的鑰匙。我幫你解開，等我離開一小時後，守衛阿希克斯會打開牢房的門鎖。你用衣服上撕下來的布條綑綁他；這樣等其他人找到他時，他們就會認定是有外人劫獄，而不會懷疑他。離開後立刻前往紅祭司家，殺了他。然後去鼠巢酒館，有人會在那裡接應你，給你一袋金子和一匹馬。有了那些東西，你就可以逃出本城，離開我們國家。」

「立刻解開這些天殺的鎖鏈。」辛梅利亞人要求。「叫守衛拿東西來吃。看在克羅姆的份上，我一整天都只有吃發霉的麵包和清水，快餓死了。」

「沒問題；但記住——你得等我有時間趕回家後才能逃獄。」

解開鐐銬後，野蠻人站起身來，伸展粗壯的胳臂，在地牢陰暗的光線下看來十分高大。穆利羅再度覺得如果世界上有人能完成這個任務，肯定就是這個辛梅利亞人了。他又重複剛剛的指示，命令阿希克斯拿盤牛肉和麥酒給囚犯，然後離開地牢。他知道可以信任這個守衛，不光因爲他有付錢，也因爲他手中握有守衛的把柄。

回到自己房間後，穆利羅已經完全控制住自己的恐懼。納邦尼德斯會透過國王動手——這點他很肯定。而既然王家衛士還沒來敲他的門，就表示祭司暫時還沒去找國王。毫無疑問，他明天就會去——如果他能活到明天的話。

穆利羅相信辛梅利亞人會信守承諾。至於他有沒有能力達成任務就只能走著瞧了。曾經有人試圖暗殺紅祭司，他們全都死無葬身之地。但那些都是城市人，缺乏野蠻人的狼性本能。當把放耳朵的金桶拿在手上轉動的穆利羅透過祕密管道聽說辛梅利亞人遭擒時，他立刻就看見了問題的解決之道。

再度回到房間後，他爲名叫科南的人乾了一杯，預祝當晚能夠成事。但在喝酒的同時，他的間諜帶來消息，阿希克斯被捕入獄。辛梅利亞人沒有逃獄成功。

穆利羅渾身血液再度結冰。他在命運的轉折中看見納邦尼德斯的手幕後操縱，心裡不禁浮現紅祭司根本不是人的恐怖想法——能夠看穿人心，拉線操縱傀儡的巫師。隨著絕望而來的是鋌而走險的決心。他在黑斗篷下掛把劍，透過密道離開他家，迅速穿越空蕩的街道。午夜時分，他抵達納邦尼德斯的住所，漆黑聳立在與周遭宅邸分隔開來的圍牆花園之中。

圍牆很高，但也不是翻不過去。納邦尼德斯可不把自己的安危交給區區石牆。真正可怕的是圍牆裡的東西。穆利羅無法肯定圍牆裡究竟有些什麼。他知道至少有條凶猛的狗在花園中巡邏，偶爾會把入侵者當成兔子般撕成碎片。他不想去推測花園裡還有些什麼。根據曾經短暫進屋議事的人回報，納邦尼德斯家裡有許多奢華家具，不過服侍他的僕役少得出奇。事實上，他們說只有看到一個僕人——安靜的高個子，名叫喬卡。他們還聽到某個人，多半是奴隸，在隱密處移動，不過沒人眞的見過他。這座神祕宅邸中最大的謎團就是納邦尼德斯本人，透過本身的神祕力量和對於國際政治的影響力讓他成爲全國最有權力的人。人民、議員和國王都像傀儡般在他的牽引下移動。

穆利羅翻過牆，落在黑影重重的花園裡，到處都是灌木叢和樹葉投射出的陰影。屋內的窗戶中沒有燈火，而房子本身聳立在樹木之間。年輕貴族無聲無息在矮樹之間迅速移動。他隨時都期待聽見大狗的吠聲，看見牠龐大的身軀衝出黑影。他懷疑自己的劍能對那種攻擊造成什麼影響，但他毫不猶豫。死在野獸的利齒下跟劊子手上沒有什麼分別。

他踩到某個大東西，側身讓開。他透過黯淡的星光彎腰去看，發現地上躺著一具軟癱的屍體。是守衛花園的狗，而且牠死了。牠脖子斷了，身上有看起來像被咬過的傷痕。穆利羅認爲不是人類幹的。這頭野獸遇上了比他更凶殘的怪物。穆利羅緊張兮兮地環顧四周陰森詭異的灌木和矮樹；接著他聳聳肩，走向寂靜的房屋。

他推動的第一扇門沒鎖。他小心翼翼地進去，手持長劍，發現自己身處一道漆黑長廊，只有末端掛簾後的黯淡火光照明。整間屋子裡一片死寂。穆利羅沿著走廊前進，停在簾子前偷看。他看到一個有點燈的房間，窗戶都用絨布簾遮住，不讓任何光線通過。房內空無一人，不過有條恐怖的身影：在殘破的家具和破爛簾布呈現出掙扎景象中躺著一個男人的屍體。此人腹部朝下，但頭被扭斷，下巴靠在肩膀後。對方扭曲的五官彷彿笑著斜眼打量這個嚇壞了的貴族。

當晚第一次，穆利羅決心動搖。他神色不定地往自己來時的路看了一眼。接著劊子手的斷頭石和利斧幫他鼓起勇氣，於是他穿越那個房間，繞過躺在地上看著他笑的恐怖屍體。儘管他從未見過此人，但還是透過旁人的描述知道他是喬卡，納邦尼德斯陰沉的僕人。

他透過門簾偷看一間寬敞的圓形房間，光滑地板跟高聳天花板中間有一圈迴廊。這個房間裝潢華麗，彷彿是爲了國王打造。房間中央有張雕飾美麗的桃木桌，桌上擺有酒杯酒瓶和豐富的美食。穆利羅僵住了。在一張椅背比他還高的椅子上坐著一個穿著打扮十分眼熟的傢伙。他看見椅臂上的紅衣袖；對方的頭裹在熟悉的紅兜帽中，彷彿在沉思般低垂。那坐姿就跟穆利羅曾不下百次在王家宮廷中見過的納邦尼德斯一模一樣。

年輕貴族咒罵自己劇烈的心跳，偷偷穿越石室，伸出長劍，擺好刺擊的架勢。他的獵物沒有移動，似乎也沒聽見他小心翼翼移動的聲響。紅祭司睡著了嗎，抑或是具癱在大椅子上的屍體？當穆利羅跟他的敵人之間只剩下一步之遙時，椅子上的男人突然起身面對他。

穆利羅當場面無血色。他的劍滑落指間，摔在明亮的地板上。他蒼白的嘴唇發出恐怖的叫聲；緊接著是人體倒地的聲響。然後紅祭司家再度陷入一片死寂。

02

穆利羅離開辛梅利亞人科南被關的地牢後沒多久，阿希克斯就帶了一盤食物進來，包括一大塊牛肉和一大杯麥酒。科南狼吞虎嚥，阿希克斯最後再去巡邏地牢一次，確認一切沒有問題，沒人會發現這場假劫獄。就在他忙著幹這些事時，一隊守衛進入地牢，將他逮捕。穆利羅錯把這場逮捕當成是有人發現科南逃獄。但其實是爲了別的事情；阿希克斯在跟黑道打交道時過於疏忽，從前某件案子剛好東窗事發。

另一名獄卒趕來代班，是個冷面無情，忠心可靠，不管多少錢都無法賄賂的傢伙。他缺乏想像力，把自己的職責看得比什麼都重。

阿希克斯被人帶往行政官面對正式指控後，這名獄卒就開始按照慣例巡視牢房。經過科南時，他無比震驚地發現這個囚犯居然沒上鐐銬，而且還在啃大牛骨上僅存的肉渣。獄卒火大到犯下獨自進入牢房的錯誤，沒有去找地牢其他區域的守衛。那是他當差以來第一次犯錯，也是最後一次。科南用大牛骨打他腦袋，拿走他的匕首和鑰匙，不慌不忙地離開。正如穆利羅所說，那天晚上只有一個守衛輪班。辛梅利亞人用鑰匙開門離開高牆，沒多久就呼吸到外面的空氣，一如穆利羅所計畫恢復自由。

在監獄圍牆的陰影中，科南停步片刻，盤算接下來的行動。他認爲自己既然是憑藉自己的力量逃獄的，當然不欠穆利羅什麼；但是年輕貴族幫他解開鐐銬，還派人送食物給他，如果少了這兩個條件，他絕不可能成功逃獄。科南認爲自己欠穆利羅人情，而既然他是個恩怨分明的人，他就決定要信守對年輕貴族的承諾。但首先他要處理私人問題。

他脫掉破破爛爛的上衣，只穿一條纏腰布在黑夜中行走。他邊走邊把玩剛剛拿來的匕首——一把九吋長雙面寬刃致命武器。他偷偷摸摸走在巷道和陰暗的廣場間，直到抵達他的目的地——迷宮區。他依照明確的記憶穿越巷道迷宮。這裡名副其實的是由漆黑巷道、死胡同、歪七扭八的小路組成的迷宮；充滿莫名其妙的聲響和惡臭。街上沒鋪石板；泥巴和糞便混成噁心的地面。這裡沒有下水道；糞便直接倒在巷子裡，堆成惡臭的糞堆和糞坑。除非小心地行走，不然很可能會一腳踏入及腰的糞坑裡。在泥濘中被喉嚨劃開或腦袋坍陷的屍體絆倒也不是罕見之事。普通人會基於很好的理由避開迷宮區。

科南在無人察覺下抵達目的地，剛好趕上他要找的人離開那裡。辛梅利亞人偷偷溜到下方的庭院時，出賣他的女孩正在樓上的房間跟她的新愛人道別。她的門關上後，那個年輕流氓一邊摸索一邊走下嘎嘎作響的樓梯，沉浸在自己的思緒中，而他在想的事情就跟所有迷宮區的居民一樣，跟以不法手段謀取財物有關。下樓下到一半，他突然停止前進，寒毛根根豎起。他面前的黑暗中依稀有條身影，一雙眼睛宛如狩獵野獸般綻放精光。他這輩子聽到的最後一個聲音就是宛如野獸般的吼叫，跟著怪物撲到他身上，一刀劃開他的肚子。他低呼一聲，四肢軟癱地摔下樓梯。

野蠻人在他面前站立片刻，宛如食屍鬼，雙眼在黑暗中悶燒。他知道有人聽見剛剛的聲音，但迷宮區的居民盡量不去管其他人的事。漆黑樓梯上的垂死叫喊並非什麼不尋常的事。之後會有人出來看看怎麼回事，但他們會先等待一段合理的時間。

科南上樓，停在那扇熟悉的門前。門從裡面閂起來了，但他把刀刃插入門和門框之間的縫隙，推起門閂。他走進房裡，關上房門，面對把他出賣給警備隊的女孩。

女孩身穿連身裙，盤腿坐在凌亂的床上。她臉色發白，彷彿見鬼一樣凝視著他。她有聽見樓梯上的叫聲，也看到他手中匕首上的血跡。但她嚇得太厲害了，完全不浪費時間爲了顯然已經死去的愛人哀悼。她開始求饒，不過怕到根本聽不懂在說什麼。科南沒有回答；他就這麼站在那裡，目光火熱地瞪著她，以長繭的拇指輕觸刀刃。

終於他提步前進，她則退到牆邊，泣不成聲，求他饒命。他粗暴地抓起她的黃髮，把她拖下床。他把匕首插回刀鞘，將扭動不休的俘虜夾在左臂下，走向窗口。就跟大部分那種房屋一樣，每層樓外都有窗台，所以大家的窗台都連在一起。科南踢開窗戶，踏上狹窄的窗台。如果附近有人或醒著，他們就會目睹一個男人小心翼翼地走在窗台上，手上夾著一個奮力掙扎的半裸女子。他們也會跟那個女孩一樣搞不清楚狀況。

科南來到預定的位置，停下腳步，一手抓著牆壁。房屋裡面突然出現騷動，顯然終於有人發現屍體了。他的俘虜啜泣扭動，再度開始求饒。科南看了下方巷道中的糞堆淤泥一眼；他聽屋內的騷動和女孩的哀求片刻；然後看準方位，把她丟到一個糞坑裡。他享受她手忙腳亂的掙扎和惡毒的咒罵片刻，甚至忍不住笑出聲來。接著他抬起頭，傾聽屋內逐漸響亮的騷動，決定去殺納邦尼德斯的時候到了。

03

一陣金屬撞擊聲驚醒了穆利羅。他在呻吟中昏昏沉沉地奮力坐起。四周一片漆黑死寂，一時之間他深怕自己瞎了。接著他想起之前的情況，隨即感到毛骨悚然。他伸手摸索，發現自己躺在平坦石板地上。往遠處摸，他發現有面同樣材質的牆壁。他站起來，靠牆而立，徒勞無功地試圖弄清楚環境。他應該可以肯定自己身處某種監牢，但無法肯定是在哪裡的監牢，已經被關多久。他依稀記得撞擊聲，懷疑是地牢大鐵門關閉的聲音，也可能是劊子手要來行刑。

想到這裡，他忍不住發抖，開始沿著牆壁摸索。他本來期待會摸到牢房的邊界，但一段時間過後，他相信自己身處一條走廊上。他始終靠著牆走，深怕有地洞或其他陷阱，沒多久就覺得附近有東西。他什麼都看不見，但要嘛就是有聽見什麼細微聲響，不然就是潛意識在警告他。他突然停步，寒毛豎起；就像他很肯定自己活著一樣，他察覺面前的黑暗裡有活物潛伏其中。

當對方以野蠻人的口音低聲說話時，他嚇得心臟差點停止跳動。「穆利羅！是你？」

「科南！」年輕貴族嚇得差點絆倒，在黑暗中伸手亂抓，剛好碰到對方強壯的裸肩。

「幸好我認出你，」野蠻人嘟噥道。「我本來要把你當成肥豬宰了。」

「以密特拉之名，我們在哪裡？」

「紅祭司家的地道；但你爲什麼——」

「現在是什麼時候？」

「午夜過後不久。」

穆利羅搖頭，努力集中思緒。

「你爲什麼會在這裡？」辛梅利亞人問。

「我是來殺納邦尼德斯的。我聽說看守你的守衛換人了——」

「沒錯。」科南大聲道。「我打爛新獄卒的腦袋走出來的。我本來幾小時前就該到了，不過先去處理幾件私人恩怨。好了，要去獵殺納邦尼德斯了嗎？」

穆利羅發抖。「科南，我們身處大惡魔的家裡！我是來找人類敵人的；結果卻看到一個地獄來的長毛魔鬼！」

科南不太確定地嘟噥一聲；只要對手是人，科南就像受傷的老虎一樣無所畏懼，但他們野蠻人總是很迷信。

「我溜進屋內，」穆利羅低聲說，彷彿黑暗中擠滿了偷聽的人。「我在外面的花園裡發現納邦尼德斯的狗被打死。在房子裡，我遇上僕役喬卡。他的脖子被扭斷了。接著我看見納邦尼德斯本人坐在椅子上，身穿他慣穿的服飾。一開始我以爲他也死了。我偷溜過去想刺殺他。他站起來面對我。天呀！」重新體驗那段恐怖的回憶讓年輕貴族一時之間說不出話來。

「科南，」他低聲道，「站在我面前的不是人！肉體和姿態都看起來像人，但是祭司的紅兜帽下有張瘋狂和惡夢的面孔！黑髮低垂，遮蔽顏面，兩隻豬眼綻放紅光；他鼻子扁平，鼻孔開闔；鬆垮的嘴唇後翻，露出大黃尖牙，像狗一樣的利齒。紅衣袖下的手掌形狀奇特，長滿黑毛。我只看了一眼，恐懼襲體而來，意識離體而去，我當場昏迷。」

「然後呢？」辛梅利亞人喃喃問道，語氣不安。

「我才剛恢復意識沒多久；肯定是那怪物把我丟入地道。科南，我懷疑納邦尼德斯不完全是人！他是惡魔——狼人之類的！白天就以人類的外表活動，晚上就變成眞正的模樣。」

「顯然如此，」科南回道。「大家都知道有些人可以任意化身狼形。但爲什麼要殺害他的僕人？」

「誰知道魔鬼在想什麼？」穆利羅說。「我們當務之急是離開這裡。普通武器傷不了狼人類的怪物。你怎麼進來的？」

「走下水道。我猜花園裡有守衛。下水道有通道接到這些地道。我打算找沒上門的門進入屋內。」

「那我們從你來的路逃走！」穆利羅大聲道。「我不管了！離開這座蛇窟後，我們就跟國王衛士賭賭運氣，想辦法逃出城外。帶路！」

「沒用的，」辛梅利亞人嘟噥道。「下水道的路封閉了。我進入地道時，有道鐵柵欄從上方落下。要不是我快如閃電，柵欄的矛頭就會把我當蟲一樣釘在地上。我嘗試抬起柵欄，但是文風不動。就算大象也抬不動它。比兔子大的東西都不可能擠出去。」

穆利羅咒罵一聲，脊椎上彷彿有隻冰手摸來摸去。他早該料到納邦尼德斯會看守所有進入他家的入口。要不是科南宛如鋼鐵彈簧的速度可與野獸比美，早就被柵欄給插死了。顯然他在經過地道時觸發了陷阱。此時此刻，他們兩人都受困在地道裡。

「我們只剩下一件事可做，」穆利羅滿頭大汗地說。「就是尋找其他出口；出口肯定都有陷阱，但我們別無選擇。」

野蠻人輕聲同意，兩人就開始沿著走廊摸索。這麼做的同時，穆利羅想到個問題。

「這麼黑你怎麼認出我的？」他問。

「我聞到你來我牢房時頭髮上擦的香水。」科南回答。「剛剛埋伏在黑暗裡，準備幹掉你時，我又聞到了那股香味。」

穆利羅拉過一撮頭髮到鼻孔前聞；即使這麼近，文明人的嗅覺也只能依稀聞到氣味，他這才了解野蠻人的知覺有多敏銳。

摸索前進中，他的手本能性摸向他的劍鞘，在發現鞘中無劍時咒罵一聲。接著他們前方出現黯淡的光芒，沒多久就來到走廊轉角，光源就在轉角附近。他們一起探頭偷看，穆利羅貼在夥伴身上，察覺他巨大的身軀突然僵硬。年輕貴族也看到了——一個男人，赤身裸體，軟癱在轉角後的走廊上，對面牆上的發光大銀盤在他身上灑落黯淡的光芒。顏面朝下趴在地上的人給穆利羅一股奇特的熟悉感，讓他覺得莫名其妙又毛骨悚然。他指示辛梅利亞人跟上，躡手躡腳上前，在對方身前蹲下。他壓抑厭惡的感覺，抓起對方，轉過身來。他難以置信地罵句髒話；辛梅利亞人哼了一大聲。

「納邦尼德斯！紅祭司！」穆利羅大叫，震驚到頭暈目眩。「那誰——什麼——」

祭司呻吟扭動。科南像貓一樣迅速彎腰，匕首抵住他的心臟。穆利羅抓住他的手腕。

「等等！先別殺他——」

「幹嘛不殺？」辛梅利亞人問。「他解除了狼人型態，睡著了。你要叫醒他，把我們撕成碎片？」

「不，等等！」穆利羅語氣迫切，努力釐清混亂的思緒。「看！他不是在睡覺——看到他光頭旁的瘀傷嗎？他是被打昏的。他可能已經在這裡躺好幾個小時了。」

「我以爲你發誓有在上面的屋子裡看到他的獸形。」科南說。

「有呀！不然——他要醒來了！收起匕首，科南；這裡發生了比想像中更邪惡的謎團。我必須跟祭司談談，然後再殺他。」

納邦尼德斯慢慢伸手去摸瘀青的腦側，嘟噥幾聲，然後睜開雙眼。一時之間，他目光呆滯，神色茫然；接著突然回過神來，坐直身子，瞪著身邊的人。不管他受了什麼驚嚇導致敏銳的腦袋變糊塗，如今他都已經恢復正常。他雙眼迅速打量四周，然後回到穆利羅臉上。

「你的造訪令寒舍蓬蓽生輝，年輕的閣下，」他冷冷笑道，看向聳立在年輕貴族身後的高大身影。「看來你還帶了個打手來。光靠你的劍還不足以取我卑微的性命嗎？」

「夠了。」穆利羅再度感到不耐煩。「你在這裡躺多久了？」

「問剛醒過來的人這種問題還是眞是有趣。」祭司回答。「我不知道現在是什麼時候。不過我是在午夜前一個小時遇襲的。」

「那穿你的長袍在你家裡的傢伙是誰？」穆利羅問。

「是沙克。」納邦尼德斯回答，神色懊悔地揉他瘀傷的地方。「對，是沙克。穿我的長袍？那隻狗！」

科南聽不懂他們在說什麼，不安地移動腳步，用他的母語喃喃自語。納邦尼德斯神色怪異地看他一眼。

「你的打手想用匕首刺穿我的心臟，穆利羅，」他說。「我以爲你夠聰明，會接受我的警告，離開本城。」

「我怎麼知道你會給我機會離開？」穆利羅回道。「無論如何，我感興趣的事物都在這裡。」

「你跟那個惡棍還眞是一丘之貉，」納邦尼德斯喃喃說道。「我已經懷疑你一段時間了。我就是爲此才讓那個蒼白的宮廷書記失蹤的。他死之前告訴我很多祕密，包括是哪個年輕貴族賄賂他竊取國家機密，然後出賣給敵對勢力的。你都不會感到羞愧嗎，穆利羅，你這個靠嘴吃飯的小賊？」

「跟你比起來，我沒什麼好羞愧的，你這個禿鷹心腸的強盜。」穆利羅反唇相譏。「你爲了一己私利剝削整個國家；假裝對政治不感興趣，欺騙國王，讓富人淪爲乞丐，壓榨窮人，犧牲全國的未來，滿足你無窮的野心。你就是隻嘴巴塞在飼料槽裡的肥豬。你是比我高明的盜賊。這個辛梅利亞人是我們三個裡最正直的人，因爲他光明正大的偷竊和殺人。」

「那好吧，我們全都是惡棍。」納邦尼德斯冷冷同意。「那現在怎麼辦？殺我？」

「看到失蹤書記的耳朵時，我就知道我完蛋了。」穆利羅突然說，「我以爲你會讓國王來對付我。沒猜錯吧？」

「沒錯。」祭司回答。「少個宮廷書記好解決，但要讓你消失就得要師出有名。我本來打算明天早上去跟國王說個跟你有關的笑話。」

「會讓我丟掉腦袋的笑話。」穆利羅喃喃說道。「所以國王不知道我通敵的事情？」

「還不知道。」納邦尼德斯嘆氣。「這下好了，既然你的夥伴有把匕首，恐怕我永遠沒機會講那個笑話了。」

「你知道該如何離開這個鼠窩。」穆利羅說。「假設我饒你一命。你願意幫我們逃離此地，並發誓不揭露我出賣情報的事情？」

「祭司什麼時候信守承諾了？」科南在聽出交談走向後抱怨道。「讓我割斷他的喉嚨；我想看看他的血是什麼顏色。迷宮區謠傳他的心是黑的，所以他的血肯定也是黑的——」

「安靜，」穆利羅低聲說。「如果沒有他帶路離開地道，我們都會死在這裡。好了，納邦尼德斯，你怎麼說？」

「踏入陷阱的狼會怎麼說？」祭司笑道。「我受制於你，想要逃命，我們就得互相幫助。我發誓，如果我們能活下來，我就會忘掉所有你的骯髒勾當。我對密特拉的靈魂起誓。」

「我滿意了，」穆利羅說。「就算是紅祭司也不敢違背那種誓言。現在我們離開這裡。我朋友是從地道進來的，但有柵欄封住出口。你能升起柵欄嗎？」

「從地道裡不行。」祭司說。「操縱桿位於上面一個房間裡。還剩一條路可以離開地道，我帶你們去。但告訴我，你是怎麼進來的？」

穆利羅簡短說明，納邦尼德斯點頭，動作僵硬地起身。他一拐一拐地沿著走道走，走道逐漸寬敞，變得類似大房間，他朝遠方的銀盤走去。隨著他們接近，四周逐漸變亮，不過銀盤的光終究還是很昏暗。他們在銀盤旁看見一條往上的階梯。

「另一個出口，」納邦尼德斯說。「我強烈懷疑上面的門有上閂。但我認爲穿越那扇門的人最好先割斷自己的喉嚨。看看這塊銀盤。」

遠看像銀盤的東西其實是鑲在牆壁上的鏡子。鏡子上方的牆面上有很多令人困惑的銅管，以各種角度彎向鏡面。穆利羅湊上去看銅管，發現一堆弄不清楚用途的小鏡子。他將目光轉移到牆上的大鏡子，忍不住出聲驚呼。科南在他身後哼了一聲。

他們似乎在透過一扇大窗戶看在看照明充足的房間。牆上有大鏡子，鏡子之間有絨布簾；房內有絲床、黑檀和象牙椅，還有以門簾遮蔽的門廊。其中一道沒有門簾的門廊前有個龐大的黑色物體，跟裝飾華麗的房間形成強烈反差。

穆利羅看著怪物，血液彷彿再度凝結，因爲那怪物好像在直視他的雙眼。他不由自主從鏡前退開，科南則一頭湊到鏡子前，下巴幾乎貼上鏡面，以野蠻人的語言吼了些威脅或挑釁的話。

「以密特拉之名，納邦尼德斯，」穆利羅邊抖邊喘，「什麼玩意兒？」

「就是沙克。」祭司揉著腦側回答。「有人說他是猩猩，但他和猩猩的差異就跟他和人類的差異一樣大。他的同類住在遙遠的東方，薩莫拉東境的山區。他們數量不多；但，如果沒有消滅他們，我相信他們會在十萬年內變成人類。他們還在形成階段；他們不是猩猩，他們遠古的祖先，也不是人類，他們未來的後裔。他們生活在難以進入的高山峭壁，還不知道用火，不會建造房屋或衣物，也不懂得使用武器。但他們擁有類似語言的東西，主要是由呼嚕和喀啦聲組成的。」

「我是在沙克很小的時候帶他出來的，他的學習能力超過一般動物，學得又快又好。他是保鏢，也是僕人。但我忘記身爲半個人類，他不可能像眞正的動物那樣永遠待在我的陰影中。顯然他的小腦袋裡擁有憎恨、厭惡，還有某種獸性的自我野心。」

「無論如何，他毫無徵兆對我出手。昨晚他彷彿突然發瘋。他的行爲看起來就跟野獸發瘋了一樣，但我知道那肯定是長時間陰謀策劃的結果。」

「我聽見花園裡有打鬥聲，於是出門查看——因爲我以爲是你被我的看門狗撲倒的聲音——我看見沙克渾身是血走出灌木叢。我還沒察覺他的意圖，他已經狂吼一聲衝過來，當場把我打昏。我不記得後來的事，不過可以推想，在他的小腦袋突發奇想下，他脫掉我的衣服，把還活著的我丟入地道裡——爲了什麼，只有神知道。他在花園的時候肯定殺了看門狗，而在打倒我後，他顯然也殺了喬卡，既然你看到他躺在屋裡。喬卡本來會來幫我的，就算是要對付沙克也一樣，他向來很討厭他。」

穆利羅看著鏡子裡的怪物，好整以暇地坐在緊閉的門前。那雙大黑手令他微微顫抖，長滿毛髮，宛如獸皮。他的身軀很粗壯，彎腰駝背。不自然的闊肩露在紅袍外面，穆利羅發現肩膀上也有一層黑毛。紅兜帽下的臉看起來充滿獸性，但穆利羅還是知道納邦尼德斯說沙克不完全是野獸沒有說錯。陰鬱的雙眼、笨拙的體態、整體外形都散發某種特質，讓他跟眞正的動物有所區別。那可怕的身體裡有著正在成長爲類似人類的腦袋和靈魂。穆利羅震驚地發現他的同類和蹲坐在那邊的怪物間有著可怕的血緣關係，一陣人類努力壓抑的獸性爬出深淵，令他感到噁心不已。

「他肯定看到我們了，」科南喃喃說道。「他爲什麼不攻擊我們？他可以輕易打碎這面鏡子。」

穆利羅這才發現科南以爲鏡子是那個房間的窗戶。

「他看不到我們。」祭司回應。「我們看到的是樓上的房間。沙克守著的那扇門就是樓梯頂的門。這只是簡單的鏡子折射。你看到那些牆上的鏡子了嗎？他們把房間的影像投射到銅管裡，經過放大後折射到這面大鏡子上。」

穆利羅發現祭司的知識肯定超越當代好幾個世紀，才能發明這種東西；但科南認定那是巫術，拋到腦後不再多想。

「我打造這些地道，一方面是爲了避難，一方面也是充當地牢。」祭司說。「我在這裡避難過幾次，透過這些鏡子，看著災難降臨到想要對我不利的傢伙身上。」

「但沙克爲什麼要看守這扇門？」穆利羅問。

「他一定是聽見地道柵欄落下的聲響。那道柵欄跟上面房間的鈴鐺連在一起。他知道有人進入地道，他在等對方上樓。喔，我教的東西他都學會了。他見過走那扇門出來的人有什麼下場，知道我拉那面牆邊的繩索時會出什麼事，而他等著模仿我。」

「他等得時候，我們要做什麼？」穆利羅問。

「什麼都不能做，除了看著他。只要他還在那個房間裡，我們就不能上樓。他的力量可比大猩猩，隨手就能把我們撕成碎片。但他沒必要訴諸蠻力；一旦我們開門，他只要拉繩子，就能把我們炸入永恆。」

「怎麼炸？」

「我只說會幫你們逃走，」祭司回答；「可沒說要透露我的祕密。」

穆利羅張嘴欲言，接著突然僵住。其中一道門廊的門簾被一隻手偷偷拉開。門簾後浮現了張黑臉，兩道目光不懷好意地打量身穿紅袍的蹲坐人影。

「佩特瑞斯！」納邦尼德斯嘶聲道。「密特拉啊，今晚眞是禿鷹雲集！」

那張臉保持在兩道門簾中間。入侵者的肩膀後又多了其他面孔——黑色的長臉，神色陰森迫切。

「他們有何企圖？」穆利羅喃喃說道，下意識地壓低音量，雖然他知道他們聽不見他說話。

「是呀，佩特瑞斯和那群忠心耿耿的民族主義分子跑來紅祭司家裡幹嘛？」納邦尼德斯笑道。「看看他們神情迫切地盯著自以爲是他們宿敵的傢伙看。他們犯了你剛剛犯得錯；看到他們發現眞相時的表情一定很有趣。」

穆利羅沒有回應。整件事情給他一股如夢似幻的感覺。他感覺自己在看傀儡演戲，又或許自己是個離開肉體的鬼魂，以旁觀者的角度看著活人的行爲，沒人看得見他，不知道他在看。他看到佩特瑞斯警告式地手指抵唇，朝他的同夥點頭。年輕的貴族看不出沙克知不知道有人入侵。猩猩人沒有改變位置，坐在原地，背對那些傢伙偷看的門。

「他們的想法跟你一樣，」納邦尼德斯在他耳邊低語。「不過他們是基於愛國，不像你是爲了自己。看門狗死了，要進我家很容易。喔，眞是個徹底剷除他們的好機會呀！如果坐在那裡的是我，不是沙克——撲向牆邊——拉一下繩子——」

佩特瑞斯一腳輕輕跨越門檻；他的同夥緊跟在後，手裡的匕首微微反光。沙克突然站起，轉身面對他們。他們以爲會看到熟悉且痛恨的納邦尼德斯，結果卻看見恐怖的怪物，當場嚇得驚慌失措，就跟穆利羅一樣。佩特瑞斯在尖叫聲中後退，帶著他的夥伴一起退。他們跌跌撞撞，摔成一團；那一瞬間，沙克一躍而起，瞬間拉近距離，用力拉扯一條掛在門廊附近的粗絨繩。門簾立刻朝兩側拉起，露出其後的門廊，落下一道奇特的銀色殘影。

「他記得！」納邦尼德斯語氣興奮。「那野獸有一半是人！他看我拉過機關，然後就記下來了！看吧，現在！看！快看！」

穆利羅看出門廊上掉落的是一塊沉重的玻璃板。透過玻璃板，他看見入侵者慘白的面孔。佩特瑞斯伸出雙手，彷彿要抵擋沙克攻擊，結果撞上了透明屏障，隨即比手畫腳地對同伴說話。如今門簾拉開了，地道中的人可以看見民族主義分子所在的房間裡的景象。他們完全喪失鬥志，衝向顯然是他們進房的門，結果卻突然停步，彷彿撞上一道隱形牆壁。

「拉那條繩子就會封閉那個房間，」納邦尼德斯大笑。「很簡單；玻璃板裝在門廊的溝槽裡。拉繩子會觸發固定它們的彈簧。它們滑下來，卡至定位，然後就只能從外面打開。玻璃是打不破的；就算拿大錘敲也敲不破。啊！」

受困之人嚇得歇斯底里；他們發狂似地從一扇門衝向另一扇門，徒勞無功地捶打水晶牆，朝蹲在外面、神情冷酷的黑色怪物激動揮手。接著有人突然轉身，抬頭往上看，同時伸手指向天花板，張開嘴巴，從嘴形來看是在尖叫。

「鏡板墜落就會釋放末日之雲。」紅祭司大笑說道。「灰蓮花粉，來自齊丹境外的亡者沼澤。」

天花板中央掛著一叢金花蕾；它們宛如一朵大雕刻玫瑰的花瓣般綻放，噴出一道灰霧，迅速瀰漫整個房間。歇斯底里的場面立刻陷入瘋狂和恐懼。受困之人開始跌跌撞撞；他們彷彿喝醉般團團亂轉。他們口吐白沫，嘴角扭曲成可怕的笑容。他們陷入瘋狂，自相殘殺，用匕首砍，用牙齒咬，毫無理智地屠殺彼此。穆利羅越看越噁心，慶幸自己聽不見那間末日石室中的鬼哭神嚎。彷彿投射在簾幕上的畫像般寂靜無聲。

恐怖石室外，沙克開心地跳來跳去，高舉毛茸茸的手臂。納邦尼德斯在穆利羅身後笑得像惡魔。

「啊，刺得好，佩特瑞斯！開膛剖肚呀！換你中刀了，我的愛國朋友！好了！他們全倒了，還活著的在用流滿口水的牙齒撕裂死者的皮膚。」

穆利羅發抖。他身後的辛梅利亞人以其原始語言輕聲咒罵。灰霧瀰漫的石室如今只剩下死亡；開膛剖肚、傷痕累累、血肉模糊，密謀者躺成一片，張開的嘴和血跡斑斑的臉毫無神采地看著上方緩緩飄動的灰霧。

沙克宛如大地精般彎腰駝背，走到繩索垂落的牆前，往旁向特定的角度拉了一下。

「他在開啓那一邊的門。」納邦尼德斯說。「看在密特拉的份上，他比我想像得更像人！看呀，灰霧飄出石室消散。他在等裡面安全再說。現在他升起對面的鏡板。他很謹慎——他知道灰蓮花有多可怕，會帶來瘋狂和死亡。看在密特拉的份上！」

對方欣喜若狂的語氣令穆利羅心裡一驚。

「我們唯一的機會！」納邦尼德斯大聲說。「如果他離開上方的石室片刻，我們就冒險衝上樓梯。」

他們屏息以待，看著怪物搖搖晃晃穿越門廊，消失其後。由於鏡板升起，門簾又再度落下，遮蔽了死亡石室。

「我們賭一把！」納邦尼德斯輕喘道，穆利羅看出他滿臉大汗。「或許他會學我一樣開始處理屍體。快點！跟我上樓！」

他衝向台階上樓，動作靈活到超乎穆利羅想像。年輕貴族和野蠻人緊跟在他身後，他們聽見他在上面推門時發出鬆了口氣的聲音。他們衝入在底下鏡子裡看到的寬敞石室。沙克不在。

「他在有屍體的房間裡！」穆利羅大聲道。「爲什麼我們不像他困住他們那樣困住他？」

「不、不！」納邦尼德斯忙道，臉色出奇蒼白。「我們不知道他在不在那裡。反正他也可能會在我們抵達繩索前回來！跟我進入走廊；我必須趕去我房間，取得足以摧毀他的武器。這條走廊是這個房間唯一沒設陷阱的出口。」

他們迅速跟隨他穿越死亡石室對面一道有門簾的門廊，來到一條走廊上，走廊通往許多房間。納邦尼德斯手忙腳亂地推動兩側的門。門都上鎖了，走廊對面的門也一樣。

「我的天！」紅祭司靠在牆上，色如死灰。「門都鎖住了，沙克拿走我的鑰匙。我們終究還是受困了。」

穆利羅難以置信地看著此人緊張到這種地步，但接著納邦尼德斯努力讓自己振作起來。

「那野獸讓我慌了手腳，」他說。「如果你跟我一樣見過他把人撕裂的模樣——好吧，密特拉幫助我們，我們必須在現有的條件下跟他對抗了。來！」

他率領他們回到有門簾的門廊，透看大石室，剛好看見沙克從對面門廊走進來。野獸人顯然起疑了。間距相近的小耳朵在抽動；神色憤怒地左顧右盼，然後走向旁邊的門廊，拉開門簾看後面。

納邦尼德斯後退，抖得像風中樹葉。他抓住科南的肩膀。「老兄，你敢拿匕首跟他的利齒搏鬥嗎？」

辛梅利亞人目光炙熱地回應。

「快！」紅祭司低聲道，把他推到門簾後，緊貼牆壁。「他很快就會找到我們，不如我們先引他過來。當他跑過你身邊時，可以的話就把匕首插到他背上。你，穆利羅，出去露個面，然後沿著走廊逃。密特拉呀，我們赤手空拳是絕對打不贏他的，但反正被他找到也是死路一條。」

穆利羅覺得血液都在血管裡凝結了，但他還是鼓起勇氣，步出門廊。位於石室對面的沙克立刻轉身、瞪視，然後在雷鳴般的吼叫聲中狂奔。他紅色的兜帽落下，露出畸形的黑腦袋；他的黑手和紅袍上都濺灑到鮮血。他衝過石室，看起來就像一團紅黑相間的夢魘，張牙舞爪，一雙弓腿帶著龐大的身軀以駭人速度前進。

穆利羅轉身跑回走廊，儘管動作很快，渾身長毛的怪物還是緊跟而來。當怪物衝過門簾時，門簾之間彈出一條壯漢，撞上猩猩人的肩膀，同時將匕首插入怪物背心。沙克放聲慘叫，一腳踏空，一人一獸同時摔倒在地。他們立刻手腳並用，連抓帶咬地展開殘暴纏鬥。

穆利羅看見野蠻人雙腳扣住猩猩人的軀幹，努力保持在怪物身後，同時拿匕首砍殺他。另一方面，沙克則努力擺脫身上的敵人，把他扯到嘴巴能咬到的位置，猛咬他的血肉。在一陣拳打腳踢，血肉模糊之中，他們沿著走廊翻滾，移動太快，穆利羅不敢動手拿剛剛抓起的椅子去砸，以免砸到辛梅利亞人。但他發現儘管科南一開始就箝制他，加上猩猩人身上寬鬆的長袍礙手礙腳，沙克的蠻力還是大占上風。他一點一滴地將辛梅利亞人往身前拉。猩猩人身上的傷足以殺死十幾個人。科南的匕首一再插入他的軀幹、肩膀、公牛般的粗頸；他身上有二十來道傷口在冒血；但除非匕首盡快插入什麼致命的部位，不然沙克超自然的活力就能撐到解決辛梅利亞人，跟著再除掉科南的夥伴。

科南本身也化身野獸，除了喘氣外毫不出聲。怪物黑色利爪和畸形手掌撕裂他的血肉，恐怖的大嘴咬向他喉嚨。接著穆利羅看準機會，撲上前去，使盡吃奶的力量揮下椅子，力道強到足以讓普通人腦漿併裂。椅子從沙克的黑頭顱上滑開；但受驚的怪物暫時放開抓住科南的手掌，而那一瞬間，邊喘息邊噴血的科南奮力上前，匕首插入猩猩人的心口。

獸人劇烈抽動一下，四肢軟癱，摔回地上。他火熱的雙眼停止轉動，目光呆滯，粗壯的四肢微微顫抖，逐漸僵硬。

科南搖晃起身，甩開眼中的血汗。鮮血滴落他的手指和匕首，宛如小溪般沿著大腿、手臂、胸口流下。穆利羅上前扶他，但野蠻人不耐煩地推開他。

「我要是自己站不起來，不如死了算了。」他透過血肉模糊的嘴唇喃喃說道。「不過我想來杯酒。」

納邦尼德斯一副難以置信的模樣凝望地上的屍體。黑黑的、毛毛的、噁心的怪物躺在地上，身上紅袍破爛不堪；儘管如此，他依然看來比較像人，而非野獸，在人心中激起一股莫名其妙的強烈感傷。

就連辛梅利亞人也有這種感覺，他喘道：「我今晚殺的是人，不是野獸。我會把他當成被我送入黑暗的酋長之一，我的女人會爲他歌唱。」

納邦尼德斯彎下腰去，撿起一堆用金鎖鏈串起的鑰匙。打鬥中從猩猩人腰帶上掉落的。他指示夥伴跟他走，帶領他們來到一個房間，打開門鎖，領頭進房。房內跟其他房間一樣照明充足。紅祭司拿起桌上的紅酒，倒滿幾個水晶杯。當他的夥伴大口喝酒時，他喃喃說道：「眞是刺激的一晚！如今天快亮了。你們有何打算，我的朋友？」

「我先幫科南療傷，如果你能提供繃帶之類的東西。」穆利羅說，納邦尼德斯點頭，走向通往走廊的門。他低頭的模樣讓穆利羅盯著他看。到了門口，紅祭司突然轉身。他的臉出現變化。他的雙眼綻放從前的火光，嘴角無聲微笑。

「我們是一群惡棍！」他的聲音充滿慣有的嘲弄語調。「但不是一群笨蛋。你是笨蛋，穆利羅！」

「什麼意思？」年輕貴族提步向前。

「後退！」納邦尼德斯的聲音宛如鞭笞。「再走一步，我就轟了你！」

穆利羅渾身冰涼，看著紅祭司手裡握著一條粗絨繩，掛在門外的門簾之間。

「你背叛我們？」穆利羅大叫。「你發過誓——」

「我發誓不對國王說跟你有關的笑話！我可沒發誓不會自己出手解決你。你以爲我會錯過這種機會嗎？正常情況下，我絕不敢在沒有國王同意下親自動手殺你，但此事不會有人知道的。你會跟沙克還有那群民族主義分子一起沉入酸液缸裡，不會有人知道。今晚對我來說眞是太棒了！要不是損失了幾個很有價值的僕人，我絕不可能除掉這麼多危險的敵人。後退！我已經跨出門檻了，你絕不可能在我拉繩送你們下地獄前碰到我。這回不是灰蓮花了，而是同樣強效的東西。我家裡幾乎所有房間都是陷阱。所以，穆利羅，你眞是個笨蛋——」

科南以肉眼難察的速度抓起椅子丟出去。納邦尼德斯本能性地舉起手臂，大叫一聲，但太遲了。椅子擊中他腦袋，紅祭司身體搖晃，向前倒下，癱在一片逐漸擴大的血泊裡。

「看來他的血畢竟還是紅色的。」科南嘟噥道。

穆利羅鬆了口氣，靠在桌上，伸出顫抖的手撩起汗濕的頭髮。

「天亮了。」他說。「我們趁沒有其他災難找上門來前離開這裡吧。如果爬出外牆時沒被人發現，我們應該不會被牽扯到今晚的事情。就讓警備隊去慢慢解釋。」

他看了血泊中的紅祭司屍體一眼，聳聳肩。

「他終究是個笨蛋；要不是停下來挑釁我們，他就可以輕易困住我們。」

「這個嘛，」辛梅利亞人冷靜地說，「他踏上了所有惡棍遲早都會踏上的道路。我想洗劫他家，但看來還是先走爲妙。」

當他們離開黎明微亮的漆黑花園時，穆利羅說：「紅祭司已經步入黑暗，這表示我城裡的路已經清空，沒什麼好怕的了。你呢？迷宮區祭司的事情還沒了結，而——」

「反正我已經厭倦這座城了。」辛梅利亞人笑道。「你說鼠巢酒館有馬在等。我想知道那匹馬能以多快的速度帶我趕去其他國度。在我踏上納邦尼德斯今晚踏上的那條路前，我還想去瞧瞧很多地方。」

〈惡徒臨門〉完

《蠻王科南Ⅰ》完

國家圖書館出版品預行編目資料

蠻王科南. I, 劍上的鳳凰 / 勞勃・霍華（Robert E. Howard）作；
戚建邦譯. -- 初版. -- 台北市：蓋亞文化, 2023.02
冊； 公分. -- （Fever；FR081）
譯自：Conan the barbarian : the phoenix on the sword
978-986-319-741-6（平裝）

874.57 111022200

Fever 081

蠻王科南 I：劍上的鳳凰

作　　者 勞勃・霍華（Robert E. Howard）
譯　　者 戚建邦
企　　劃 譚光磊
封面插畫 布克
封面設計 莊謹銘
責任編輯 盧韻亘
總 編 輯 沈育如
發 行 人 陳常智
出 版 社 蓋亞文化有限公司
地址：台北市 103 承德路二段 75 巷 35 號 1 樓
電話：02-2558-5438　傳眞：02-2558-5439
電子信箱：gaea@gaeabooks.com.tw
投稿信箱：editor@gaeabooks.com.tw
郵撥帳號 19769541 戶名：蓋亞文化有限公司
法律顧問 宇達經貿法律事務所
總 經 銷 聯合發行股份有限公司
地址：新北市新店區寶橋路二三五巷六弄六號二樓
電話：02-2917-8022　傳眞：02-2915-6275
港澳地區 一代匯集
地址：九龍旺角塘尾道 64 號龍駒企業大廈 10 樓 B&D 室
電話：+852-2783-8102　傳眞：+852-2396-0050
初版一刷 2023年02月
定　　價 新台幣 360 元
Published and printed in Taiwan

ISBN／978-986-319-741-6

Gaea

GAEA